韩愈集

卞孝萱 张清华 ○ 注评

凤凰出版社

文起八代
道济天下

目录

童子得见，于今四十年。始以师视公，而终以兄事焉。」

后学于萧存、独孤及、梁肃，志复古道，关心政事。自谓「前古之兴亡未尝不经于心也，当世之得失未尝不留于意也」(《与凤翔邢尚书书》)，「欲自振一代」(《旧唐书·韩愈传》)。十九岁，赴长安应进士试，三试不第。

(二)二十五至三十五岁。二十五岁与欧阳詹、李观、崔群、李绛等同登进士第，世称「龙虎榜」。三试博学宏词，一得又被人顶去。贞元十一年(795)，二十八岁，三上宰相书，不报，回河阳。贞元十二年七月，从董晋入汴州幕为观察推官。在汴与孟郊会，结识李翱、张籍，初步形成了韩愈文学集团。有《送孟东野序》、《此日足可惜一首赠张籍》诗。十五年二月，汴州兵乱，愈逃至徐州符离。秋，故交张建封奏为徐州节度推官，校书郎。子昶生于符离，乳名符。十六年夏，离徐韩愈（768—824），中唐著名的思想家、教育家和伟大的文学家。字退之，河阳（今河南孟州）人。郡望昌黎（今辽宁义县），称韩昌黎，宋封昌黎伯。官终吏部侍郎，称韩吏部。卒谥文，称韩文公。先祖封韩原，有国韩，遂以韩为姓。韩王信后裔耆入北魏为常山太守、武安成侯，由颍川舞阳徙武安九门（在河北石家庄东北）。八世祖茂为尚书令，征南大将军。七世祖均为定州刺史，安定康公。孝文帝拓跋弘迁都洛阳，遂居河阳。入唐，祖父辈皆小官。韩愈一生可分四期：（一）二十五岁前。生而失母，三岁丧父，养于兄嫂。七岁随兄嫂居长安，始读书。十岁，兄贬韶州刺史，随迁。十二岁，兄卒任所，随嫂扶柩归河阳。十三能文。十五避中原兵乱，徙宣城。以窆年兄弟为师，《国子司业窆公墓志铭》云："愈少公二十九岁，以贾岛、刘叉、马异等众多文士交往，扩大了文学集团，壮大了「古文运动」的队伍，为中唐文学革新的成功奠定了基础。支持李贺考进士，作《讳辩》。六年（811）夏，回长安，任职方员外郎。为柳涧辩说，再贬国子博士。块垒积胸，作《进学解》。执政奇其才，改比部郎中、史馆修撰。九年十月，转考功郎中，知制诰。十一年正月迁中书舍人，因主战，上《论淮西事宜状》，与当权意不合，降太子右庶子。此期是他在政治上确立一生地位、思想与文学上取得突出成就、树立文学独特风格的时期。代表作有《五原》、《张中丞传后叙》、《毛颖传》、《送穷文》、《八月十五夜赠张功曹》、《谒衡岳庙》、《南山》、《石鼓歌》及咏雪诸篇。（四）五十岁至卒。元和十二年（817）七月，从裴度平淮西，为行军司马，凯旋归京，迁刑部侍郎。十四年正月，因上《论佛骨居洛。五月十四日，与王涯、李翱、侯喜路经梁苑，遇故友李生，同游清泠池、文雅台、修竹园。入微子庙，求邹阳、枚叔、司马相如之文。在洛与侯喜、李景兴、李愿游，有《赠侯喜》《山石》诗，《送李愿归盘谷序》。苏轼谓：唐无文章，惟退之《归盘谷》一篇而已。

十七年秋冬，赴长安调选，授四门博士，授业李翱、李蟠，有《答李翊》二书、《师说》。发表了精彩的文论、师论。（三）三十六至四十九岁。贞元十九年（803），三十六岁，秋罢四门博士。冬授监察御史，因上《论天旱人饥状》，与张署、李方叔同贬，为阳山县令。遇赦，任江陵法曹参军。元和元年（806）六月，回京任国子博士，避谗谤求分司东都。四年，任都官员外郎兼判祠部。制阉党，清藩邸，整治社会治安，得罪当权者，下迁河南县令。与樊宗师、皇甫湜、卢仝、李贺、气」说的基础上提出「文学的养气说」，要求通过文学修养达到「有德有言」，人文一致。他说：「气，水也；言，浮物也。水大而物之浮者大小毕浮，气之与言犹是也。气盛则言之短长与声之高下者皆宜。」（《答李翊书》）气是人格修养决定的。要服务于振兴社会，必须置身现实斗争，参与社会改革，这就是「不平则鸣」产生的社会基础。「不平则鸣」使韩愈诗文具有鲜明的时代精神。「古文」作为文体概念是韩愈提出来的，「古文运动」是近人对中唐文学改革的概括。古文有灵活体式无文学自觉意识，骈文有自觉的文学意识无灵活体式，韩愈吸取了正反两方面的经验，把古文的自由体式与骈文的文学自觉意识结合起来，创造了文学散文的结构范型，为散文的写作树立了楷模。现存韩文都是散体，说明他开始就有「起八代之衰」、「集八代之成」的意识。

表》，贬潮州刺史，传播中原文化，至今为潮人崇敬。移袁州，释放奴隶。穆宗即位，归京为国子祭酒，转兵部侍郎。长庆二年（822）二月，宣慰镇州，功成，迁吏部侍郎，转京兆尹。终吏部侍郎。四年十二月卒，年五十七。赠礼部尚书。此期是他政治上有作为、诗文风格趋于平淡古朴、生活既动荡亦称心的时期。代表作有《平淮西碑》《柳子厚墓志铭》《左迁蓝关示侄孙湘》《早春呈水部张十八员外》《南溪始泛》等。

韩愈在文学、教育、哲学、政治、经济上都有建树，文学尤著。

「古文运动」与文学成就。韩愈障百川，挽狂澜，自振一代，是通过反对骈文、提倡三代两汉古文来实现的，所以它又是一场文学革新运动。他在孟子「养的文学改革运动在中唐蓬勃展开了。韩文众体皆备，无体不精。其文大都是随事应用而生的杂文。碑志最多，也是应用杂文。这些杂文与世俗应用文不同，是集秦汉散体与八代辞赋骈词俪语于一体、连类取譬优长的美文，正如皇甫湜所说，韩愈之文「如长江大注，千里一道，冲飙激浪，污流不滞」（《皇甫持正文集·谕业》）。韩愈古文前无古人，后启来者，为后世千百年作文者遵循。韩愈所喜传奇文，是与古文同时兴起的传奇小说。《毛颖传》、《送穷文》、《进学解》等，或寓言，或谐谑，情节曲折，构想奇异，譬喻新鲜，也称杂文。裴度、张籍讥为「驳杂无实之说」；而柳宗元赞曰「若捕龙蛇，搏虎豹，急与之角而力不敢暇」（《柳宗元集·读韩愈所著〈毛颖传〉后题》），是大胆创造，是文坛的进步。韩愈被称为语言大师，其古文语言随自然音节曲折舒展，二十五岁作《争臣论》，提出「修辞明道」的口号，成为文学改革的纲领，树起了改革的旗帜。辞修得愈好，道理愈明，感染力愈强。这已不是一般意义上的文章了。他「约六经之旨而成文，抑邪与正，赞教化，歌颂尧舜之所惑」（《上宰相书》）。以文诱人为道，学圣人之道，面阐述了他的创作论，即欲立言先立人，做仁义之人，其言蔼如也。」养根俟实，根茂才能实遂；去陈言，创新语，无望其速成，无诱于势利。这样就能从初学「识古书之正伪」，最后达到「浩乎其沛然」的自由境界。由于他的指导，培养了骨干，造就了人才。在他的倡导下，一个有纲领、有理论、有创作方法、有范文

要求文达到「辞事相称，善并美具」（《进撰平淮西碑文表》）的最高境界。为此在《答李翊》二书里全面阐述了他的创作论，即欲立言先立人，学圣人之道，做仁义之人，故云：「仁义之人，其言蔼如也。」「气盛言宜」，气决定人格，故云：「仁义

如司空图云："愚韩吏部歌诗累百首，其驱驾气势，若掀雷抉电，奔腾于天地之间。"（《全唐文·题柳柳州集后序》）苏轼云："诗之美者，莫如韩退之。"（《苕溪渔隐丛话》前集卷一七）毁之者如陈师道云："退之以文为诗……要非本色。"（《后山诗话》）宋人学韩者多，后山虽诋之，亦学之。韩愈次席，比之卢俊义。评之曰："韩、杜并称，自唐已然。……杜、韩相比，前者神化不测，如金翅擘海；后者力大无朋，如香象渡河，不免为坛主，比之宋江；"钱仲联《浣花诗坛点将录》以杜甫步步挨走，故当屈韩为第二。"（《梦苕庵论集》）

抗颜为师，重教育才。《师说》里提出："师者，所以传道、受业、解惑也。"为师下了最确切的定义。指出"道之所存，师之所存也"、"无贵无贱，无长无少"、"弟子不必不如师，师不必贤于弟子；闻道有先起落自由，若线线在手，任意编织，得心应手，运用纯熟，入典成语和词汇之多，古今文学家罕有其匹。韩诗重抒情，尚奇警，创造了「奇崛」体，成为影响后世甚著的流派。早期「少小尚奇伟」，表现出雄奇清丽之风。贬阳山至潮州为中期，多长篇古体和逞才使气的联句，形成了韩诗奇崛瑰怪的主体风格，也是他舒忧娱悲、不平则鸣诗学观的体现。他的「欢愉之辞难工，而穷苦之言易好」(《荆潭唱和诗序》)之论，开欧阳修「穷而后工」之先。长庆的四年间，为晚期，古体长篇减少而律绝增多，诗风平淡妥帖，清雅闲远。韩诗最重主体意识的超前思维，以议论入诗，以散文为诗，使诗散文化而肇近世自由诗之先；他的诗不避俗事俗语，使诗趣味化、通俗化。他上不薄「风」、「骚」，而近尊李、杜，亦是绝大见识。对韩诗的评价，历来不一。赞之者证观点。故范文澜先生说他是半截子唯心，半截子唯物。然他的贡献在于摆脱两汉今古文家和唐初注疏之学，直承孔孟，提倡「尧以是传之舜，舜以是传之禹，禹以是传之汤，汤以是传之文、武、周公，文、武、周公传之孔子，孔子传之孟轲，轲之死，不得其传焉」（《原道》）的道统说。在继承的基础上吸取别家之说，创立新儒学。韩愈儒学创新的贡献：一、在孔孟、董仲舒学说的基础上创立了「圣人一视同仁」（《原人》）的天人一体同仁理论，完善了中国本体人性学说，抨击了佛老绝人欲、灭人性的挑战。二、继承民贵君轻思想，提出「君不出令，则失其所以为君」（《原道》），「主而暴之，不得其为主之道」（《原人》）的道高于君的理论。三、提出君出令，臣行令，士、农、工、商各司其职的社会分工说。君不出令就不是君，臣不行令，四民不尽后，术业有专攻」的教育民主思想。在儒家师道关系上大胆创新，继孔子后成为中国教育史上一代宗师。这一点柳宗元等同时代人则莫能望其项背，宗元云：「今之世，不闻有师，有辄哗笑之，以为狂人。独韩愈奋不顾流俗，犯笑侮，收召后学，作《师说》，因抗颜而为师。世果群怪聚骂，指目牵引，而增与为言辞。」（《柳宗元集·答韦中立论师道书》）又云：「仆才能勇敢不如韩退之，故又不为人师。」（《答严厚舆秀才论为师道书》）正因为韩愈师名大，在教育史上地位高，晚唐皮日休上《请韩文公配飨太学书》，「伏请命有司，定其配享之位」（《皮子文薮》）。

　　韩愈的哲学思想及其在哲学史上的贡献。韩愈的自然观偏重于唯心，分析自然变化时多表现形而上学；其社会观，认识社会问题时又多从实际出发，有唯物辩国通史简编·《近体文与古文》）在人类发展史上承前者伟大，启后者伟大，能承前启后者更伟大，故陈寅恪先生说：「退之者，唐代文化学术史上承前启后转旧为新关捩点之人物也。」（《金明馆丛稿初编·论韩愈》）

职就得受到惩罚。四、从民本思想出发，提出具有历史意义的货币理论（《钱重物轻状》），利国便民的变盐法（《论变盐法事宜状》）。他这种思想，「实际是解放了包括诸子在内的百家之学，这在中国思想史上也是大胆创新的」（季镇淮《来之文集续集·论韩愈》）。在政治上他令阳山、刺潮州、判祠部、宰河南、平淮西、使镇州，都做出了世人注目的政绩。故被后世赞为忠敢犯人主之怒，勇能夺三军之帅，智能训鳄鱼之暴，诚能信蛮荒之民。

范文澜先生说：「在唐朝文苑里，诗的成就是巨大的，但不可忽视古文运动更巨大的成就。……古文更大的作用，是在建立新儒学，使士人摆脱佛教思想的束缚。宋明两朝理学的广阔境界，由唐古文运动的主要推动者韩愈率先启行，这在诗人中是无与为比的。」（《中

近体诗选

湘中

01

注·释

● 01·湘中：指湘江流域一带，即今湖南中部。

● 02·猿愁：猿叫之声凄楚，引人哀愁。《水经注》卷三四"江水"："每至晴初霜旦，林寒涧肃，常有高猿长啸，属引凄异，空谷传响，哀转久绝。故渔者歌曰：巴东三峡巫峡长，猿鸣三声泪沾裳。"鱼踊：鱼在水里游荡跳跃。

● 03·汨（mì）罗：江水名，湘江支流，发源于江西，经湖南入湘江。屈原被谗流此，投江而死。

● 04·蘋藻：蘋草和水藻。生长水中，古人用作祭品。

● 05·楚辞中有屈原《渔父》，写屈原流放在沧浪江边，遇一渔父劝他随流扬波。屈原表示：我宁肯沉江鱼腹，也不能与混浊的世俗同流合污。于是渔父敲着船帮，一面唱着歌："沧浪之水清兮，可以濯我缨。沧浪之水浊兮，可以濯我足。"走开了。

猿愁鱼踊水翻波，02

自古流传是汨罗。03

蘋藻满盘无处奠，04

空闻渔父扣舷歌。05

品·评　本诗作于贞元二十年（804）春，时韩愈南谪阳山（今广东阳山）途经湘中。作为文学家的韩愈，言事遭贬，与屈原经历相同。途经屈原殉难的汨罗，感慨往事，情聚笔端，写下了这首掷地有声的诗句。倾诉了对现实的愤慨，抒发了对屈原的悼念之情。正如他在《祭河南张员外文》所说："南上湘水，屈氏所沉。二妃行迷，泪踪染林。山哀浦思，鸟兽叫音。余唱君和，百篇在吟。"正说出他写这首诗的根由。虽是脱口流出，却是辞气劲切、诚至情深的佳制。

答张十一 *01*

功曹

山净江空水见沙，*02*

哀猿啼处两三家。*03*

筼筜竞长纤纤笋，*04*

踯躅闲开艳艳花。*05*

未报恩波知死所，*06*

莫令炎瘴送生涯。*07*

吟君诗罢看双鬓，*08*

斗觉霜毛一半加。*09*

品·评　韩愈《河南令张君墓志铭》云：张署"为幸臣所谮，与同辈韩愈、李方叔三人俱为县令南方。二年，逢恩俱徙掾江陵"。从此诗所表现的内容和思想情绪，及张署《赠韩退之》诗"九疑峰畔二江前，恋阙思归日抵年。白简趋朝曾并命，苍梧左宦亦联翩"看，这首诗当写于贞元二十年春，贬阳山过九疑山分手各赴贬所时。从韩愈《杏花》诗"山榴踯躅少思思，照耀黄紫徒为丛"，《游青龙寺赠崔大补阙》"前年岭隅乡思发，踯躅成山开不算"看，这首诗前四句写五岭一带山水荒僻净美的景色，如展山水画图。后四句抒情言志，托以岭南恶劣瘴气，突出韩、张遭贬于蛮荒的难堪心情。以比兴寄悲愤，有老杜律诗沉郁雄肆之风。程学恂《韩诗臆说》云："退之七律只十首，吾独取此篇，为能真得杜意。"

闻梨花发赠刘师命 01

注·释

● 01·师命：未详。据《刘生》诗，知他少年磊落不羁，长期漫游梁宋、江淮、吴越等地，投韩愈，为韩门子弟，二十一年春来阳山。

● 02·桃蹊（xī）：桃树下踩成的路。《史记·李将军列传》："桃李不言，下自成蹊。"惆怅：忧郁不前。花落遍地，不忍践踏，所以惆怅。

● 03·红艳：以花色代花瓣，构想奇妙。

● 04·闻道：听说。郭：城垣。千树雪：梨花色洁白似雪。此指梨花盛开貌。

● 05·将：与。

桃蹊惆怅不能过，02

红艳纷纷落地多。03

闻道郭西千树雪，04

欲将君去醉如何？05

品·评

从韩愈《刘生》诗"阳山穷邑惟猿猴，手持钓竿远相投"和《梨花下赠刘师命》诗"今日相逢瘴海头，共惊烂熳开正月"句推断，师命与韩愈于贞元二十一年春相会阳山，这首诗当写于此时。诗先写惜花，后叙友情，以惜花托友情。闻知城西梨花盛开，欲相偕前往花下同醉。桃落梨开，以第三句梨花盛开，转出结句，笃情全出。桃红梨白，争奇斗艳；朋友远来，千载难逢，怎能不一醉方休呢？小诗景美情真，飘逸洒脱，是韩诗短章中佳制。

李员外寄纸笔

01

题是临池后，⁰² 分从起草余。⁰³
兔尖针莫并，⁰⁴ 茧净雪难如。⁰⁵
莫怪殷勤谢， 虞卿正著书。⁰⁶

注·释

● 01 · 李员外：名伯康，字士丰，陇西成纪人。历监察御史，转殿中丞，寻迁侍御史、加检校工部员外郎。贞元十九年（803）七月，拜郴州刺史。永贞元年（805）十月卒，终年六十三。韩醇《全解》："公贬阳山，过郴州，谒李使君。明年以黄柑遗李，李寄以纸笔，公作此诗以谢。"

● 02 · 此句用东汉末张芝临池而书事。《后汉书·张奂列传》："长子芝，字伯英，最知名。芝及弟昶，字文舒，并善草书。"注引王愔《文志》曰："芝少持高操，以名臣子勤学……尤好草书，学崔、杜之法，家之衣帛，必书而后练。临池学书，水为之黑。"韩愈《祭郴州李使君文》："窥逸迹于篆籀。"则伯康亦善书。

● 03 · 上句说伯康善书，下句喻伯康能文。

● 04 · 谓兔毫的尖比金针的锋还锐利。兔尖指以兔毫制成的笔。

● 05 · 与上句说笔对。谓蚕茧制成的纸虽洁白柔净，却难与伯康所寄纸相比。

● 06 ·《史记·虞卿列传》：虞卿者，游说之士也。为赵上卿，故号虞卿。不重万户侯卿相之印，卒去赵，困于梁，不得意，乃著书，以刺讥国家得失，世传之曰《虞氏春秋》。太史公曰：虞卿非穷愁，亦不能著书以自见于后世。

品·评

按律诗之制，以四句一绝八句一律为常式，此诗句句合平仄，句句援用典事。一二联典事、语词，含意照应，属对工稳，只是无破题首联，突兀而奇峭，律中创格。查慎行所说"五言半律，唐人集中仅见"。查唐人诗，《杜牧之集》有七言半律，《许丁卯集》有五言小律，皆止六句。均后韩公而出。诗虽为一时应酬之作，却是困难中遇知己雪中送炭，是满怀感激之情写成的。如朱彝尊所说："语不多，道来却好，自觉亲切有味。"

宿龙宫滩

⁰¹

浩浩复汤汤，⁰² 滩声抑更扬。⁰³

奔流疑激电，⁰⁴ 惊浪似浮霜。⁰⁵

梦觉灯生晕，⁰⁶ 宵残雨送凉。⁰⁷

如何连晓语，⁰⁸ 一半是思乡。⁰⁹

注·释

● 01·龙宫滩：在连州龙滩镇西旁江上，江水弥漫，而礁石为多。西岸山崖壁立，后人刻公诗于壁上。韩愈离阳山经连州龙宫滩，在四月初。

● 02·浩浩复汤（shāng）汤：大水激流的声音。

● 03·首二句写龙宫滩流水之声时低时高。

● 04·激电：滩水如电闪雷鸣之流急声宏。

● 05·此句意谓狂浪击起的水花洁白如霜。

● 06·晕（yùn）：日月周围形成的光环，引申为光影模糊的部分。

● 07·宵残：夜幕消失，天色发亮。此写黎明前的一阵小雨。

● 08·连晓语：彻夜交谈，直到天亮。

● 09·或作"只是说家乡"。作"一半是思乡"既合律，意亦好。

品·评 贞元二十一年正月癸巳（日），德宗崩。丙申（日），顺宗即位。二月甲子（日），顺宗御丹凤楼，大赦天下。三月下旬或稍晚，韩愈接到遇赦消息，离阳山北归，途经龙宫滩作此诗。前半首写龙宫滩涛声，后半首写归途思乡。遇赦兴奋，涛声欢快；归去情切，彻夜难寐。愈说话愈多，愈睡不着；愈睡不着，愈觉得涛声清晰。如蔡絛《西清诗话·听水诗》云："所谓浩浩荡荡抑更扬者，非语客里夜卧，饱闻此声，安能周旋妙处如此耶？"

湘中酬张十一功曹

注·释

- 01·绝徼（jiào）：边塞。
- 02·清湘：一说指湘江的清流；一说为湘江的上游未水。
- 03·岭：指五岭，即大庾、骑田、都庞、萌渚、越城五岭。越：湘中古称越地。岭猿、越鸟：是南方具有代表性的事物，古诗中常用猿啼鸟叫比托人的凄愁。
- 04·可怜：可爱。

休垂绝徼千行泪，⁰¹

共泛清湘一叶舟。⁰²

今日岭猿兼越鸟，⁰³

可怜同听不知愁。⁰⁴

品·评　韩愈和张署同为监察御史，同被贬官，遇赦后又同待命滞留郴州。这首诗当写于贞元二十一年秋，二人同居郴州时。他们志趣相投，友谊笃厚，遇赦后同舟泛游，心情是愉快的，诗正反映了这种情感。公反用岭猿越鸟意，结得好。不仅可振起首联，也使结联含不尽之意。朱彝尊《批韩诗》云："退之胸襟阔，自别有一种兴趣。此反用猿鸟意，亦唐人所未有。"

题木居士二首

（选一）

火透波穿不计春， ⁰¹

根如头面干如身。⁰²

偶然题作木居士，⁰³

便有无穷求福人。⁰⁴

为神讵比沟中断？⁰⁵

遇赏还同爨下余。⁰⁶

朽蠹不胜刀锯力，⁰⁷

匠人虽巧欲何如？

品·评

木居士庙在衡州的耒阳县，韩愈自郴州北上衡州，过此留题二首。故诗当写于永贞元年（805）秋末。这两首诗是韩愈有感而发。本为一块不胜刀锯的朽木，却被人当作神礼拜求福。韩愈通过这一事实，深刻揭露了宗教迷信的愚昧害人，讽刺了那些窃居高位的酒囊饭袋和趋炎附势之人。诗具体生动，形神毕肖；语言平实，顺口流畅。在看似不经意的诗句里，有耐人咀嚼的意趣。可谓道破世情、造意玄妙的醒世痛快之作。

和归工部送僧约
01

早知皆是自拘囚，02

不学因循到白头。03

汝既出家还扰扰，04

何人更在死前休。05

注·释

● 01·归工部：归登，字冲之，曾任工部侍郎、工部尚书等。深通佛学，与孟简同受诏翻译《大乘本生心底观经》。僧约：名文约，荆州人，和尚。广交游，与归登、刘禹锡、柳子厚都有交往。

● 02·"早知"句：指归登、文约二人虽信佛倡佛，但内心里另有所想。自拘囚：自己束缚自己。

● 03·因循：因循守旧，沿守老一套。

● 04·扰扰：纷乱貌，即为追名逐利奔波不休，内心纷乱。

● 05·《荀子·大略篇》："子贡曰：大哉死乎！君子息焉，小人休焉。"

品·评

本诗作于元和元年（806）春。时韩愈三十八岁，为江陵法曹参军。韩愈辟佛，至死不改其志。诗借和归登送僧约诗，揶揄和尚，说他们信佛是假，为名与利是真。对归工部也不无嘲讥。诗仅四句，却痛快淋漓地表现了韩愈落落大方的风度。所以，朱彝尊《批韩诗》说："这首诗以豪气驱遣，磊落痛快。"《唐宋诗醇》称其"振威一喝，三日耳聋"。韩诗往往多非正言，此亦如此。这也是这首诗的手法特点。

题张十一旅舍三咏（选二）

题张十一旅舍三咏 *01*

榴花 *02*

五月榴花照眼明，

枝间时见子初成。*03*

可怜此地无车马，*04*

颠倒青苔落绛英。*05*

井

贾谊宅中今始见，*06*

葛洪山下昔曾窥。*07*

寒泉百尺空看影，*08*

正是行人暍死时。*09*

注·释

● *01*·旅舍：即旅馆，指张署住处。

● *02*·榴花：石榴花，五月开放。生西域，张骞出使西域带回中原。

● *03*·子：指石榴果。

● *04*·可怜：不作可惜而作可爱解。末二句正是爱其无游人来赏，爱其满地青苔、绛英；倘有人来赏，则车辙马蹄踏得不堪了。此正是意调新而笔锋偏出处。

● *05*·颠倒：乱貌。绛英：绛，红色；英，花。此句是说青苔上落满了红艳艳的石榴花。

● *06*·贾谊：河南洛阳人，西汉杰出的政治家、辞赋家，曾出任长沙王太傅，传说贾谊宅中有一井，是谊所凿，极小而深，其状如壶。

● *07*·葛洪：晋道教学者、医药学家，句容人，字稚川，自号抱朴子。从祖传炼丹术于郑隐，洪就隐学，炼丹于罗浮山，称葛洪山，山有丹井。

● *08*·寒泉：极言水深，只宜看影，不宜汲饮。

● *09*·暍（yē）：古读入声。一种因天热中暑而患的热症。

品·评

以第一首"五月榴花照眼明"看，诗当写于与张署同掾江陵时的五月。这两首借咏物以寄托的小诗，虽短却包含着深刻的哲理。《榴花》咏石榴不喜繁华，不图温养，在僻地冷落处，自开自落，自结子实，表现了洁身自好的品格——既颂人又喻己。《井》言井水虽在，不能济人，比喻在位者尸位素餐，不能荐才济政。内里表现了韩愈虽遭贬遇赦，仍不得还朝复官的怨愤。

池上絮

01

注·释

- ● *01*·絮：柳絮。成熟的柳树种子，上有白色绒毛，随风飞落如飘絮，故称柳絮。也叫柳绵。
- ● *02*·落晖：落日的余光。
- ● *03*·杨花：即柳絮。柳树世称杨柳，古人又以絮为花，故柳絮又称杨花。
- ● *04*·纤质：指柳絮质地纤细柔软。凌：凌驾，此指飘浮。清镜：指池水水面。
- ● *05*·无穷：无穷无尽，形容柳絮多。

池上无风有落晖，*02*

杨花晴后自飞飞。*03*

为将纤质凌清镜，*04*

湿却无穷不得归。*05*

品·评　此诗所作年月不详，视内容情调，似作于元和六年诗人在洛阳任河南令时。小诗描写了眼前的实景，以景引情而发感慨。写杨花飘摇无际与湿却不归，似有寓意。诗写眼前景物不饰自切，喻社会世俗不琢自深。

峡石西泉

注·释

● 01·鳞介：泛指有鳞与介甲的水生动物。
● 02·《列子·汤问》："滨北海之北，其国名曰终北……当国之中有山，山名壶领，状若甔甄，顶有口，状若员环，名曰滋穴，有水涌出，名曰神瀵。"俗谓之石眼。环环：形容石眼为圆形。钟：古代容量单位。十釜为一钟。
● 03·《尔雅·释鱼》："科斗，活东。"注："虾蟆子。"蛙或蟾蜍的幼体。

居然鳞介不能容，[01]

石眼环环水一钟。[02]

闻说旱时求得雨，

只疑科斗是蛟龙。[03]

品·评

元和六年（811）夏，韩愈由河南令迁朝议郎、行尚书职方员外郎、上骑都尉，奉诏赴京师长安，诗为途经陕州峡石县时所作。诗看似不经心，实则以锐思寓深意。峡石西泉是眼前实景，诗人由连鳞介都不能容的一钟石眼，以所听传说折转，推出小石眼居然能应百姓所祈，得雨解旱，再由此而拟想出科斗化蛟龙的奇想。这由水与水中之物，引发联想，既奇僻，也自然。科斗化龙，可谓奇中尤奇；若联系韩愈《应科目时与人书》一文里，他自比于怪物龙，就会豁然开朗。原来韩公此次迁官回京，遇水、过关，会不会有化龙之想呢？请细思之。看来诗人是想回京后在慎行中干一番事业的。

入关咏马

01

注·释

● 01 · 关：指陕西潼关。唐人诗文里凡单称一关字者，均指潼关；若称别关者，必冠名，如蓝田武关、太行娘子关。

● 02 · 上驷：最好的马。

● 03 · 此乃见自然之关而感叹自己的人生之关。因为民言事而遭贬，感慨不可不慎对前程。

● 04 · 骧（xiāng）首：马仰头。

● 05 ·《新唐书》卷二二三《奸臣传上·李林甫传》："补阙杜琎再上书言政事，斥为下邽令。因以语动其余曰：'明主在上，群臣将顺不暇，亦何所论？君等独不见立仗马乎，终日无声，而饫三品刍豆；一鸣，则黜之矣。后虽欲不鸣，得乎？'"

岁老岂能充上驷，[02]

力微当自慎前程。[03]

不知何故翻骧首，[04]

牵过关门妄一鸣。[05]

品·评

本诗为元和六年（811）韩愈奉诏赴京师途经潼关时所作。由河南县令迁职方员外郎，召回京师，对韩愈来说无疑是人生仕途的新起点。故见险关而有感于往事：因为百姓旱饥请命而遭贬，后累受挫，故有慎前程的思考。此人之常情，也是他此时的心态。诗以慎为眼，以马为喻，以前程为线贯穿，浑然一体。字显意邃，语畅气杰，见马意态尤知韩公的气度神情。慎于行是他的愿望，为国计民生不计前程乃韩公本性。孰大孰小，他心中有杆秤。

答道士寄树鸡

01

软湿青黄状可猜，*02*

欲烹还唤木盘回。*03*

烦君自入华阳洞，*04*

直割乖龙左耳来。*05*

注·释

● *01·* 树鸡：乃松、枫、枥、槠等老树上寄生的菌类，即今说的木耳。

● *02·*《齐民要术》："木耳菹：取枣桑榆柳树边生犹软湿者，煮五沸，去腥汁。"

● *03·* 此句表诗人欲烹还止、猜度中的心态。

● *04·* 宋叶梦得《蒙斋笔谈》："镇江茅山，世以比桃源。余顷罢镇建康，时往游三日，按图记问其故事。山中人一一指数，皆可名，然亦无甚奇胜处。而自汉以来传之，宜不谬。华阳洞最知名，才为裂石，阔不满三四尺，其高三尺，不可入。金坛福地在其下，道流云：'近岁刘浑康尝得入百余步。'其言甚夸，无可考，不知何缘能进？韩退之未尝过江，而诗有'烦君直入华阳洞，割取乖龙左耳来'。意当有为，不止为洞言也。"

● *05·* 宋曾季狸《艇斋诗话》："韩退之《树鸡》诗云：'烦君自入华阳洞，割取乖龙左耳来。'予按割龙耳事两出。柳子厚《龙城录》载：茅山处士吴绰因采药于华阳洞，见小儿手把大珠三颗，戏于松下。绰见之，因询谁氏子，儿奔忙入洞中。绰恐为虎所害，遂连呼相从入，得不二十步，见儿化龙形，一手握三珠，填左耳中。绰以药斧研之，落左耳，而失珠所在。又冯贽《云仙散录》载：崔奉国家一种李，肉厚而无核。识者曰：'天罚乖龙，必割其耳，血堕地，生此李。'未知退之所用果何事。然《龙城录》载华阳洞龙左耳事，而《云仙散录》乃有乖龙割耳之说，二书各有可取也。"

品·评　此诗既咏物又寄慨。首二句重在咏物，不但把树鸡的形态颜色呈现在人们眼前，那软湿柔和的内涵仿佛也使人触得到，可谓体物入微，活灵活现。寄慨者，一是慨叹不怕危险，自入华阳仙洞，割取如龙耳那样的珍贵之物馈送，友情可鉴。二是或如叶梦得所说"意当有为"，若道士真是张道士，与元和十年前后的政治形势联系起来看，或有寓意。但此见所寄之物有感，以奇想象作比，而成此豪迈之笔，不一定求之过分，若是，则过凿矣。朱彝尊《批韩诗》谓此诗"豪气骇人"，诚然。

广宣上人频见过[01]

注·释

● 01 · 广宣：蜀僧，有诗名。元和中住长安安国寺。

● 02 · 数往来：言来往频繁。

● 03 · 结二句，讥广宣终日不归，古寺寥落，正可闭门学道。

三百六旬长扰扰，

不冲风雨即尘埃。

久惭朝士无裨补，

空愧高僧数往来。[02]

学道穷年何所得？

吟诗竟日未能回。

天寒古寺游人少，

红叶窗前有几堆？[03]

品·评

元和六年（811）夏，韩公迁朝官职方员外郎；七年二月，迁国子博士；八年三月，迁比部郎中史馆修撰；九年十月，转考功郎中，史馆修撰如故；十二月，以考功知制诰。可谓做朝士已久，虽惭于朝政无补，心里仍是自豪的。无补者，说己喻人，指无所事事的浮屠于世无补，正与一年到头常来打扰的广宣作比。"扰扰"叠用已作了强调，一年三百六十日旬旬长来，真够麻烦人的。长不作常，亦有意趣。在扰扰心烦中，又见广宣来扰，才于心烦中字斟句酌地想出这句突兀而起的破题诗句。题着一"频"字，乃诗之眼。第二句看似与上无涉，实是说不是冒着风雨，就是踏着尘埃，即风雨无阻地长来扰。三四句对，以无对数，仍是强调广宣来扰之频。五六句意转，说广宣穷年学道无成，吟诗竟日不回，惜无好诗。此中含一潜台词：与人无益，只会扰人。结联落在广宣住处的冷清孤凄上。言外之意：广宣长扰别人，别人却很少到他的古寺红楼。对整日无所事事、到处乱跑的浮屠数落到了家了。元方回《瀛奎律髓》云："昌黎大手笔也，此诗中四句，却只如此枯槁平易，不用事，不状景，不泥物，是可以非诗訾之乎？此体惟后山有之，惟赵昌父有之，学者不可不知也。"

游太平公主山庄 01

注·释

●01·太平公主：唐高祖李治第三女，武则天所生，是武后时期专权跋扈的风云人物。先嫁薛绍，绍死，再嫁武攸暨。协助李隆基诛韦后有功，权势益重，时宰相七人，五出其门。睿宗先天二年（713），因参与谋废太子事失败，赐死。太平公主山庄，在长安城南之乐游原。

●02·占春：强占春光。史称太平公主其家珍宝如山，山庄占地数十里，公主死后赐宁、申、岐、薛四王。

●03·台榭：概指其中亭台楼阁等建筑。城闉（yīn）：曲城上的城门楼，或谓城内重门，此以门代皇城，说公主山庄比皇城还高大。

●04·南山：指终南山。此句以花多寓占地广。多少：偏义词，即多。

公主当年欲占春，02

故将台榭压城闉。03

欲知前面花多少，

直到南山不属人。04

品·评　诗写于元和八年（813）春韩愈任国子博士时。虽是写景，却在慨叹昔日公主山庄极广极盛，揭露了唐代统治集团的腐化享乐。韩愈尊儒，崇尚礼制，从首联"欲占春"、"压城闉"，可见韩愈对这位公主擅权欺世、超越礼制的不满。首句"占"字，乃诗眼，结句回应，透出"占"字。欲是因，而占是果。二句抱前，以点总束，突出其贵重权势：连京城都压住了；三四句铺张，以苑广花盛开写这位公主的权势贵重。全诗一气流走，痛快。

奉和虢州刘给事使君三堂新题二十一咏（选四）⁰¹

注·释

- 01·奉和：用别人的题材、诗韵写诗叫"和"。"奉"是尊称。使君：汉称太守为使君，唐刺史的官阶相当于太守，常作借称。刘给事：名伯刍，字素芝，洺州广平（今河北广平）人，中进士，迁考功郎中，集贤院学士，给事中。出为虢州刺史。
- 02·渚（zhǔ）亭：小岛上的亭子。
- 03·"自有"二句：向来为人们知道的好地方，哪能没有人来往呢？暗指渚亭好。
- 04·安四壁：安装亭子四周的墙壁。
- 05·面面：每一个方面，如"方方面面"。

渚亭⁰²

自有人知处，　那无步往踪？⁰³

莫教安四壁，⁰⁴　面面看芙蓉。⁰⁵

品·评

诗序云："虢州刺史宅连水池竹林，往往为亭台岛渚，目其处为三堂。刘兄自给事中出刺此州，在任逾岁，职修人治，州中称无事。颇复增饰，从子弟而游其间；又作二十一诗以咏其事，流行京师，文士争和之。余与刘善，故亦同作。"刘伯刍因与宰相李吉甫不和，元和七年以给事中为虢州刺史，次年修三堂，作诗二十一首，传入京师，公有是作。后世论者认为这二十一首是效法王维《辋川集》，首首清新，以小见大。正如朱彝尊《批韩诗》所说："首首出新意，与王、裴《辋川》诸诗颇相似，音调却不如彼之高雅。"诗虽不逮王、裴，却代表了韩诗清新平淡之风格，读来清新可餐。

《渚亭》一首，小诗天然成趣，与王维《临湖亭》"轻舸迎上客，悠悠湖上来。当轩对樽酒，四面芙蓉开"，颇相类。如与"消受白莲花世界，风来四面卧中央"同读，更知其趣。

注 · 释

● 01 · 蔼蔼：原指草木茂盛的样子，此指水缓缓而流的样子。

● 02 · 梢梢：竹条长长下垂的样子。筱（xiǎo）：细竹。

● 03 · "穿沙"二句：嫩绿的竹笋刚从沙地里钻出来，还没有长出叶子，亭亭翠绿；落在水中的紫竹苞，散发出阵阵清香。苞：竹笋的壳。

竹溪

蔼蔼溪流慢，⁰¹ 梢梢岸筱长。⁰²

穿沙碧竿净，　落水紫苞香。⁰³

品 · 评　小诗写新竹亭亭玉立的姿态，表现出勃勃生机；紫苞剥落飘来阵阵香气，透出竹的韵味。看得见，嗅得着，形态逼真，活泼生动。

花岛

蜂蝶去纷纷，香风隔岸闻。

欲知花岛处，水上觅红云。[01]

品
·
评

小诗写看到蜂蝶飞舞，闻到岛上花香，放眼寻觅，远远望去，岛上花开嫣红，蜂飞蝶舞，像水上漂浮着一片红云一样。此乃远望之景。诗境妙于彩绘，真前所未有。

柳巷

柳巷还飞絮，　春余几许时？
吏人休报事，[01] 公作送春诗。[02]

小诗写伯刍惜春与恋春的心情，情韵高雅。如黄叔灿云："伤春心事，黯然入妙。下二句并觉风韵入俗。"元方回《桐江集》云："昌黎为刘给事赋《二十一咏》，乃刺史州宅也。然专道林泉间兴趣，于外务不毛发沾。'洞门无锁钥，俗客不曾来。'此以见自无俗客，则自不必有锁钥。风致甚高，与夫用意以拒俗客者异矣。既曰'朝游孤屿南，暮游孤屿北。所以孤屿鸟，与人尽相识'，又曰'郡楼乘晓上，尽日不能回'，又曰'吏人休报事，公作送春诗'。苟如此，则郡事全废，簿书期会，一切不问可也。然必其道眼识诗法者，始知昌黎为善立言，譬之曾点舍瑟，异乎三子者之撰也。"

酬王二十舍人雪中见寄 01

三日柴门拥不开，

阶平庭满白皑皑。

今朝蹋作琼瑶迹，⁰²

为有诗从凤沼来。⁰³

品·评

诗是酬答之作，首二句把冬日雪景凸显出来，阶平庭满一片洁白，具体描绘出长安城为雪覆盖的景象；首句说明这场大雪已非一日，是时间，也是感觉。三句作比，美化了如玉装点的雪世界，自是诗境界的升华。结句落在王涯寄诗来，与题照应，为盛唐遗响。故程学恂《韩诗臆说》云："此却是唐格。"

奉酬振武胡十二丈大夫

01

倾朝共羡宠光频，*02*

半岁迁腾作虎臣。*03*

戎旆暂停辞社树，*04*

里门先下敬乡人。*05*

横飞玉盏家山晓，*06*

远蹀金珂塞草春。*07*

自笑平生夸胆气，

不离文字鬓毛新。*08*

注·释

● *01* · 胡十二：胡证，字启中，河东人，贞元五年进士。累迁谏议大夫。元和九年，选拜振武军节度使。曾任御史中丞、工部侍郎、京兆尹、左散骑常侍。宝历初，以户部尚书判度支，固辞，拜岭南节度使。十二：为胡证族中同辈大排行。丈：对长者尊称，时胡六十，韩四十七。

● *02* · 倾朝：整个朝廷上的臣僚。宠光：皇帝的恩泽荣耀。频：频繁，盛多。

● *03* · 迁腾：指升迁之快。谓胡证由左议大夫迁振武军节度使，中间相隔仅半年时间。虎臣：掌握兵权的大臣，此指节度使。

● *04* · 戎旆（pèi）：军旗。辞社树：辞别乡里，这里以社树代乡里。

● *05* · 里门：故乡之门。敬乡人：敬重乡里长者。

● *06* · 横飞玉盏：指宴席上传盏交杯的欢乐气氛。家山晓：家乡的山已经亮了，即天将明，指与乡人欢饮达旦。

● *07* · 蹀（dié）：行走。金珂：马饰。塞草春：振武在塞北，胡十一月受命，到塞北大约已是第二年的春天了。以上二句人称"工丽"。

● *08* · 文字：文章诗篇。鬓毛新：鬓上又添白发。

品·评

元和八年（813），振武军守将杨遵宪反，赶走节度使李进贤。九年，党项又侵扰该地，朝廷派胡证为单于大都护、振武麟胜等军节度使，诗人酬诗送行。诗当写于九年，时韩愈在长安，为考功郎中兼史馆修撰，年四十七。诗虽是平常应酬之作，却一气流转，以磅礴的气势塑造了胡证文武兼备、体恤百姓的礼仪之士形象，预示他一定能为国立功，静安边塞。且自嘲虽有胆气，不过是舞文弄墨而已，以此烘托；同时，也寄托了诗人的无限感慨。清马位《秋窗随笔》云："昌黎古诗胜近体，而近体中惟《湘中酬张十一功曹》、《奉酬振武胡十二丈大夫》及《西林寺题萧二兄郎中旧堂》、《次潼关先寄张十二阁老使君》诸作，矫矫不群，可以颉颃老杜。

春雪

注·释

● 01·芳华：香花。

● 02·二月初惊：指时令已到二月初的"惊蛰"。时到惊蛰，草木发芽，春意渐浓。

● 03·故穿：故意穿过，把雪写成有意识的活物。

新年都未有芳华，[01]

二月初惊见草芽。[02]

白雪却嫌春色晚，

故穿庭树作飞花。[03]

品·评　本诗作于元和十年（815）二月，与《题百叶桃花》同时。时至初春，草木发芽，春意渐浓，天却下了一场春雪。诗人因心里畅快，虽见寒雪袭春，也不觉得冷，反将春雪作春花，寒冷变阳春。写得白雪似芳花怡人，情调轻快，构思新巧，使旧题翻新。三句的"却嫌"，四句的"故穿"，对举成文，把景写活了。

题百叶桃花 01

注·释

● 01·百叶桃:碧桃,花重瓣,又称千叶桃。
● 02·双桃:两棵桃树。
● 03·本句指诗人向窗外偷偷看去,在翠竹间那鲜灵的桃好像仙女一样可意。见:同"现"。玲珑:本指玉声。此指空明貌。
● 04·侍史:古制,尚书进内廷值班时由侍史护从,此代指尚书。天上:指内廷。韩公以考功郎中知制诰寓直禁掖,故云。
● 05·仙郎:古称尚书省诸曹郎官为仙郎。韩愈官吏部考功郎中知制诰,属尚书省,故自称"仙郎"。此指内廷空静,只有这碧桃陪伴仙郎了。

百叶双桃晚更红,02

窥窗映竹见玲珑。03

应知侍史归天上,04

故伴仙郎宿禁中。05

品·评　诗写于元和十年(815)韩愈在长安任考功郎中知制诰时。公独自值宿禁中,窗外桃花鲜艳怡人,心情格外惬意,写下这首小诗,抒发他因迁官而职近枢要、得与朝事的愉快心情。巧妙的是,他用拟人的手法,以碧桃自述,更觉百叶桃花鲜红明媚,体态玲珑,活灵活现。写景抒情,不弱右丞小诗。

戏题牡丹

注·释

● 01·隐约：依稀不明貌。
● 02·经营：规划营造，周旋往来。
● 03·是事：犹云事事。

幸自同开俱隐约，[01]

何须相倚斗轻盈。

陵晨并作新妆面，

对客偏含不语情。

双燕无机还拂掠，

游蜂多思正经营。[02]

长年是事皆抛尽，[03]

今日栏边暂眼明。

品·评

诗与《题百叶桃花》《春雪》作于同时，按花开季节，当写于元和十年初夏。诗咏物，不在牡丹仪态的工笔描摹，而是从写人中让读者看到她"陵晨并作新妆面，对客偏含不语情"的仪态靓丽的含蓄美，极妙；感受到她品格的高雅绝特，使人愿抛尽长年所有事情，依偎在栏边观看体味。若此诗人还嫌对牡丹美的描摹不足，又以物拟人，写双燕无机而来、游蜂经营不去，作更深一层写。这一切正是对首联诗人看到牡丹"何须相倚斗轻盈"的铺写。全诗不工于对牡丹富丽华贵的正面刻绘，却极见韩诗锤炼功力。这也是韩诗不著色体格的独到处。汪师韩《山泾草堂诗话》云："唐人咏牡丹夥矣，即如《才调集》中薛能、温飞卿、李山甫、唐彦谦、罗隐、罗邺，均有此诗。尽态极妍，总不如昌黎一首。前六句清轻流丽，无意求工。结联云：'长年是事皆抛尽，今日栏边暂眼明。'不泥然牡丹，非此不足以当之，此诗家上乘也。"七言长句，难得有此风情。

芍药

注·释

● 01·芍药：花大而美，名色繁多，根可入药。晚于牡丹，在初夏开。

● 02·程学恂《韩诗臆说》："《芍药》，首句浩态狂香四字，生造得妙。"

● 03·红灯烁烁：喻其花。绿盘龙：喻其叶。

浩态狂香昔未逢，⁰²

红灯烁烁绿盘龙。⁰³

觉来独对情惊恐，

身在仙宫第几重？

品·评　诗写于元和十年（815），时韩公任考功郎中、知制诰，寓值禁中。此时他处于顺境，心情畅适。用"浩态"形容芍药的英姿，用"狂香"形容花的芬芳，虽生造，却活灵活现，使人看得见，闻得着。若将首句与结句"身在仙宫"联系起来看，诗不但有寓意，亦传情，故第三句的"情"字是通贯全诗的关键。二句以红灯比花，以绿盘龙比叶，亦有形有色，十分鲜明。若读诗闭目，韩愈心满意得的情态，就会浮现在眼前。

闲游二首

注·释

- 01·《瀛奎律髓》纪批："三四本即景好句，宋人以理语诠之，遂生出诗家障碍。"
- 02·厌：厌烦。讵：副词，表示反问。
- 03·不数：谓没有多少次。
- 04·《瀛奎律髓》纪批："污净、老新四字创意，刻意反对转纤。"
- 05·讶：惊讶。
- 06·本句韩愈以扬子云自比，喻清闲自守。
- 07·喻指长安官场。

雨后来更好，　绕池遍青青。

柳花闲度竹，　菱叶故穿萍。 *01*

独坐殊未厌，　孤斟讵能醒？ *02*

持竿至日暮，　幽咏欲谁听？

兹游苦不数，*03* 再到遂经旬。

萍盖污池净，　藤笼老树新。 *04*

林乌鸣讶客，*05* 岸竹长遮邻。

子云只自守，*06* 奚事九衢尘？ *07*

品·评　从独坐未厌、孤斟不醒和"子云只自守，奚事九衢尘"表现出的心态看，本诗当作于元和十二年春夏诗人下迁太子右庶子的闲官时。韩愈因支持平淮西，遭主和权臣打击，自去年五月十八日降为右庶子，至今年七月二十九日兼御史中丞，充彰义军行军司马。诗突出因官闲而产生远尘嚣的孤独幽情，也是他对九衢尘的否定。方回《瀛奎律髓》云："此二诗一唱三叹，有余味。以工论之，只前诗第一句已极佳。后诗第六句省题，诗亦体贴不尽。"

赠刑部马侍郎 ⁰¹

注·释

● 01·马侍郎：马总，元和四年为安南都护，八年徙桂管观察使，入为刑部侍郎。十二年，裴晋公平蔡，奏总为副使。
● 02·压南荒：指马总的仕宦经历。

红旗照海压南荒，⁰²

征入中台作侍郎。

暂从相公平小寇，

便归天阙致时康。

品·评　这首七绝当写于元和十二年（817）七月受命平淮西出发前。气势之雄，鲸吞淮西之寇，欲扫平割据战乱，以致时康。涵盖之广，从马总旄节安南、桂管、岭南，势压南荒的照海红旗，到从裴平蔡的淮西大战，尽皆包容。诗虽是应时之作，却于平常语里造出不平常的诗境。脱口而出，一气流走，十分得体。

过鸿沟

01

注·释

- *01*·鸿沟：古渠名。在今郑州荥阳东北广武镇。秦末项羽、刘邦争战于此，后以鸿沟为界，中分天下，西为汉，东为楚。
- *02*·龙疲虎困：比喻刘邦、项羽双方争斗，困苦不堪。割川原：分割天下。
- *03*·苍生：百姓。
- *04*·《史记·高祖本纪》载：刘、项中分天下，刘应西归。途中从张良、陈平计，趁项不备，与韩信、彭越合军击之，大败项羽。劝者乃张、陈，此以比裴度，以刘邦比宪宗。
- *05*·乾坤：本指天地，此指江山社稷。此句谓刘邦用张、陈计，关系到国家命运。

龙疲虎困割川原，⁰²

亿万苍生性命存。⁰³

谁劝君王回马首？⁰⁴

真成一掷赌乾坤。⁰⁵

品·评

元和九年（814）淮西吴元济叛乱，宪宗派兵进讨，久攻不下。或主战或主和，朝中大臣争论不休。宰相裴度力排众议，主张进讨，宪宗从其计，于元和十二年七月，命裴度亲自督战进讨。韩愈作为主战者以太子右庶子被命为行军司马同往。八月初，军出长安后，韩愈单骑前往汴州（今开封），说服韩弘参战。韩愈经鸿沟，睹古喻今，写下了这首有名的七绝，歌颂宪宗与裴度平蔡。这在藩镇割据、生灵涂炭的情况下，颇有积极意义。小诗能在短小篇幅中将力主讨蔡的隐衷曲曲说出，真乃绝妙文字。

和李司勋过连昌宫 01

夹道疏槐出老根，⁰²

高甍巨桷压山原。⁰³

宫前遗老来相问，⁰⁴

"今是开元几叶孙"。⁰⁵

注·释

● 01·李司勋：名正封，从裴度平淮西，为彰义军节度判官书记。原任京官吏部司勋员外郎，故称李司勋。连昌宫：高宗显庆三年（658）建，玄宗曾加修葺，是唐代皇帝由长安去洛阳的行宫，在今河南宜阳县。唐人多以此为题材，借连昌宫的兴废，揭示唐由盛到衰的历史，追念昔日之盛，期望唐朝再兴。

● 02·夹道：道路两侧。出：露出。此句乃眼前所见实景，不写树形，只写老根，突出年代之久，以应下之"遗老"。绝句虽忌重字，此未觉重，乃韩公炼意炼字处。

● 03·甍（méng）：屋脊。桷（jué）：构架屋顶的方形椽子。句意为：连昌宫高大雄伟，俯瞰山原。"压"字之用，顿增诗的气势。

● 04·遗老：前朝旧臣。此指久经风霜、饱尝世故的老人。借遗老之问，发人深思。

● 05·今：即当今皇上，指宪宗李纯。开元：玄宗李隆基年号，此为史家称为"开元之治"的盛世。史谓"是时海内富实，米斗之价钱十三"，"道路列肆具酒食以待行人，店有驿驴，行千里不持尺兵"。叶：代，犹世。孙：子孙。

品·评　这首诗写于元和十二年（817）冬平淮西后凯旋途经连昌宫时。诗人借玄宗曾多次住过的连昌宫为题，追昔论今，希望当今圣上能吸取前朝的教训，中兴唐朝。诗以写连昌宫盛大雄伟起笔，以遗老相问作结，前后照应。思精语洁，质直如话，含味自深，在磅礴的气势笔单下，使人黯然，耐人寻味。朱彝尊《批韩诗》云："'白头宫女在，闲坐说玄宗'，昔人已谓妙矣，此乃因今帝致问，尤有婉致。"

次潼关先寄张十二阁老使君 ⁰¹

荆山已去华山来，⁰²

日出潼关四扇开。⁰³

刺史莫辞应候远，⁰⁴

相公亲破蔡州回。⁰⁵

注·释

●01·次：到达留宿。潼关：秦豫交界的一道险关，长安的门户，在今陕西渭南市。张十二：张贾，大排行第十二。阁老：唐人对中书、门下两省中书舍人、给事中里年长资深者的尊称。张贾曾任门下省给事中。使君：张贾时任华州刺史，唐刺史与汉太守官阶同，汉呼太守为使君，此借称。

●02·荆山：在今河南灵宝市，唐置虢州湖城县，县南三十里有覆釜山，又名荆山。华山：又名太华山，在今华阴市南，五岳中之西岳。

●03·四扇开：潼关东西二门，门各二扇，故云四扇。过了潼关就是八百里秦川的关中平原，故云开。

●04·刺史：指张贾。

●05·相公：指裴度，唐称宰相为相公。亲：既实际又亲切，用得极妙。蔡州：在今河南汝南，吴元济巢穴所在。胡仔《苕溪渔隐丛话》前集卷十八《韩吏部下》引《漫叟诗话》云："诗中有一字，人以私意窜易，遂失古人一篇之意。若'相公亲破蔡州来'，今'亲'字改作'新'字是也。"

品·评　此诗乃平淮西回师过潼关时所写，比《和李司勋过连昌宫》诗稍后数日。言为心声，在满朝主和一派声势汹汹的情况下，随裴度平淮西，活捉吴元济，取得了空前胜利，使中原得以安定，韩公心情自豪而喜悦。这首七绝正表现了诗人希望统一的思想和胜利的心情。诗打破七绝忌用刚笔的禁戒，刚而能韵，创为新体，是以刚笔写七绝的极佳者。清施补华《岘庸说诗》谓："退之亦不能为第二首，他人亦不能效退之再作一首。"诗虽短小而能卷波叠浪，大开大合，从容自若，笔畅意随，既有波澜壮阔的雄伟气势，又有风骨韵味，是历代传诵的佳制。

独钓四首

（选二）

注·释

● 01·二句虽直叙，然有兴象，"一""斜"二字逼真，是个性语言。"野"字双关，即野草、野花。

● 02·柳耳：寄生在老柳树上的菌类，色黄黑，形如耳，可食用。韩公诗所谓木鸡者。喜温热潮湿，故诗云雨多添之也。

● 03·长：水位升高，意同涨；水涨而蒲芽未增高，故云减。此写水涨蒲没景象。首二联体物入微，妙出新境。

● 04·坐：受此之职位，意同坐罪之坐。刑柄：刑法之权柄，时公为刑部侍郎。

● 05·钓车：钓鱼之具，有轮以缠绕钓丝者。

● 06·讵：岂。赊：欠。

● 07·约：偃。蒋之翘《韩昌黎集辑注》："下约字极新。"宋《道山清话》云："馆中一日会茶，有一新进曰：'退之诗太孟浪'时贡父偶在座，厉声问曰：'风约半池萍，谁诗也？'其人无语。"

● 08·何焯《义门读书记》："鱼鸟一联，极似老杜，入微。"

● 09·应题与首句"独"字，当有寓意。

一径向池斜，　池塘野草花。[01]

雨多添柳耳，[02]水长减蒲芽。[03]

坐厌亲刑柄，[04]偷来傍钓车。[05]

太平公事少，　吏隐讵相赊？[06]

独往南塘上，　秋晨景气醒。

露排四岸草，　风约半池萍。[07]

鸟下见人寂，　鱼来闻饵馨。[08]

所嗟无可召，　不得倒吾瓶。[09]

品·评　元和十二年十二月二十一日至十四年正月十四日，韩愈任刑部侍郎。此四诗其二有"坐厌亲刑柄"句，知四诗写于他任职刑部时。其三有"秋晨景气醒"，其四有"秋半百物变"句，知诗写于元和十三年八月。时社会暂时太平，《平淮西碑》风波也已过去，韩公之心得以稍稍平静，刑部主要管刑法，具体事务相对较少，又无友应召，故有独钓之闲心。诗正反映了他此时的平静生活与幽兴心态，体现了韩诗艺术的多样性。故朱彝尊《批韩诗》云："四诗多新致。"

左迁至蓝关示侄孙湘[01]

一封朝奏九重天，[02]
夕贬潮州路八千。[03]
欲为圣明除弊事，[04]
肯将衰朽惜残年。[05]
云横秦岭家何在？[06]
雪拥蓝关马不前。[07]
知汝远来应有意，[08]
好收吾骨瘴江边。

品·评　元和十四年（819）正月，凤翔法门寺塔内发现有释迦文佛指骨一节，宪宗派宦官持香花迎入宫廷供奉。韩愈上了《论佛骨表》，请制止京师狂热的宗教活动，触怒了宪宗，几被处死。由于裴度、崔群等解救，韩刑部侍贬潮州刺史。这首诗是他路过蓝田县蓝关，写给来送行的侄孙韩湘的，约在正月十六七日。说明他被贬之因，抒发了他内心的悲愤。诗语极凄切，却不衰颓，以悲壮雄肆感人。一二句以勃勃气势振起，三四句是全诗之骨，五六句造艺术高峰，结二句呼应三四句之意。故何焯评其诗格为"沉郁顿挫"。细读此诗，真觉有少陵之风。

次邓州界 01

注·释

● 01·《元和郡县图志》："山南道二：邓州，《禹贡》豫州之域。周为申国。战国时属韩……秦昭襄王取韩地，置南阳郡，以在中国之南，而有阳地，故曰南阳，三十六郡，南阳居其一焉。汉因之，邻县三十六，理宛城……大业三年，改为南阳郡。武德二年，复为邓州。"

● 02·长沙：樊汝霖《韩集谱注》："汉贾谊为长沙王太傅。长沙，潭州，在唐隶江南西道，而潮阳在岭南，距长安八千里，故曰倍云。"《元和郡县图志》："长沙县，本汉临湘县，属长沙国。隋改为长沙县，属潭州。"

● 03·讶：惊讶。

● 04·此乃"别后知眼自添花"，即眼花的程度增加了。

● 05·商颜：商山之貌。

● 06·邓：邓州。鄙：边。赊：远。

潮阳南去倍长沙，02

恋阙那堪又忆家？

心讶愁来惟贮火，03

眼知别后自添花。04

商颜暮雪逢人少，05

邓鄙春泥见驿赊。06

早晚王师收海岳，

普将雷雨发萌芽。

品·评　诗作于南贬潮州途中，后于"蓝关"诗，约在已露早春气象的正月下旬。诗人虽遭贬而有感于物候，不忘恋阙和王师收复河南河北，一统全国，使天下百姓过上太平日子，即"普将雷雨发萌芽"。中二联属对工稳，第三句心讶愁来怒火内生，暗指遭贬；第四句写别家之情，"眼知"二字因合律语序倒置，径指自己因遭贬别家而顿觉衰老。三联，因过凄冷的风雪山路，天和气暖，心情一变。如元无名氏所说："韩公贬潮，由蓝田走商州，出武关。七八言师平李师道，收青齐。"朱彝尊《批韩诗》云："比《示湘》作运思入细，态较浓，然不若彼之浑然。"诚是。惟在写二诗时公心思不同：前者块垒塞胸，悲愤慷慨，不吐不快；此则块垒稍解，而心情舒缓，故能运思入细也。

题楚昭王庙

01

丘坟满目衣冠尽，⁰²

城阙连云草树荒。⁰³

犹有国人怀旧德，⁰⁴

一间茅屋祭昭王。⁰⁵

品·评

韩公《外集》中《记宜城驿》云："此驿置在古宜城内，驿东北有井，传是昭王井，有灵异，至今人莫汲……井东北数十步有楚昭王庙，有旧时高木万株，多不得其名，历代莫敢翦伐，尤多古松大竹。"记后书为"元和十四年二月二日题"。知诗亦写于南迁途经宜城时。诗意苍莽，风骨凛然，是韩诗七绝中之佳制。刘辰翁云："人评公《曲江寄乐天》绝句胜白全集，此独为唱酬可尔。若公绝句，正在《昭王庙》一首，尽压晚唐。"一二句，均以眼前景忆昔日盛，句中相对比衬，起雄阔。三句陡转而自然，真大手笔，叫得起，撑得住。妙处全在"一间茅屋祭昭王"之结句，观似草草，却有风致，意味深长，非此而压不住。韩公远谪，不伤己而忧国，借古叹今，念国民之生息，这种思想是可贵的。

注·释

● 01 · 袁州：《元和郡县图志》卷二十八："江南道四：袁州本秦九江郡地，在汉为宜春县，属豫章郡。晋平吴后属荆州，东晋以来属江州。隋开皇十一年置袁州，因袁山为名。大业三年，罢袁州为宜春郡。武德五年讨平萧铣，复置袁州。"

● 02 · 明时：指政治清明的时代。

● 03 · 《新唐书·韩愈传》："贬潮州刺史。既至潮，以表哀谢……帝得表，颇感悔，欲复用之，持示宰相曰：'愈前所论是大爱朕，然不当言天子事佛乃年促耳。'皇甫镈素忌愈直，即奏言'愈终狂疏，可且内移'。乃改袁州刺史。"是罪未全除也。

● 04 · 本句用屈原投江事。屈原既放，游于江潭。渔父问之，原曰：宁赴江流，葬于江鱼腹中。

● 05 · 此用《前汉书》陈遵好客而诚挚强留事。《汉书·陈遵传》："(遵) 居长安中，列侯近臣贵戚皆贵重之。牧守当之官，及郡国豪杰至京师者，莫不相因到遵门。遵耆酒，每大饮，宾客满堂，辄关门，取客车辖投井中，虽有急，终不得去。"

● 06 · 高文：超出世俗之文。

● 07 · 韶石：《元和郡县图志》卷三十四："岭南道一：韶州曲江县。韶石，在县东北八十五里。两石相对，相去一里。石高七十五丈，周回五里，有似双阙，名韶石。"

● 08 · 上宾：以贵客接待。

明时远逐事何如？ 02

遇赦移官罪未除。 03

北望讵令随塞雁？

南迁才免葬江鱼。 04

将经贵郡烦留客， 05

先惠高文谢起予。 06

暂欲系船韶石下， 07

上宾虞舜整冠裾。 08

品·评　本诗为韩愈接到量移袁州的诏书并张韶州贺诗后所作。诏书传递，自京师达潮州，必先经韶州，张得先见。因是好友，故托使者带去贺诗，韩公因以诗酬谢。诗虽喜犹怨：首句发问，意在"明时"不该逐而逐，可见明时之君不明，一怨也；二句说虽量移，而罪行并未全雪，二怨也。因有怨气，故用"塞雁"寓其心情的悲凉。喜的是量移岭北，免葬江鱼。他也才有心情"暂欲系船韶石下"，客游韶州景观。"烦留客"者，除了这次回程为客，亦含南来之留及其家属的留居，所以，他对张端公有一种特别感激之情。中二联虽平平叙来，却对仗工整，情感真挚。首句发问，令人味之不尽。结用典事，揭主客友情，抱题，构建缜密。

题秀禅师房

注·释

● 01·水松：说有二：一曰海藻类植物，可入药。一曰树名，即棕，多生于水旁。
● 02·竹床：一作"竹林"，非；当作竹床，南方常有。莞席：用莞草织成的席。莞，蒲草，可织席。
● 03·头：或作颐。支头、支颐均可，作支头更合禅师情景。即以手托颊。
● 04·四句全无主语，然主人自见。一二句着行、到二动词，则主语显见是诗人自己；三四句当指秀禅师，而第四句双关亦可。谓把鱼竿拿来，自钓鱼沙岸。钓鱼，不作钓鱼或钓竿，而作钓沙，意境全出，有味。

桥夹水松行百步，[01]

竹床莞席到僧家。[02]

暂拳一手支头卧，[03]

还把鱼竿下钓沙。[04]

品·评　韩愈元和十四年末从潮州到韶州，与家人相聚，十五年春节在韶州度过，如《将至韶州先寄张端公使君借图经》诗云："曲江山水闻久矣，恐不知名访倍难。愿借图经将入界，每逢佳处便开看。"有机会访韶州之佳处，秀禅师所在禅寺当在所访之内，《题秀禅师房》则写于此时。诗正通过写禅寺特有的"桥夹水松"的百步之路，秀禅师的悠闲潇洒，支头而卧，垂钓沙岸，脱出他量移北归，与家人团聚的心情。真乃别是一番趣味。故朱彝尊《批韩诗》云："四句四事，清迥绝俗。"

韶州留别张端公使君 张端公使君

来往再逢梅柳新，⁰¹

别离一醉绮罗春。⁰²

久钦江总文才妙，⁰³

自叹虞翻骨相屯。⁰⁴

鸣笛急吹争落日，⁰⁵

清歌缓送款行人。⁰⁶

已知奏课当征拜，⁰⁷

那复淹留咏白蘋。⁰⁸

注·释

● 01·梅柳新：指季节，非特指某月。贬潮南来时过韶乃三月中旬，由潮移袁过韶为正月，皆可谓梅柳的新春季节。

● 02·绮罗春：指宴席间景象；或为酒名。

● 03·江总：字总持，幼聪敏，及长，笃学有文辞。南阳刘之遴等，并高才硕学。总时年少有名，之遴尝酬总诗，深相钦挹。梁元帝征为始兴内史，不行，流寓岭南积岁。陈天嘉中征还，累迁太子詹事。尤工五言七言，多为艳诗，好事者相传讽玩。此句是以江总文才比张。

● 04·虞翻：字仲翔，吴人，孙权放之于交州，卒死于放地。虞翻以论神仙徙交州，韩愈以论佛骨贬潮州，皆黜外教，皆放南方，故以自比。

● 05·谓天色已晚，该当行矣，内含一"急"字。与下句对。

● 06·"清歌缓送"，着一"缓"字，与上句意对。

● 07·征拜：征召拜官。此句谓已经知道受命袁州也。

● 08·承上句，哪里还能在这儿清歌缓送的滞留呢？

品·评

此乃元和十五年春节后，赴袁离韶别张之作，时稍后于上诗。由于张的款待，滞留韶州的这个春节过得还好。送别时又依依难舍，饯行之酒，日夕未散。韩公诗里感激之情，溢于文字：两情相得益彰，和谐温馨。此诗用典对仗平稳，格调自然，写景活脱清新，抒情真挚感人。故朱彝尊《批韩诗》云："格平调整，写情点景皆合拍，读之有味。"

游西林寺题萧二兄郎中旧堂 [01]

中郎有女能传业，[02]
伯道无儿可保家。[03]
偶到匡山曾住处，[04]
几行衰泪落烟霞。[05]

注·释

●01·西林寺：在江西庐山，晋代高僧慧永建。《莲社高贤传》："西林法师慧永，初至浔阳，刺史陶范留筑庐山，舍宅为西林。"萧二兄：萧存，颍士子，字伯诚，能文辞，与韩会、沈既济、梁肃、徐岱交友。做过常熟主簿、殿中侍御史、比部郎中。恶裴延龄为人，弃官归庐山，以山水自娱，风痹卒。郎中：从五品上。

●02·中郎：以蔡邕父女作比。蔡邕，东汉著名文学家和书法家。官至中郎将，世称蔡中郎。无儿，有女蔡琰（文姬）。韩诗以蔡比萧，文姬比萧女。《新唐书·萧存传》："韩愈少为存所知，自袁州还，过存庐山故居，而诸子前死，唯一女在，为经赡其家。"

●03·此亦以伯道比伯诚也。伯道：邓攸字。西晋末年人，在石勒之乱中携妻子、儿子、弟之子逃难，因不能使二子两全，舍己子而存弟子，后攸死，卒无子嗣，时人哀怜邓攸说："天道无知，使邓伯道无儿。"

●04·匡山：庐山。殷周时匡俗游此山，时人因其到之处为神仙之庐，因名匡山。曾住处：庐山西林寺乃萧存住过的旧址。

●05·时韩愈五十三岁，神衰体弱。烟霞：本指日照下的云气，此指山水胜景。

品·评 元和十五年（820）九月，韩愈在袁州受命迁任国子监祭酒（从三品，总管国子六学，掌儒学训导），赴长安经庐山，看望老友萧存。时存与三子俱去世，只有一女出家为尼。韩公有感而发，诗当写于北上途中，时约在十一月初。诗用典贴切，虽四句三典，仍觉流利畅达。结句"几行衰泪落烟霞"，有景有情，清丽新颖。虽仅四句，却把他与萧存的友情淋漓尽致地表现出来了。

题广昌馆 *01*

白水龙飞已几春，*02*

偶逢遗迹问耕人。*03*

丘坟发掘当官路，*04*

何处南阳有近亲？*05*

注·释

● 01·广昌馆：汉广武旧宅，在旧枣阳县城南二里。后称为馆，用古县名也。

● 02·《文选》张衡《东京赋》："我世祖忿之，乃龙飞白水，凤翔参墟。"李善注："白水，谓南阳白水县也，世祖所起之处也……龙飞凤翔，以喻圣人之兴也。"

● 03·耕人：耕田的人。

● 04·当官路，言无所畏忌也。

● 05·《后汉书·刘隆传》："（建武）十五年（39），诏下州郡检核其事（指垦田），而刺史太守多不平均，或优饶豪右，侵刻羸弱，百姓嗟怨，遮道号呼。时诸郡各遣使奏事，帝见陈留吏牍上有书，视之，云'颍川、弘农可问，河南、南阳不可问'。帝诘吏由趣……帝曰：'即如此，何故言河南、南阳不可问？'（显宗）对曰：'河南帝城，多近臣，南阳帝乡，多近亲，田宅逾制，不可为准。'"

品·评

韩愈受命任国子祭酒由袁州归京过广昌，有感于当官路旁的丘坟被掘而作，时在稍后于游西林寺的十一月。因抒一时之感慨，情调凄婉感人。如蒋之翘《辑注》云："此与《题楚昭王庙》情事俱感慨无极。"其挥腕有力，以四句诗说尽张孟阳《七哀诗》所含，何等爽朗痛快！

去岁自刑部侍郎以罪贬潮州刺史，乘驿赴任，其后家亦谴逐，小女道死，殡之层峰驿旁山下，蒙恩还朝，过其墓，留题驿梁 01

- 01·小女：名女挐，韩愈第四女。
- 02·极言瘗葬草草简陋。
- 03·草殡：草草殓葬。首联木皮棺草殡，即《祭女挐女文》："草葬路隅，棺非其棺。"
- 04·"惊恐"句：指韩愈坐罪，小女病中受到很大刺激和惊吓。
- 05·"扶舁"句：想象病女途中艰难行走的情况。舁（yú）：抬着走。即《祭女挐女文》"扶汝上舆，走朝至暮。大雪冰寒，伤汝羸肌。撼顿险阻，不得少息"。二联不用平直之笔，回想未死前现状，宛然在目前，即"昔汝疾亟，值吾南逐，苍黄分散，使汝惊忧"意。悲痛自在言外。
- 06·"绕坟"句：意思是说他被谪先行，女儿死时也没有绕坟哭三匝。
- 07·"设祭"句：只听说埋葬女儿时仅用了一盘饭作祭礼。
- 08·泪阑干：涕泪横流。

数条藤束木皮棺，02

草殡荒山白骨寒。03

惊恐入心身已病，04

扶舁沿路众知难。05

绕坟不暇号三匝，06

设祭惟闻饭一盘。07

致汝无辜由我罪，

百年惭痛泪阑干。08

品·评　元和十五年（820）冬，韩愈北归长安，过陕西商南县南层峰驿作此诗。元和十四年正月，韩愈被贬潮州，全家被累，逐出京城，四女女挐病死途中。据韩公《女挐圹铭》："愈既行，有司以罪人家不可留京师，迫逐之。女挐年十二，病在席，既惊痛与其父诀，又舆致走道，撼顿失食饮节，死于商南层峰驿。"又《祭女挐女文》："昔汝疾亟，值吾南逐。苍黄分散，使汝惊忧。我视汝颜，心知死隔。汝视我面，悲不能啼。我既南行，家亦随谴。扶汝上舆，走朝至暮。大雪冰寒，伤汝羸肌。撼顿险阻，不得少息。不能食饮，又使渴饥。死于穷山，实非其命。"诗以沉痛的心情回忆了小女死葬，抒发了父女间的真挚感情。

得裴司空马

贺张十八秘书 01

注·释

● 01·张籍有谢裴寄马诗，裴亦有诗答籍。李绛、元稹、白居易、刘禹锡、张贾皆有诗贺之，公亦有此作。

● 02·桃花：马也。白毛红点之马，又称月毛马、桃花毛。

● 03·本句谓友得好马，二人并辔至日夕尚不欲归也。

● 04·公归：指裴度将自河东归赴朝廷。

● 05·《新唐书·百官志》："符宝郎……掌天子八宝及国之符节……凡命将遣使皆请旌节。旌以颛赏，节以颛杀。"

司空远寄养初成，　　毛色桃花眼镜明。 02

落日已曾交辔语， 03　春风还拟并鞍行。

长令奴仆知饥渴，　　须著贤良待性情。

旦夕公归伸拜谢， 04　免劳骑去逐双旌。 05

品·评

元和十五年十一月末，韩愈回京后就职国子祭酒。时张籍得司空裴度所赠良马，诸公和诗，因有此诗，以贺文坛盛举。诗写于十二月初。时张籍不过是官卑职微的穷诗人，而裴度则是朝野鼎名的显贵高官，从太原寄马相赠，可见"丞相寄来应有意，遣君骑去上云衢"（白居易《和张十八秘书谢裴相公寄马》）、"不与王侯与词客，知轻富贵重清才"（刘禹锡《裴相公大学士见示答张秘书谢马诗并群公属和因命追作》）的赏马高情。韩公与文昌为终生师友，交情特好，见马并辔，格外高兴，故诗落笔即写司空远寄之良驹。"养初成"，说明是司空精心调养而未曾试骑的少壮马；下句则写马的毛色与精神。二联不仅今日交辔，还望来日并鞍，以见二人之亲。因是良驹，便有三联的谆谆嘱语，而其中何尝不含惜才讥时之深意。结联借免劳运谢，表示了韩愈的期望。裴度快一些回京，实则表明了他对当权者排挤裴度等贤臣良将的不满。故何焯《义门读书记》云："贤者不得志而至于从戎，则时可知矣。勋勚大老，亦不可以久弃于外也。因一马之微，而惓惓于否之泰泰，公之意于是远矣。"此意非诸公诗所能到者。程学恂《韩诗臆说》云："此题秘书自有诗，白香山亦有和作，然如此五六二句，故非二子所能到也。"是不温不火，平平道来，却含深意，此乃韩公后期诗于平中见奇的特点。

夕次寿阳驿题吴郎中诗后 [01]

注·释

● 01·诗题一作《寿阳驿题绝句》。寿阳：《新唐书·地理志三》："河东太原府太原郡：寿阳，畿。本受阳，武德六年徙受州来治，又以辽州之石艾、乐平隶之。贞观八年（634）州废，县皆来属。十一年更名。"

● 02·立春后阳气上升，春象始见。风光：风景、景象。

● 03·春半，说明诗写于二月中。特地：特别。

● 04·边地天寒，未见春色也。

● 05·团团：一作"团圆"。团团，形象鲜明，语亦不俗。

风光欲动别长安，[02]

春半边城特地寒。[03]

不见园花兼巷柳，[04]

马头惟有月团团。[05]

品·评

自长庆元年（821）八、九月，河北朱克融、王廷凑兵乱，以裴度充镇州四面行营都招讨使，进讨朱、王。二年正月，王廷凑围牛元翼于深州甚急，裴度、李光颜、陈楚三面救之，"竟无成功，财竭力尽"，朝廷不得已，以廷凑为成德军节度使，二月二日，兵部侍郎韩愈领命，由长安出发宣慰镇州至寿阳，二月十五日作此诗。诗以初春别长安领起，下三句写北方边地景象：突出一个寒字。天寒是因，"不见"是果。虽然天寒人冷，可给人以花发柳长的意象；这意象与结句配合，给人以清新幽雅的感受。内中颇含韩愈明知山有虎、偏向虎山行的豪气。

奉使镇州行次承天行营奉酬裴司空 01

注·释

● 01·镇州：在今河北正定。行次：走到。承天军在太原东鄙，为自河东至河北必经之地。

● 02·窜逐三年：元和十四年（819）韩愈贬潮州，后度罢相为河东节度使，十五年冬回长安，时与裴相遇在长庆二年（822），三年未见面，故云。海上：潮州地近南海，故谓海上。

● 03·复此著征衣：裴度于元和十二年任彰义军节度、淮西宣慰招讨处置使讨伐吴元济，今又受任镇州行营都招讨使讨伐王廷凑，均属军职，故云。

● 04·佳句：指裴度诗。

● 05·"恨不"句：表达韩愈冒死宣慰王廷凑军的紧急心情。

窜逐三年海上归，02

逢公复此著征衣。03

旋吟佳句还鞭马，04

恨不身先去鸟飞。05

品·评

长庆元年（821）七月二十六日，韩愈自国子祭酒转兵部侍郎，二十八日，成德都知兵马使王廷凑杀节度使田弘正，自称留后。长庆二年正月，王廷凑围牛元翼于深州，官军三面援救，皆以朝中权臣掣肘，官军乏粮不能奏效。长庆二年二月二日任命王为成德军节度使，命韩愈为宣慰使。韩愈为了国家安定，百姓不遭兵乱之苦，冒死往镇州说服王与诸将。这首诗是他路遇老上司裴度时所写。当在二月中，稍后于前一诗。诗既写了二人离合的情绪，又表达了他完成这一任务的决心，特别是第四句，"恨不身先去鸟飞"，虽冒死前往，却期盼速度比鸟飞还快。把形势紧迫和心情急切和盘托了出来。熟知战乱的人必知早一日结束战乱，少死多少人！一二句发感慨，含不尽之意；三四句写心理，表现了爱国忧民的无限深情。

镇州路上酬裴司空重见寄 [01]

注·释

● 01·此乃韩愈对裴度来诗的酬答,诗作于他与裴度承天行营别后。

● 02·《礼记·檀弓》:"衔君命而使,虽遇之不斗。"此指镇州王廷凑。

● 03·驰:言速度之快。

● 04·风霜:言凄苦。

衔命山东抚乱师,[02]

日驰三百自嫌迟。[03]

风霜满面无人识,[04]

何处如今更有诗?

品·评

韩愈在承天行营与裴度分别,赴镇州途中作此诗,时间稍后于前一诗。此承上诗之意,更显示其承命抚乱的急切心情,表现出韩愈大义凛然的品格。如皇甫湜《韩文公墓志铭》云:"王廷凑反,围牛元翼于深,救兵十万,望不敢前。诏择廷臣往谕,众果缩,先生勇行。元稹言于上曰:'韩愈可惜。'穆宗悔,驰诏无径入。先生曰:'止,君之仁;死,臣之义。'遂至贼营,麾其众责之,贼愞汗伏地,乃出元翼。"正因为有"日驰三百自嫌迟",才有第三句的"风霜满面无人识",二三两句相辅相成,途次虽苦,可年老体衰的韩愈仍嫌迟慢。此时他不顾个人安危,只知为衔命抚乱而勇往直前。结句抱题。诗以品格感人,气势夺人,在唐诗里实不多见。

同水部张员外曲江春游寄白二十二舍人[01]

注·释

- 01·水部张员外：张籍时已由国子博士改水部员外郎。韩愈出使镇州前写的《早春与张十八博士籍游杨尚书林亭寄第三阁老兼呈白冯二阁老》诗仍称张籍为博士，故知张籍改官在二月韩赴镇州时，而此诗写于镇州回朝后。白二十二舍人：白居易，时为中书舍人，二十二是白在族中的大排行。
- 02·漠漠：弥漫貌。
- 03·青：一作"春"。映：照耀。
- 04·曲江：曲江池。
- 05·有底：有什么。

漠漠轻阴晚自开，[02]

青天白日映楼台。[03]

曲江水满花千树，[04]

有底忙时不肯来？[05]

品·评　诗为长庆二年（822）春韩愈由镇州回长安后作。这虽是一首一般的春游赠答诗，然写得清新别致，平实自然，然有风味，是一首惹人喜爱的七绝小诗。白居易答诗："小园新种红樱树，闲绕花行便当游。何必更随鞍马队，冲泥踏水曲江头。"亦轻松有趣。

送桂州严大夫 01

注·释

● 01 · 张籍、白居易、戎昱、王建均有送诗，同用南字韵。桂州：南齐置桂林郡，唐于治所临桂县，地在今广西桂林。严大夫：严谟。

● 02 · 苍苍：形容桂树郁郁葱葱的样子。森：茂盛矗立。八桂：指桂州盛植桂树。

● 03 · 湘南：湘水之南。

● 04 · 形容桂州的水清澈，像轻纱织成的碧绿色丝带。

● 05 · 碧玉簪：桂州之山拔地而起，像插在贵妇头上碧绿的宝石簪子。三四句属对精妙，写出了桂州山水的个性。

● 06 · 此句谓此地的贡赋多是翠鸟美丽的羽毛。翠羽是古代名贵的装饰品。

● 07 · 黄甘：即黄柑。指柑桔、橙子一类的水果。

● 08 · 飞鸾：凤鸟，仙人升天所乘的神鸟。不暇骖（cān）：谓桂州比仙境还好，不需要再乘坐神鸟升天了。暇，一作"假"。

苍苍森八桂，02 兹地在湘南。03

江作青罗带，04 山如碧玉簪。05

户多输翠羽，06 家自种黄甘。07

远胜登仙去，飞鸾不暇骖。08

品·评　长庆二年（822）四月，原桂管观察使杜式方逝世，穆宗任命秘书监严谟为桂管观察使。此诗是韩愈为其送行而作。诗写得很别致，虽为送行，却一字未提送行，全以写景及比赋出，当从王维送行诗来；其送行之情处处可见，让人悦目赏心。全诗以工整对句、精巧比喻和神话传说作衬，极写桂州山水之佳，清丽动人。"江作青罗带，山如碧玉簪"一联，被誉为"不到粤西，不知对句之妙"（查慎行语）。袁宗道亦说："每读此诗，未尝不神驰龙洞仙岩之间。"

早春呈水部张十八员外二首

01

天街小雨润如酥, 02

草色遥看近却无。 03

最是一年春好处,

绝胜烟柳满皇都。 04

莫道官忙身老大, 05

即无年少逐春心。

凭君先到江头看,

柳色如今深未深? 06

注·释

● 01·水部张十八员外：张籍，行十八，时任水部员外郎。

● 02·天街：唐时长安城朱雀门大街也称天门街，简称天街，盖与宫城南门名承天门有关。此诗天街乃泛指长安街道。酥：奶制品的酥酪，香软滑柔。一字把长安早春的润贴写足了。

● 03·此句意谓：经雨滋润后的小草，远望一片嫩绿，近看时却有迷离不清了。

● 04·绝胜：远远超过。皇都：皇帝所居之都城。清黄叔灿《唐诗笺注》：“‘草色遥看近却无’，写照工甚。正如画家设色，在有意无意之间。‘最是’二句，言春之好处正在此时，绝胜于烟柳全盛时也。”

● 05·前人认为“官忙身老大”指韩愈，从第三句“凭君”看，多是指张籍。韩愈已来游春，未说其它；招张籍而其未来，或是因为官事忙。老大：公是年五十六，籍约五十八，均可言老。此语当是韩公对张籍所说：你不要说官忙年老，而没有年少追逐春光的心，就不来赏游这美好的春光。你到曲江看看，那里的春色如何？此二绝实不可分，上首写景，下首述事，以期与好友同餐这明皇春色也。

● 06·深：作美解。后诗似平直粗卤，诗境却从杜诗中得来真唐人品格，有兴致逸情。

品·评

二诗为长庆三年（823）春作。名曰赠人，实则以写景胜；以大好的春景逗引好友张籍来游。诗写京城长安早春的美好景色，认为早春比晚春的风光好。内含哲理，表现了诗人细致的观察力。小诗写物赋形体神，惟妙惟肖，形意新颖，耐人寻味。早春之景绝妙，诗写得更妙。写草色有无，妙在似有似无之间。《苕溪渔隐丛话》曰：“‘天街……’此退之《早春》诗也。‘荷尽已无擎雨盖，菊残犹有傲霜枝。一年好景君须记，最是橙黄橘绿时。’此子瞻《初冬》诗也。二诗意思颇同而词殊，皆曲尽其妙。”（《丛话》后集卷一〇）

枯树

注·释

- *01* · 侵：侵害，凌辱。
- *02* · 谓树干老朽，形成树洞，人可穿过。
- *03* · 寻：这里作侵扰解。
- *04* · 寄托：寄生。菌：指生长在枯树上的菌类，即公《答道士寄树鸡》里的"树鸡"。
- *05* · 枯树皮剥叶落，连鸟都不栖息。与上句对。
- *06* · "犹堪"句：还可作取火的材料。犹堪：还能。改火：不同季节用不同的木材钻木取火。

老树无枝叶，　风霜不复侵。⁰¹

腹穿人可过，⁰² 皮剥蚁还寻。⁰³

寄托惟朝菌，⁰⁴ 依投绝暮禽。⁰⁵

犹堪持改火，⁰⁶ 未肯但空心。

品·评　此诗写老有寄托，不以老弭志，当是公晚年之作。诗似寓言，以一棵老树作喻，虽枯到人可钻而鸟不栖的程度，仍可作改火之用。说明人虽老而志不衰，颇有自喻之意；也能启发人发挥余热，为世多作一点贡献。所谓"改火意犹新"（朱彝尊《批韩诗》），诗工切而不板俗。

一

古体诗选

条山苍

01

注·释

● 01·《元和郡县图志》卷十二河东道河中府河东县："雷首山，一名中条山，在县南十五里。"其山在今山西西南，黄河北岸，西起永济，东北延伸数百里。

● 02·河：黄河。

● 03·沄（yún）沄：旋流滔滔。

● 04·高冈：山冈，指中条山。首句已见山字，不复出，故用高。

条山苍，河水黄。⁰²

波浪沄沄去，⁰³ 松柏在高冈。⁰⁴

品·评　贞元二年（786），十九岁的韩愈离宣城赴长安应试，假道河中中条山。诗人远望苍茫巍峨的中条山，近看奔腾东流的黄河，禁不住发出由衷的感慨。借山河壮美，抒发对未来的憧憬和人生的抱负。景中寓情，把言不尽的情全用眼前的景托出，简淡高古，有汉魏遗响，耐人寻味。程学恂《韩诗臆说》："寻常写景，十六字中，见一生气概。"

青青水中蒲三首

注·释

● 01·二句反兴，即诗人见水中青蒲起兴，借双鱼反衬夫妻分离孤独。

● 02·上陇：谓戍边。陇，即陇山，亦称陇阪，上有陇头。上了陇头，水东西分流。陇阪在陇州，今陕西陇县。《秦州记》："陇山东西百八十里。登山巅东望，秦川四五百里，极目泯然，山东人行役升此而顾瞻者，莫不悲思。"

● 03·此是比，即告诉水中的浮萍草，你们能相伴相依，而我却不如你们。

● 04·用青蒲叶短不能长出水面，比喻自己不能和丈夫相随出门。

● 05·不下堂：不能出门。行子：在外行役的人。谢榛《四溟诗话》谓此二句"托兴高远，有风人之旨"。

青青水中蒲，　下有一双鱼。[01]

君今上陇去，[02] 我在与谁居？

青青水中蒲，　长在水中居。

寄语浮萍草，　相随我不如。[03]

青青水中蒲，　叶短不出水。[04]

妇人不下堂，　行子在万里。[05]

品·评　这三首小诗当是贞元九年（793）游凤翔时作，盖系寄给夫人卢氏之诗。诗颇受《诗经》与古乐府的影响，用比兴手法。旅役在外，深觉孤独，想起妻子，眷恋相思之情尤甚。韩愈未直写，而是以物起兴，用反衬法，写妻子怀念他。处处以妻子语出，代内人抒情，句句动人。尤其第三章，含意更深。正如朱彝尊《批韩诗》云："语浅意深，可谓炼藻绘入平淡。篇法祖《毛诗》，语调则汉魏歌行耳。"

杂诗

注·释

● 01·古史、诗书：指古代典籍。后前：前后倒置，与左右义同。

● 02·蠹（dù）书虫：咬书的小虫。意思是：这些俗子难道有别于蠹书虫吗？

● 03·愚蠢：拙笨无知。

● 04·此承上"生死文字间"，指一些俗子为古人言论所束缚。包缠：封闭起来难以打开，比喻古人言论深奥。

● 05·欣欢：即欢欣。韩诗多用此种构词法。

● 06·无言子：假托的人名。无言，指不"生死文字间"，不著书立说。

● 07·昆仑：神话里的仙山，传说西王母的瑶池在昆仑山。颠：同"巅"，山顶。

● 08·襟裾：衣襟。襟指衣服的前胸部分，裾指衣服的裾襟。

● 09·高圆：指天空。

● 10·禹九州：我国古代分冀、兖、青、徐、扬、荆、豫、梁、雍九州。

● 11·一尘集毫端：承上句谓：在天上向下看，九州就像毫尖上的一点尘土那样小。

● 12·遨嬉：游戏。未云几：未几，即没过多久。

● 13·此句以人间亿万年之久，衬托上界游戏之短暂。

● 14·夸夺子：假托的人名。夸，贪多。夺，强求。指贪多强求的读书人。

● 15·坟：坟典，古籍。

古史散左右，　诗书置后前。[01]

岂殊蠹书虫？[02] 生死文字间。

古道自愚蠢，[03] 古言自包缠。[04]

当今固殊古，　谁与为欣欢？[05]

独携无言子，[06] 共升昆仑颠。[07]

长风飘襟裾，[08] 遂起飞高圆。[09]

下视禹九州，[10] 一尘集毫端。[11]

遨嬉未云几，[12] 下已亿万年。[13]

向者夸夺子，[14] 万坟压其巅。[15]

惜哉抱所见，　白黑未及分。[16]

慷慨为悲咤，　泪如九河翻。[17]

指摘相告语，　虽还今谁亲？

翩然下大荒，[18] 被发骑骐骥。[19]

品·评　这首诗写作于贞元十一年（795）。作者采用了浪漫手法，驰骋想象，以寓言为假托，表现对世俗的看法，立志继承和发扬圣人之道的真髓，如《原道》之旨。读起来很像一篇小《离骚》。从艺术上看，它的突出特点是继承《离骚》的浪漫主义文学传统，又学习李白运用腾飞的想象、夸张的语言，写博大胸怀，表深刻意义。世无知音，假托无言子与之邂逅；愤世嫉俗，假托夸夺子予以痛斥。二十六句诗押六韵的写法影响了东坡；东坡《岐亭》诗亦二十六句押六韵。这种写法古诗中不多见，韩愈运用自如，使诗于畅达中起无数波澜。

马厌谷

注·释

● 01·厌：同"餍"，饱食。谷：粮食。不厌：吃不饱。糠籺（hé）：谷物的皮壳或不易食的粗粮。
● 02·被：同"披"，覆盖。文绣：刺绣华美的衣服。裋（shù）褐：粗麻布制的衣服。
● 03·虞：忧虑。
● 04·鄙夫：浅薄鄙陋之人。

马厌谷兮士不厌糠籺；[01] 士被
文绣兮士无裋褐。[02] 彼其得志兮
不我虞，[03] 一朝失志兮其何如！
已焉哉！嗟嗟乎鄙夫！[04]

品·评

此诗作年，众说不一。陈沆谓作于贞元十九年韩由四门博士拜监察御史时。韩醇谓此诗与《出门》皆未得志之辞，写于贞元十一年长安东归前。刘向《新序》："燕相得罪于君，将出亡，召门下诸大夫曰：'有能从我出者乎？'……大夫有进者曰：'……凶年饥岁，士糟粕不厌，而君之犬马有余谷粟；隆冬烈寒，士短褐不完，四体不蔽，而君之台观帷帘锦绣，随风飘飘而弊。财者君之所轻，死者士之所重也。君不能施君之所轻，而求得士之所重，不亦难乎？'燕相遂惭。"诗借大夫讥刺燕相以讥刺时宰，有点直斥詈骂的味道，寓三上宰相书之旨，当同为贞元十一年（795）作。故蒋之翘说这首诗"意似古而语亦太激"。与《苦寒行》、《利剑》、《忽忽》等诗，皆用乐府之奇崛，发《离骚》之幽怨。

醉留东野
01

昔年因读李白杜甫诗，长恨二人不相从。02 吾与东野生并世，03 如何复蹑二子踪？04 东野不得官，05 白首夸龙钟。06 韩子稍奸黠，07 自惭青蒿依长松。08 低头拜东野，愿得始终如驱蛩。09 东野不回头，有如寸莛撞巨钟。10

注·释

● 01·东野：孟郊（751—814），字东野，湖州武康（今浙江德清）人。少隐嵩山，贞元十二年中进士，十七年任溧阳尉。县有投金濑、平陵城，林薄蒙翳，下有积水。郊间往坐水旁，徘徊赋诗，公务多废。县令呈请府君，以假尉代之，分其半俸。后应郑余庆之聘，为河南水陆转运从事、试协律郎。元和九年卒。一生穷困潦倒，是唐代著名的苦吟诗人。

● 02·李、杜二人虽是好友，一生仅相遇三次，时间也不长，不能终生相从。

● 03·生并世：孟长韩十七岁，俱中唐诗人，共创韩孟诗派。

● 04·蹑（niè）踪：重走李、杜走过的路。

● 05·不得官：韩公《贞曜先生墓志铭》："年几五十，始以尊夫人之命来集京师，从进士试，既得，即去。间四年，又命来选，为溧阳尉。"时东野五十一岁。

● 06·白首：白头。龙钟：衰老疲惫貌。夸龙钟：倚老卖老。

● 07·韩子：韩愈自称。奸黠（xiá）：聪明而狡猾。

● 08·青蒿：韩愈自称。长松：比喻孟郊。

● 09·驱蛩（jù qióng）：传说中的动物。指驱驴和蛩蛩。驱驴，似羸而小，它与一种叫蟨（jué）的动物相互依存。蛩蛩，状如马。

● 10·莛（tíng）：草茎。韩愈以寸莛自比，以巨钟比孟郊。说东野决心离开汴州，他挽留不住，犹如寸草撞大钟不见反响。

我愿身为云，东野变为龙。[11]四
方上下逐东野，虽有离别何
由逢。[12]

品·评　据"东野不得官"句推断，诗当写于孟郊任溧阳尉前。贞元十二年，孟中进士，十三年来汴州寄居，十四年春离汴，时韩为汴州观察推官，赋诗留别。韩在长安应试时结识孟，因身世遭遇相似，艺术志趣相同，结下了深厚友情。诗正表现了韩愈对东野的倾慕，以及朋友间的真挚情感。该诗几乎全用比喻，以李、杜比二人的友谊和命运；以青蒿自比，长松比东野；以云自比，龙比东野。愿永世相挈，云游四方。恰切而奇特的比喻，形成了这首诗新颖奇崛的风格，生动感人。

汴州乱
二首
01

汴州城门朝不开，

天狗堕地声如雷。*02*

健儿争夸杀留后，*03*

连屋累栋烧成灰。*04*

诸侯咫尺不能救，*05*

孤士何者自兴哀？*06*

母从子走者为谁？*07*

大夫夫人留后儿。

昨日乘车骑大马，

坐者起趋乘者下。*08*

庙堂不肯用干戈，

呜呼奈汝母子何！*09*

注·释

●*01*·《旧唐书·德宗本纪》："(贞元十五年二月丁丑) 宣武军节度使、检校左仆射、平章事、汴州刺史董晋卒。乙酉，以行军司马陆长源检校礼部尚书、汴州刺史、御史大夫、宣武军节度支营田、汴宋亳颍观察等使……是日，汴州军乱，杀陆长源及节度判官孟叔度、丘颍，军人脔而食之。"

●*02*·古人把流星称为天狗星。《史记·天官书》："天狗，状如大奔星，有声。其下止地，类狗。所堕及，望之如火光炎炎冲天。其下圜如数顷田处，上兑者则有黄色，千里破军杀将。"

●*03*·健儿：指哗变的军人。留后：指陆长源。唐中业以后，节度使子弟或亲信将官代行政长官职务者，称节度留后或观察留后。

●*04*·即所有的房屋栋宇都放火烧了。

●*05*·诸侯：指相邻藩镇节度使。咫尺：相距切近。

●*06*·孤士：作者自称。兴哀：发哀怜之心。末二句神气黯然欲绝。

●*07*·母从子：母亲和儿子。母指下句的大夫夫人，即长源之妻，子指下句留后儿。

●*08*·"昨日"二句：指兵变前陆及妻、子的煊赫声势。见到他们的人，坐着的要站起来迎接，乘车的要下来致敬。

●*09*·庙堂：指朝廷。此谓德宗求己安乐，姑息养乱，怯懦昏庸，不肯讨伐藩镇。结语无可奈何也！

品·评

诗写于贞元十五年（799）二月十一日汴州乱后韩愈离汴途经偃师时。当时陆长源为御史大夫知留后事，长源欲以峻法绳骄兵，为董晋所持，不克行。晋卒后，陆欲行峻法，汴州大乱，杀长源、孟叔度、丘颍。第一首讥刺四邻坐视不救，伤"下无方伯"；第二首指斥君姑息养乱，伤"上无天子"。韩愈主张中央集权，全国统一，这两首诗正反映了他这种政治主张。诗语言平实，畅达流走，很像民间歌谣。乍看无意求工，实则颇见功力。

齪齪

01

注·释

● *01*·龊（chuò）龊：谨小慎微貌。

● *02*·当世士：当代的文士。

● *03*·此句意谓：所忧虑的是个人的温饱。韩愈推崇《论语·卫灵公》孔子所说"君子忧道不忧贫"，而"所忧在饥寒"的"当世士"，不是"龊龊"的庸人吗？

● *04*·大贤：高尚的人。事业异：与"当世士"不同，他们要干的是为国为民的另一番事业。引出他们抱负远大，不是世俗庸人。或谓以下八句美太守，非也；乃作者自谓语。如汪琬所说："'大贤'以下，盖公自谓；若谓太守，即是谀词。"

● *05*·报国：报效国家。皎洁：明亮而洁白。

● *06*·念时：感念时事。汍澜：涕泣之貌。

● *07*·妖姬：美丽的女子。

● *08*·此句谓：在纤细的柔指下，发出清越哀怜的琴声。

● *09*·二句意谓：虽然每天陈列着美味佳肴，心有感慨岂能感到欢乐？

● *10*·秋天的阴云遮蔽了太阳；淫雨连绵，水潦地漫。欺：蔽也。

龊龊当世士，*02* 所忧在饥寒，*03*

但见贱者悲，　不闻贵者叹。

大贤事业异，　远抱非俗观，*04*

报国心皎洁，*05* 念时涕汍澜。*06*

妖姬坐左右，*07* 柔指发哀弹。*08*

酒肴虽日陈，　感激宁为欢？*09*

秋阴欺白日，　泥潦不少干。*10*

● 11 • 《旧唐书·德宗本纪》："(贞元十五年)秋七月……郑、滑大水。"东郡：滑州，隋时名东郡，今河南滑县一带。州城为古滑台城。惊湍：急流。贞元十六年，韩愈从京师回徐州所写《归彭城》诗云："去岁东郡水，生民为流尸。"指此。

● 12 • 属：隶属、本性。诘其端：追究它的根源。诘：追问、探寻。

● 13 • 太守：指张建封，张为州刺史，亦代行郡守职务，唐代刺史与郡守互名，故云。顾炎武《日知录》："有时改郡为州，则谓之刺史；有时改州为郡，则谓之太守：一也。"

● 14 • 谏诤官：掌纠察弹劾百官及朝政得失的官，属御史台。

● 15 • 排云：上天。阊阖：天门。

● 16 • 披腹：披露心肠，即推心置腹。琅玕：美玉，借比忠言。

● 17 • 二句谓：辅佐国君难道是我没有办法吗？然而要想自荐于朝廷非常困难。

河堤决东郡， 老弱随惊湍。*11*

天意固有属， 谁能诘其端？*12*

愿辱太守荐，*13* 得充谏诤官。*14*

排云叫阊阖，*15* 披腹呈琅玕。*16*

致君岂无术？ 自进诚独难！*17*

品·评 这首诗写于贞元十五年（799）秋，韩愈时为张建封幕府节度推官。《史记·货殖列传》："邹鲁滨洙泗，犹有周公遗风：俗好儒，备于礼，故其民龊龊。颇有桑麻之业，无林泽之饶，地小人众，俭啬，畏罪远邪。及其衰，好贾趋利，甚于周人。"诗题《龊龊》本此，乃讽刺"当世士"为小利而不顾国家大事。韩愈客幕洙泗，建封又曾居兖州，正与《史记》所说吻合，显然有讽谕之意。是年秋，东郡黄河决口，郑、滑大水，正如诗中所说："河堤决东郡，老弱随惊湍。"反映了诗人对百姓疾苦的关心。因此他才希望能被建封引荐，施展他的才华，为国家做一番事业。这些思想构成了韩愈早期思想的核心。然而，由于处境困难，不能不使韩愈有"自进诚独难"的慨叹。

张仆射

汴泗交流赠 01

汴泗交流郡城角，02

筑场千步平如削。03

短垣三面缭逶迤，04

击球腾腾树赤旗。05

新雨朝凉未见日，06

公早结束来何为？07

分曹决胜约前定，08

百马攒蹄近相映。09

球惊杖奋合且离，10

红牛缨绂黄金羁。11

侧身转臂着马腹，12

霹雳应手神珠驰。

●13·超遥：速度快而跑得远。散漫：聚
在一起抢球的人马散开了。两：比赛双方。
此句谓：击球活动中，有时人马散开，好
像安静下来停止了争斗。此宕开一笔，为
下一回合蓄势。

●14·挥霍：前人都解释为"迅疾、急
速"，实则是一挥一霍的击球技法、动作。
挥：远击。霍：轻挑。此句写击球动作变
化多端。

●15·发难（nán）得巧：在困难中出高
招，制服对方。

●16·欢：欢呼喧嚣。

●17·习战：练习战斗。剧：游戏。

●18·行良图：筹划良策。

●19·此句谓：你不要使马太疲累了，还
是留着气力杀敌吧。结二句是韩公劝建封
的话。

超遥散漫两闲暇，¹³

挥霍纷纭争变化。¹⁴

发难得巧意气粗，¹⁵

欢声四合壮士呼。¹⁶

此诚习战非为剧，¹⁷

岂若安坐行良图？¹⁸

当今忠臣不可得，

公马莫走须杀贼！¹⁹

品·评 诗当写于贞元十五年（799）秋后，当时韩愈三十二岁，为观察推官。马球，由波斯传入，俗名波罗球，风行于唐代上层社会。韩愈亲见其伤人损马，不利备战，故上书劝谏，表现出韩愈直言敢谏的性格与忧国爱民的思想。此诗艺术上的成功在于对击球场面与特技的具体摹写。"侧身转臂着马腹，霹雳应手神珠驰"，写高超球艺极工；"发难得巧意气粗，欢声四合壮士呼"，写气势神采飞动。气势博大，风采豪迈。这是古诗中最早描写体育运动的诗，值得后人效法。诗用韵有变化而整饬，似杜甫《冬狩行》。

忽忽
01

注·释

● 01·忽忽：愁乱之貌。

● 02·此句表现了诗人寄人篱下、心神恍惚、欲摆脱困境的心情。《与孟东野书》云："去年春，脱汴州之乱，幸不死，无所于归，遂来于此……及秋将辞去，因被留以职事。默默在此，行一年矣。到今年秋，聊复辞去。江湖，余乐也，与足下终幸矣！"

● 03·翮（hé）：羽毛中间的硬管，支持羽毛的关键。

● 04·振奋：振翅奋飞。

● 05·死与生、哀与乐是人生皆有的，诗人却要把二者抛开不管。是与非、得与失是处世离不开的，诗人却都要让给那些闲人。其积怨之深可见。

忽忽乎余未知生之为乐也，愿脱去而无因。⁰² 安得长翮大翼如云生我身，⁰³ 乘风振奋出六合，绝浮尘。⁰⁴ 死生哀乐两相弃，是非得失付闲人。⁰⁵

品·评 诗写于贞元十五年（799）冬，两谏未获采纳后。时韩愈在徐州。诗如刘邦的《大风歌》，脱口而出，真切反映了韩愈这时的思想情绪。自贞元初进京应试，四试礼部才中进士，三试吏部一得又被顶替，三上宰相书不报，事董晋而晋卒，事建封而政见不合。至今历时十三年，年三十二而无所成。看看国家命运、个人前途、世俗风气，他情不自禁倾泻出满腹怨气，痛诉现实。诗在写法上化用了《逍遥游》的蕴含手法，然并非庄子消极无为思想的翻版，骨子里是想冲破社会现实的束缚、世俗恶习与昏聩政治的闸门，争取一个理想的朝政，振兴唐朝。诗笔法自由，具有浪漫主义特色，是以文为诗的典型。

鸣雁

嗷嗷鸣雁鸣且飞，⁰¹

穷秋南去春北归。⁰²

去寒就暖识所依，⁰³

天长地阔栖息稀。⁰⁴

风霜酸苦稻粱微，⁰⁵

毛羽摧落身不肥。⁰⁶

徘徊反顾群侣违，⁰⁷

哀鸣欲下洲渚非。⁰⁸

江南水阔朔云多，⁰⁹

草长沙软无网罗。¹⁰

闲飞静集鸣相和，¹¹

违忧怀息性非他。

凌风一举君谓何？¹²

注·释

● 01·嗷（áo）嗷：象声词，雁凄凉的叫声。

● 02·雁是候鸟，秋去春来。

● 03·鸿雁因识寒暖，能驱南就北。

● 04·谓安身之地少。

● 05·古诗里多以稻粱指鸿雁的食物。

● 06·此句谓鸿雁羽毛脱落，身体消瘦。

● 07·比喻同伴不能在一起。《与孟东野书》云："吾言之而听者谁欤？吾唱之而和者谁欤？言无听也，唱无和也，独行而无徒也，是非无所与同也。足下知吾心乐否也！"意同。

● 08·洲渚非：比喻环境不好。洲渚，水中小岛。

● 09·谓江南水多，江北云多。

● 10·江南环境适意，生活无虞，没有危险。故欲离徐州也。

● 11·诗人为求"闲飞静集鸣相和"的适意环境，才"违忧怀息"。违忧怀息，有病求息之意。此句言暂栖于徐，实因病不得已也。

● 12·结句揭出谜底：欲凌空远飞也。

品·评 　诗写于贞元十五年（799）秋，与《忽忽》《雉带箭》为同时作，思想内容也一致。诗以比兴寓激情，比较概括，虽以鸣雁起兴作比，所言事实具体，表示他不愿再过这种碌碌无为的生活，想如鸿雁一样凌空高远，搏击奋飞，云游太空。

雉带箭 01

注·释

● 01·雉：野鸡。

● 02·原头：原野之上。火烧：烧起猎火。写原野一片静寂，唯见猎火。首句着一"静"字，妙绝。只起一句，造境已佳。

● 03·鹰：猎鹰。出复没：写雉时而惊起，时而躲藏。

● 04·将军：张建封。巧：巧妙的绝技。伏人：令人折服。

● 05·盘马：勒马不进，盘桓凝视。弯弓：拉满弓。惜不发：不肯轻发。以上二句，笔底传神，绘形妙手。程学恂《韩诗臆说》："二句写射之妙处，全在未射时，是能于空处得神。"

● 06·猎者与藏雉的距离愈来愈近，雉的藏处愈来愈窄，弓拉得愈来愈满，最后箭射雉身。加：此处作射解。

● 07·红翎：雉伤流血把箭羽都染红了。白镞：明晃晃的箭头。随倾斜：雉带着箭后上蹿下跳身自倾斜。以上二句写雉中箭后之情景，真切绝妙。

● 08·五色：雉的羽毛色彩斑斓。离披：掉落。结如铎锤一响，戛然而止。恰到好处，多一句不得。

原头火烧静兀兀，02

野雉畏鹰出复没。03

将军欲以巧伏人，04

盘马弯弓惜不发。05

地形渐窄观者多，

雉惊弓满劲箭加。06

冲人决起百余尺，

红翎白镞随倾斜。07

将军仰笑军吏贺，

五色离披马前堕。08

品·评 韩愈《县斋有怀》云："大梁从相公，彭城赴仆射。弓箭围狐兔，丝竹罗酒炙。"可见《雉带箭》诗写于徐州建封幕时。时在贞元十五年秋至十六年春。苏轼曾将这首诗大字书之，以为绝妙。诗具体生动地描写了猎者的绝技、观者的情态、伤雉的惨状，用笔"以留取势，以快取胜"。其状历历在目，真写物之妙笔。诗未作任何想象夸张，"句句实境，写来绝妙，是昌黎极得意诗，亦正是昌黎本色"（朱彝尊语）。

归彭城 *01*

天下兵又动，*02* 太平竟何时？

讦谟者谁子？*03* 无乃失所宜。*04*

前年关中旱，间井多死饥。*05*

去岁东郡水，生民为流尸。*06*

上天不虚应，祸福各有随。*07*

我欲进短策，无由至彤墀。*08*

刳肝以为纸，沥血以书辞。*09*

上言陈尧舜，下言引龙夔。*10*

- *01*·彭城：唐时徐州治所，即今江苏徐州。
- *02*·兵又动：指方镇叛乱。贞元十五年二月十一日，宣武军乱，杀节度行军司马陆长源，宋州刺史刘逸淮自称留后。三月十日彰义军节度使吴少诚反，陷唐州，守将张嘉瑜被杀害。九月四日，陈许节度留后上官涚及吴少诚战于临颍，败绩。九月十五日，宣武军等十五节度讨吴少诚，十二月，诸道兵溃于小溵河。
- *03*·讦谟（xū mò）：本指谋划大事，此指辅佐德宗主管朝政的权臣。时德宗信任韦渠牟、李实等，群小用事，宰相崔损、郑余庆、齐抗等充位而已。
- *04*·无乃：莫不是。
- *05*·贞元十四年冬，无雪，京师饥。间井：乡里百姓。死饥：死于饥饿。
- *06*·贞元十五年郑州、滑州一带黄河决口，造成河南北至彭城水灾，百姓溺水淹死，河上漂尸。
- *07*·二句谓：上天是不会没有报应的，降祸赐福随各人情况不同，各有各的原因。这是韩愈"天人感应"思想的表现。
- *08*·进短策：向皇帝进献治理国家的计策。短，自谦之词。彤墀：本指宫殿台阶，此代指朝廷。
- *09*·刳（kū）：剖开。此句谓：剖开肝作纸。古人以为肝呈叶状，可以作纸。沥：滴落。用流出的血当墨书写书上奏。
- *10*·二句谓：先说尧舜圣君的治国之道；再说龙夔那样的贤臣。《孟子·公孙丑下》："我非尧舜之道，不敢以陈于王前。"诗含此意。龙、夔：舜的贤臣，龙掌政令得失，夔管礼乐教化。

言词多感激， 文字少葳蕤。[11]

一读已自怪， 再寻良自疑。[12]

食芹虽云美， 献御固已痴。[13]

缄封在骨髓，[14] 耿耿空自奇。[15]

昨者到京城， 屡陪高车驰。[16]

周行多俊异，[17] 议论无瑕疵。[18]

见待颇异礼， 未能去毛皮。[19]

到口不敢吐， 徐徐俟其巇。[20]

● 11·葳蕤（wēi ruí）：草木茂盛的样子。此比文章的华美。

● 12·此二句谓：初读已自觉奇怪，再仔细寻味就更有疑虑了。一读：初读。寻：寻思、思考。良：确实。

● 13·事出《列子·杨朱》：有一个人认为芹菜味道很美，献给乡绅，乡绅吃后，口麻腹痛，人们嘲笑这个人不通世故。此二句意谓：自己吃了芹菜觉得味道鲜美，然而要把它献给皇上，虽志诚，行为就显得愚蠢了。

● 14·缄封：封闭、深藏。骨髓：内心深处。

● 15·耿耿：久久难于忘怀。

● 16·屡：多次。高车：达官显贵之车。

● 17·周行（háng）：指长安的大街。俊异：英俊杰出的人物。

● 18·议论：此指讲话。瑕疵：白玉上有异色的斑点叫瑕，皮肤上有斑叫疵。无瑕疵，没有毛病，谓议论精当。

● 19·此二句谓：长安的达官显贵见面客客气气，实际上是表面应付。讽刺他们世故圆滑，虚情假意。异礼：特殊的礼节。毛皮：表面东西。

● 20·此二句谓：话到口边不敢说，只好慢慢等待机会。俟：等待。巇（xī）：空隙，此处作机会解。

● 21 • 羁雌：装在笼子里的雌鸟。

● 22 • 终朝（zhāo）：每天。见相欺：被人猜忌欺弄。

● 23 • 乘闲：趁着空闲。辄：就。

● 24 • 茫茫：原指大水浩瀚无涯，此指心里茫然无着。诣（yì）：去、到。空陂（bēi）：空旷的山野。陂，山坡、斜坡。

● 25 • 酩酊（mǐng dǐng）：大醉的样子。《晋书·山简传》："简字季伦，性温雅……永嘉三年，出为征南将军，都督荆湘交广四州诸军事、假节镇襄阳。于时四方寇乱，天下分崩，王威不振，朝野危惧，简优游卒岁，唯酒是耽。诸习氏荆土豪族有佳园池，简每出嬉游，多之池上置酒，辄醉，名之曰高阳池。时有童儿歌曰：山公出何许？往至高阳池。日夕倒载归，酩酊无所知。时能骑马，到著白接䍠。举鞭向葛疆，何如并州儿？疆家在并州，简爱将也。"结用典，出语奇。连上语知韩愈亦不满建封。

归来戎马间， 惊顾似羁雌。[21]

连日或不语， 终朝见相欺。[22]

乘闲辄骑马，[23] 茫茫诣空陂。[24]

遇酒即酩酊，[25] 君知我为谁？

品·评 贞元十四、十五年，韩愈亲历兵乱，关中、郑滑旱水灾害。十六年正月朝正，又眼见朝廷政治混乱，权臣尸位素餐。使素有报国大志的韩愈感慨良多；在彭城与建封意见不合，郁郁不乐，内心苦闷，因而归彭城后便写下这首忧国悯民、不满朝政与个人抱负难于施展的诗。指出造成百姓灾难、政治危机四伏的原因是执政无能、朝廷腐败。表现出他敏锐的政治眼光与忧国忧民思想。虽怀治国之策，却"无由至彤墀"。虽有"刳肝为纸，沥血书辞"之心，却无尧舜之君像了解龙夔一样了解自己。不得不借"遇酒即酩酊"，排郁解闷；发出"君知我为谁"的慨叹。诗铺陈直书，中借典作比，跌宕变化，表现出韩诗峻拔奇崛的特点。

海水

注·释

●01·邓林：古代传说中的树林。

●02·荡薄：激荡也。意谓摩荡回期，上可薄天。

●03·此承上句，谓风波一鼓动，鱼鸟就无法依靠了。

●04·饶大波：有很多大波浪。惊风：暴风。

●05·巨细：大小。此句谓鱼鸟大小各不相同，大的可以经受大风浪，小的则经受不住。意含苦衷也。

●06·吞舟鲸：可以吞食舟船的大鲸鱼。

●07·垂天鹏：传说中两翼可以遮蔽天日的大鹏鸟。诗中鱼与鸟、鲲与鹏对举。

●08·"我鳞"四句：我的鳞不足一寸长，我的羽毛不足一尺长，一棵树我栖息还有余，一汪泉水就够我畅游了。暗用《逍遥游》小鸟斥笑大鹏之说："彼且奚适也？我腾跃而上，不过数仞而下，翱翔蓬蒿之间，此亦飞之至也，而彼且奚适也？"

海水非不广，　邓林岂无枝？ ⁰¹

风波一荡薄， ⁰² 鱼鸟不可依。 ⁰³

海水饶大波，　邓林多惊风。 ⁰⁴

岂无鱼与鸟？　巨细各不同。 ⁰⁵

海有吞舟鲸， ⁰⁶ 邓有垂天鹏， ⁰⁷

苟非鳞羽大，　荡薄不可能。

我鳞不盈寸，　我羽不盈尺，

一木有余阴，　一泉有余泽。 ⁰⁸

● 09·濯鳞：洗刷鳞甲。清泠（líng）：清澈凉爽。清泠池，在睢阳。韩公将自徐赴洛，清泠池为途经之地，故借以为兴。

● 10·刷羽：洗刷羽毛。蒙笼：形容草树茂盛。

● 11·"海水"四句：意谓并不是不爱海水的广大，不爱邓林茂盛的树枝，风波也是平常的事；只是因为鳞甲、羽毛还未长成，不适于大海、邓林。

● 12·"我鳞"四句：意谓鳞甲一天比一天大，羽毛一天比一天长，再也不怕风波袭击之苦，到那时再像长鲸、大鹏一样到大海、邓林里遨游。

我将辞海水，　濯鳞清泠池；[09]

我将辞邓林，　刷羽蒙笼枝。[10]

海水非爱广，　邓林非爱枝，

风波亦常事，　鳞羽自不宜。[11]

我鳞日已大，　我羽日已修，

风波无所苦，　还作鲸鹏游。[12]

品·评　诗以海水、邓林比喻张建封，以鱼、鸟自比。以此推断诗当于离徐州张建封幕归洛阳后所写。时在贞元十六年（800）秋后。韩诗多用比体，这首诗就很典型。以大海与清泠池对比，以邓林与蒙笼枝对比，以大鹏与雀对比。且自比于鱼鸟，希望做鲸鹏；把建封比作大海、邓林，实指当时的宦海与政途。多年的生活经历使他对当时的社会政治有了体验和认识：一个人虽有为国为民干一番事业的抱负和才智，却很难找到一个施展的位置和机会。诗比喻巧妙自然，有蕴含，有气势。读后不仅使人憎恶政治不平、贤愚不分的社会环境，更能激励人冲流击浪、顶风向前的上进心。

河之水二首
寄子侄老成⁰¹

河之水，去悠悠。⁰² 我不如，水东流。⁰³ 我有孤侄在海陬，⁰⁴ 三年不见兮，使我心忧。⁰⁵ 日复日，夜复夜，三年不见汝，使我鬓发未老而先化。⁰⁶

- *07* · 注：流入。
- *08* · 浦：水边、岸边。
- *09* · 蕨（jué）：多年生草本植物，嫩叶可食，根茎可作淀粉，全株可入药。
- *10* · 在水潭里钓鱼。缗（mín）：钓鱼用的丝线。
- *11* · 此句意谓：我去京师长安，不久就回来了。

河之水，悠悠去。我不如，水东注。⁰⁷我有孤侄在海浦，⁰⁸三年不见兮，使我心苦。采蕨于山，⁰⁹缗鱼于渊；¹⁰我徂京师，不远其还。¹¹

品·评

由诗第二首卒句"我徂京师，不远其还"可证，此诗写于贞元十六年（800），系韩愈由徐归洛、由洛准备赴京时作。愈与老成虽是叔侄，然年相若。愈少孤，养于伯兄嫂，老成愈二兄介之子，过继与会，两人自小相依为命，情同手足："零丁孤苦，未尝一日相离。"这两首诗正表现了韩愈思念老成的真情实感。写法学《诗经》，语句长短变化，似古且新，既保留了古朴的传统，又在诗歌革新道路上有所创造。诗句用韵不拘，挥洒自由，容易抒发感情。如程学恂《韩诗臆说》云："看来只淡淡写相思之意，绝不著深切语，而骨肉系属之深，已觉痛入心脾，二诗剀切深厚，真得三百篇遗意，在唐诗中自是绝作。"

山石

山石荦确行径微， [01]

黄昏到寺蝙蝠飞。

升堂坐阶新雨足， [02]

芭蕉叶大支子肥。 [03]

僧言古壁佛画好，

以火来照所见稀。 [04]

铺床拂席置羹饭，

疏粝亦足饱我饥。 [05]

夜深静卧百虫绝， [06]

清月出岭光入扉。 [07]

天明独去无道路，

出入高下穷烟霏。 [08]

- 01 · 荦（luò）确：形容山石奇险嵯峨，凹凸不平。行径微：山路狭窄崎岖。
- 02 · 新雨：刚刚下过的雨。
- 03 · 芭蕉：多年生草本植物。又名甘蕉、巴苴。大者高可及丈。果实可食，根茎花蕾可入药。支子：又作栀子，常绿灌木，仲春开白花，甚芳香，夏秋结实如诃子，生青熟黄，可入药，可作染料。肥：硕大繁盛。
- 04 · 古壁：旧墙壁。火：灯火。稀：少有，罕见；作依稀、模糊解也通。
- 05 · 疏粝（lì）：粗糙的米。
- 06 · 百虫绝：所有的虫都停止了鸣叫，即静无声息。衬托夜深寂静。
- 07 · 扉：门扇。
- 08 · 无道路：山间非无道路，乃为晨雾笼罩，看不清也。高下：高高下下，谓山路高低不平。穷烟霏：在云雾里穿来穿去，有日出雾敛之感。何焯《义门读书记》："《山石》直书即目，无意求工而文自至。一变谢家模范之迹，如画家之有荆、关也。'清月出岭光入扉'，从晦中转到明。'出入高下穷烟霏'，'穷烟霏'三字是山中平明真景，从明中仍带晦，都是雨后兴象。又即发端'荦确'、'黄昏'二句中所包蕴也。"

山红涧碧纷烂漫，⁰⁹

时见松枥皆十围。¹⁰

当流赤足蹋涧石，¹¹

水声激激风吹衣。¹²

人生如此自可乐，

岂必局束为人羁？¹³

嗟哉吾党二三子，

安得至老不更归！¹⁴

品·评

该诗写作时间，一云在徐州时，一云贬岭南时，一云离徐居洛时。从诗所写内容看，当写于贞元十七年（801）秋。诗所绘之境、所抒之情，无不别致新颖，刚健清峻。这是一首纪游诗，虽非专咏山石，开头一句"山石荦确行径微"，就把怪石壁立险峭、蛇径崎岖难行的山景展现在读者面前。意不在写山，山形毕肖。接着便一步一绘地向前行进，于是一幅幅生动鲜明的画图如展卷：黄昏时分蝙蝠乱飞的山寺晚景，新雨后的堂前芭蕉支子图，依次展现出来。五、六句是一幅客驿古寺照壁观画图，七、八句是一幅客驿生活的风俗画。九、十句又是一画，画面鲜明，意境幽远，乃山寺戴月的清净夜境。"天明"六句，共绘一幅山间早行长卷。最后四句因景抒怀，发出对人事际遇的感慨。方东树《昭昧詹言》云："凡结句都要不从人间来，乃为匪夷所思，奇险不测，他人百思所不解，我却如此结，乃为我之诗。如韩《山石》是也。不然，人人胸中所有，手笔所可到，是为凡近。"查晚晴《十二种诗评附载》亦说："写景无意不刻，无语不僻；取径无处不断，无意不转。屡经荒山古寺来，读此始愧未曾道着只字，已被东坡翁攫之而趋矣。"

苦寒

注·释

四时各平分，　一气不可兼。 *01*

隆寒夺春序， *02*　颛顼固不廉。 *03*

太昊弛维纲，　畏避但守谦。 *04*

遂令黄泉下，　萌芽夭勾尖。 *05*

草木不复抽，　百味失苦甜。

凶飙搅宇宙， *06*　芒刃甚割砭。 *07*

日月虽云尊，　不能活乌蟾。 *08*

羲和送日出，　悝怯频窥觇。 *09*

炎帝持祝融，　呵嘘不相炎。 *10*

而我当此时，　恩光何由沾？ *11*

肌肤生鳞甲， *12*　衣被如刀镰。 *13*

气寒鼻莫齅， *14*　血冻指不拈。 *15*

浊醪沸入喉，　口角如衔钳。 *16*

注释：

- *01*·一年平均划分四季，构成天地万物的基本素质，各不相兼也。
- *02*·隆寒：酷寒。春序：春天。
- *03*·"颛顼（zhuān xū）"句：谓颛顼性本贪婪，侵犯春夏。传说春、夏、秋、冬四季，皆有一帝专管，颛顼管冬季。
- *04*·太昊（hào）：春帝名。维纲：纪纲。谦：谦逊、退让。
- *05*·阴气盛极侵于地下，伤及草木萌发，使初生的草木芽尖冻死。
- *06*·凶飙（biāo）：暴风。《礼记·月令》：孟春行秋令，则飙风暴雨总至。
- *07*·此句谓：凶暴的风甚于芒刺刀割。砭（biān）：用针刺皮肉。
- *08*·乌蟾：乌鸦和蟾蜍。
- *09*·此句谓：羲和把太阳送了出来，却胆怯地偷看，迟疑不前。羲和：神话里太阳神的车夫。悝（kuāng）怯：惧怕畏缩。窥觇（chān）：观望，迟迟不敢向前。
- *10*·二句谓：炎帝拿着火，却不去呵护照耀。炎帝：火神，名祝融，因主夏，世称夏帝。持祝融：举着火。呵嘘：天冷手冻，需呵气取暖。
- *11*·恩光：圣恩。沾：浸润、沾溉。
- *12*·意谓：身上的皮肤都冻裂了。鳞甲：鱼鳞、龟甲。
- *13*·衣服和被褥冻得冰凉，贴着身就刀割一样痛。刀、镰，都是切割物件的工具，刃锋利。
- *14*·意谓：天寒气凉鼻吸刺痛，莫敢呼吸。齅，同"嗅"。
- *15*·天冷得使血液凝固，指头冻僵，无法合拢。拈（niān）：用手指取物。
- *16*·二句谓：天冷嘴冻得合不拢，连煮沸的酒都喝不进去。醪（láo）：汁滓混合的酒。

将持匕箸食，　　触指如排签。[17]

侵炉不觉暖，[18] 炽炭屡已添。

探汤无所益，[19] 何况纩与缣？[20]

虎豹僵穴中，　　蛟螭死幽潜。[21]

荧惑丧躔次，[22] 六龙冰脱髯。[23]

芒砀大包内，　　生类恐尽歼。[24]

啾啾窗间雀，　　不知已微纤。

举头仰天鸣，　　所愿晷刻淹。[25]

不如弹射死，　　却得亲炰燖。[26]

鸾皇苟不存，　　尔固不在占。[27]

其余蠢动俦，　　俱死谁恩嫌？[28]

伊我称最灵，[29] 不能女覆苫。[30]

悲哀激愤叹，　　五藏难安恬。[31]

● 17 • 如排签：像往手指里扎竹签一样痛。

● 18 • 侵炉：贴近火炉。

● 19 • 手脚放在沸水里也无济于事。

● 20 • 纩（kuàng）：棉絮。缣（jiān）：绢帛。纩缣合称被褥。

● 21 • 二句谓：虎豹冻僵在洞穴里，蛟螭冻死在深水中。蛟：有鳞的龙为蛟。螭（chī）：无角的龙为螭。

● 22 • 太阳运行也失去了规律。荧惑：本指火星，此指太阳。躔（chán）：足迹，也指日月及五星运行时经过天空某一区域的轨迹。

● 23 • 六龙：指太阳。传说日神乘车，驾以六龙。皇帝之车六马，也称皇帝的车驾为六龙。

● 24 • 此二句谓：天下所有的生物都被冻死。芒砀：同"茫荡"，辽阔无边。大包：整个天下。生类：一切生物。尽歼：全部死亡。

● 25 • 希望太阳能多停留一些时间。晷（guǐ）：日影。刻：时间。淹：淹留。

● 26 • 此二句谓：与其冻得难以忍受，还不如被弹射死，得点火烧汤煮的暖气。炰燖（páo xún）：火烤汤煮。炰：合毛炙烤。燖：汤里煮肉。

● 27 • 尔：指雀。占：占卜。不在占：犹如说了不算。

● 28 • 蠢动俦：指虫类分类。嫌：厌恶。此二句谓：其余那些虫就更不被在意了。

● 29 • 伊我：指人类，伊是发语词。这句说人是万物之灵。

● 30 • 即不能安汝于枕席。女：同"汝"。覆：覆盖。苫（shān）：草苫子。

● 31 • 即心里难以安宁。五藏：即五脏，指脾、肺、肾、肝、心。

中宵倚墙立，　淫泪何渐渐！[32]
天王哀无辜，[33] 惠我下顾瞻。[34]
褰旒去耳纩，[35] 调和进梅盐。[36]
贤能日登御，[37] 黜彼傲与憸。[38]
生风吹死气，　豁达如褰帘。[39]
悬乳零落堕，[40] 晨光入前檐。
雪霜顿销释，　土脉膏且黏。[41]
岂徒兰蕙荣？[42] 施及艾与蒹。[43]
日萼行铄铄，[44] 风条坐襜襜。[45]
天乎苟其能，　吾死意亦厌。[46]

●32・淫：多也。渐渐：同“潺潺”，形容水流的样子，此指泪。

●33・向天疾痛大呼貌。

●34・惠我：给予我的恩惠。顾瞻：照顾。

●35・褰（qiān）：拉起。旒（liú）：冕旒，王冠上饰玉的垂帘。纩：绵帛做成的耳暖。此句谓：拉起冠前的帘，去掉耳暖，寓天气暖和之意。

●36・梅：味酸。盐：味咸。都是调味必需的原料。此比喻进用贤臣。

●37・登御：被皇帝任用。

●38・意谓：除掉那些怠惰政事和奸邪坏事之人。黜（chù）：罢除。憸（xiān）：奸邪。

●39・豁达：性开通，气量大。

●40・悬乳：房檐悬垂的冰条。

●41・销释：消融化解。土脉膏且黏：土地松软肥沃。

●42・兰蕙：香草。荣：茂盛。

●43・艾与蒹：艾蒿和芦苇。

●44・日萼：阳光照耀下的花朵。铄铄：同“烁烁”，光亮的样子。

●45・风条：风吹起的衣带。襜（chān）襜：摆动貌。

●46・厌：满足。此为诗人设想、期望。谓天假如做到这些，即“天王哀无辜”以下十六句所言，我即便死也满意了。程学恂《韩诗臆说》：“此当与东野《寒地百姓吟》并读。然此才力尤加奇肆。结云‘天乎苟其能，吾死意亦厌’。少陵自比稷契处，亦同此怀抱。”

品・评　诗写于贞元十九年（803）春，韩愈在长安为四门博士时。公做京官后对朝政的积弊看得更清楚，因此，便借是年春三月大雪侵害万物生长，破坏人们生活，比附隐刺权臣误国，朝廷失政。用狠重奇险之笔，抒发鲜明的爱憎感情。他对自己不能尽力佐政抚民感到内疚，期望和煦的阳光施惠于万物，为此死而无憾。从艺术上看，这首诗表现了韩诗字带刀锋、怪奇狠重的奇险诗境，是韩诗艺术上走向奇崛、自树一家新风的标志。

落齿

01

去年落一牙，　今年落一齿。 02

俄然落六七，　落势殊未已。 03

余存皆动摇，　尽落应始止。 04

忆初落一时，　但念豁可耻。 05

及至落二三，　始忧衰即死。

每一将落时，　懔懔恒在己。 06

叉牙妨食物， 07　颠倒怯漱水。 08

终焉舍我落，　意与崩山比。 09

今来落既熟，　见落空相似。 10

余存二十余，　次第知落矣。 11

傥常岁落一，　自足支两纪。 12

如其落并空，　与渐亦同指。 13

人言齿之落，　寿命理难恃。 14

我言生有涯，　长短俱死尔！ 15

注·释

● 01·韩愈与老成书曰："吾年未四十，而视茫茫，而发苍苍，而齿牙动摇。"

● 02·齿：《六书故》："齿当唇，牙当车。"口中两颊生的齿叫牙，前近唇者称齿。诗中牙齿互文，无别。

● 03·俄然：突然。落势：牙齿脱落的势头。殊未已：还未停止。

● 04·余存：剩余的牙齿。始止：才停止。

● 05·落一时：掉第一颗牙时。但念豁可耻：只觉得豁牙难看。

● 06·懔（lǐn）懔：畏惧的样子。恒在己：自己经常处于这种畏惧状态。

● 07·叉牙：同"杈丫"，即参差不齐。

● 08·颠倒：与横竖意同。上下前后跟原有的位置相反，即错乱。此句谓：横竖都不舒服。怯漱水：怕用水漱口。

● 09·二句谓：最后牙齿脱落时，像山崩一样迅速剧烈。形容牙齿掉得突然。

● 10·二句谓：近来牙齿脱落已成习惯，每掉一颗都和往常一样。熟：习以为常。

● 11·次第：一个接一个。

● 12·二句谓：假如每年掉一颗牙，还可以支持二十余年。傥：假如。两纪：一纪十二年，两纪二十四年。

● 13·二句谓：如果一下子掉完，和慢慢掉差不多。指：同"旨"。

● 14·二句谓：人们都说牙齿掉落，按常理讲人的寿命难以再维持下去。

● 15·二句谓：人的寿命总有一定年限，或长或短总是要死的。

人言齿之豁，　　左右惊谛视。[16]

我言庄周云，　　木雁各有喜。[17]

语讹默固好，[18]　　嚼废软还美。[19]

因歌遂成诗，　　持用诧妻子。[20]

● 16·左右：左右的人。谛（dì）：仔细、详细。

● 17·木雁：《庄子·山木》："庄子行于山中，见大木，枝叶盛茂。伐木者止其旁而不取也。问其故，曰：'无所可用。'庄子曰：'此木以不材得终其天年。'夫子出于山，舍于故人之家。故人喜，命竖子杀雁而烹之。竖子请曰：'其一能鸣，其一不能鸣，请奚杀？'主人曰：'杀不能鸣者。'明日，弟子问于庄子曰：'昨日山中之木，以不材得终其天年；今主人之雁，以不材死。先生将何处？'庄子笑曰：'周将处乎材与不材之间。材与不材之间，似之而非也，故未免乎累。'"各有喜：指主人对木与雁的态度。大木、鸣雁各得其所，比喻有牙、无牙各有好处。

● 18·没有牙齿说话容易说不清楚，默默不语本来就是好事。

● 19·牙齿没有了，舌头还好。嚼：能嚼食物的牙齿。软：柔软的舌头。

● 20·二句谓：一边唱歌一边写成诗，拿来在妻子面前夸耀。诧：夸耀。

品·评

贞元十八年（802），韩愈所作《与崔群书》云："近者尤衰惫，左车第二牙无故动摇脱去。"今据此诗"去年落一牙，今年落一齿"推断，诗当写于贞元十九年，时韩愈三十六岁。韩愈时正壮年，齿落体衰，心有所感，见于诗文者多处，然多带有一种衰老颓唐之感，《落齿》写得却比较乐观，表现了他与世俗不同的观点。最后与妻子玩笑，颇为风趣。从表象看诗写的是生活琐事，与社会政治无关，其实，他所说的"语讹默固好，嚼废软还美"，不正是在自嘲中暗含不平之气吗？韩愈学陶潜、杜甫，写了一些描写身边琐事的小诗，既风趣有致，也明白如话，物情俱真，自得其妙，形成了自己的风格。正如朱彝尊批语云："真率意，道得痛快，正是昌黎本色。"

利剑

注·释

● 01·耿耿：指剑锋寒光闪闪。
● 02·无邪心：一云不怕邪恶，故古人常以"胜邪"、"辟邪"为宝剑名；一云洁身自好，不生邪念。
● 03·寡徒侣：同伴少，知音稀。故下句云把利剑赠给我结为知心朋友。韩愈有《知音者诚希》诗，叹知音者少。
● 04·此句谓：我的心像冰一样纯洁，我的剑像雪一样明亮。刘歆《西京杂记》："高祖斩白蛇剑……刃上常若霜雪。"王昌龄《芙蓉楼送辛渐》："洛阳亲友如相问，一片冰心在玉壶。"
● 05·谗夫：专以谗言害人者。
● 06·心腐：心烂。形容心里愤恨到极点。剑锋折：剑刃折断。
● 07·此句谓：剑和我一同化归地府。

利剑光耿耿，^{01} 佩之使我无邪心。^{02} 故人念我寡徒侣，^{03} 持用赠我比知音。我心如冰剑如雪，^{04} 不能刺谗夫，^{05} 使我心腐剑锋折。^{06} 决云中断开青天，噫！剑与我俱变化归黄泉！^{07}

品·评　韩愈《祭河南张员外文》云："贞元十九，君为御史。余以无能，同诏并跻……彼婉娈者，实惮吾曹。侧肩帖耳，有舌如刀。"此诗借赋利剑喻己高洁与刚直，发泄对宠臣谗夫陷害直臣、盘剥百姓的憎恨。当写于韩愈为御史的贞元十九年。诗本于《诗经》的《巷伯》、《青蝇》，为刺谗佞误国的诗。可谓千古同慨。如清陈沆《诗比兴笺》评此诗云："用乐府之奇倔，摅《离骚》之幽怨，而皆遗其形貌，所谓情激则调变者欤？"

贞女峡

01

注·释

● 01 · 贞女峡：《元和郡县图志》卷二十九《江南道五》："桂阳县……贞女峡，在县南一十里。"

● 02 · 江盘：江水弯弯曲曲。峡束：峡窄，两岸峭壁紧紧夹住江水。春湍豪：春天的江水大流急，气势汹汹。

● 03 · 雷风战斗：以风骤雷疾形容贞女峡江水奔腾咆哮、汹涌激荡。

● 04 · 悬流：瀑布。轰轰：水泻之声。水府：神话中的龙宫。

● 05 · 一泻百里：快也。云涛：浪高入云。

● 06 · 此句谓：漂流的船在激浪中碰着岩石就会像万瓦俱碎一样。摆：碰撞。

● 07 · 此句谓：顷刻之间性命就没了，死得没有意义。司马迁《报任安书》："人固有一死，死有重于泰山，或轻于鸿毛，用之所趋异也。"

江盘峡束春湍豪，02

雷风战斗鱼龙逃。03

悬流轰轰射水府，04

一泻百里翻云涛。05

漂船摆石万瓦裂，06

咫尺性命轻鸿毛。07

品·评　诗写于贞元二十年（804）春，韩公被谪阳山途经贞女峡时。虽仅六句，却写出了贞女峡惊心动魄的奇景和一派雄豪气势。虽被贬，却不气馁，表现了一位政治家的博大胸怀。如蒋抱玄评曰："起语恢奇，收语雄而直率。"

县斋有怀

⁰¹

少小尚奇伟，　平生足悲吒。⁰²

犹嫌子夏儒，⁰³ 肯学樊迟稼？⁰⁴

事业窥皋稷，⁰⁵ 文章蔑曹谢。⁰⁶

濯缨起江湖，⁰⁷ 缀佩杂兰麝。⁰⁸

悠悠指长道，　去去策高驾。⁰⁹

谁为倾国媒？ [10] 自许连城价。 [11]

初随计吏贡， [12] 屡入泽宫射。 [13]

虽免十上劳， [14] 何能一战霸？ [15]

人情忌殊异， [16] 世路多权诈。 [17]

蹉跎颜遂低， [18] 摧折气愈下。 [19]

冶长信非罪， [20] 侯生或遭骂。 [21]

怀书出皇都， 衔泪渡清灞。 [22]

● 10·倾国：指美人，韩愈自比。媒：媒人。比喻宦途的引荐人。《汉书·外戚传》："延年侍上起舞，歌日：'北方有佳人，绝世而独立，一顾倾人城，再顾倾人国。宁不知倾城与倾国，佳人难再得！'上叹息日：'善！世岂有此人乎？'平阳主因言延年有女弟，上乃召见之。"

● 11·连城价：以价值连城的和氏璧自比。《史记·廉颇蔺相如列传》："赵惠文王时，得楚和氏璧。秦昭王闻之，使人遗赵王书，愿以十五城请易璧。"

● 12·指被乡贡举荐到京城应试。计吏：掌管计簿的官吏。贡：推荐考生。

● 13·指多次参加考试。泽宫射：古代天子在泽宫以射选士。此借指考试。

● 14·十上劳：多次上书而不报。

● 15·承上句，说苏秦十上书都未成功，我怎能参加一次考试就得中呢？

● 16·世俗人情忌妒有特殊才干的人。

● 17·权诈：玩弄权术，尔虞我诈。

● 18·蹉跎：道路坎坷，宦途失意。时光白白地流逝。

● 19·摧折：摧残挫折。

● 20·此以公冶长自比，说仕途坎坷不是自己的罪过。《论语·公冶长》："子谓公冶长：'可妻也。虽在缧绁之中，非其罪也。'以其子妻之。"

● 21·侯生：侯嬴，战国时魏国的城门守，实则隐士，后与信陵君无忌结好，帮助无忌完成"西却秦北救赵"的事业。《史记·魏公子列传》："魏有隐士日侯嬴，年七十，家贫，为大梁夷门监者。公子闻之，往请……侯生摄敝衣冠，直上载公子上坐，不让，欲以观公子，公子执辔愈恭……市人皆观公子执辔，从骑皆窃骂侯生。"以上二句乃韩愈自比公冶长、侯嬴，虽遭挫折，或被笑骂，却是才德出众的人。

● 22·怀书：怀里揣着圣贤之书，谓有学识。灞：水名，在长安东。东出长安必经灞桥。此指三上宰相书不报，而愤离京城东归。

身将老寂寞，　　志欲死闲暇。²³

朝食不盈肠，　　冬衣才掩骼。²⁴

军书既频召，　　戎马乃连跨。²⁵

大梁从相公，　　彭城赴仆射。²⁶

弓箭围狐兔，　　丝竹罗酒炙。²⁷

两府变荒凉，　　三年就休假。²⁸

求官去东洛，　　犯雪过西华。²⁹

尘埃紫陌春，　　风雨灵台夜。³⁰

名声荷朋友，³¹　援引乏姻娅。³²

虽陪彤庭臣，³³　讵纵青冥靶？³⁴

● 23 · 此二句表韩愈失意的心态。谓我的身体将在寂寞中老去，意志将在闲居生活里消磨。

● 24 · 朝：每天。不盈肠：吃不饱。掩：盖。骼（qià）：胯骨。二句谓：过的是食不饱肚、衣不蔽体的生活。

● 25 · 连跨：指相继在汴、徐军幕中任从事。

● 26 · 大梁：汴州治所，战国、秦、汉时称大梁，今河南开封。彭城：徐州治所，古为彭郡，今江苏徐州。

● 27 · 此二句总叙在汴、徐幕的围猎、宴乐生活。丝竹：本指弦管乐器，此泛指音乐。炙：烤熟的肉，此指酒菜。

● 28 · 此二句叙贞元十五年董晋卒，汴州兵乱；十六年，建封卒，徐州兵乱，则汴、徐二府率荒凉也。自贞元十六年五月去徐幕，至十七八年间任四门博士，则闲居三年。休假：休闲。

● 29 · 犯雪：冒雪，指在下雪的冬天经过华山。西华：西岳华山。此指他贞元十六年冬，前往长安参加吏部考试。

● 30 · 紫陌：指京城的街道。灵台：指国子学。西汉有三雍官，为对策讲学之地。东汉光武帝刘秀设立明堂、辟雍、灵台为三雍官。

● 31 · 荷：仰赖、感戴。此句说迁监察御史是由朋友荐引。

● 32 · 援引：推举、荐拔。姻娅（yà）：姻亲。此句谓：迁为监察御史不是由于亲戚的关系。

● 33 · 陪：排列。彤庭臣：朝廷之臣。此句谓：身为监察御史已列朝臣行列。

● 34 · 讵：岂、哪里，表反诘。纵：纵情、驰骋。青冥靶：青冥指天空，此从王良驾车遨游而来。谓靶在天上，极言志向高远。

寒空耸危阙， 晓色曜修架。 35

捐躯辰在丁， 铩翮时方蜡。 36

投荒诚职分， 领邑幸宽赦。 37

湖波翻日车， 岭石坼天罅。 38

毒雾恒熏昼， 39 炎风每烧夏。 40

雷威固已加， 飓势仍相借。 41

气象杳难测， 42 声音吁可怕。

夷言听未惯， 43 越俗循犹乍。 44

指摘两憎嫌， 睢盱互猜讶。 45

● 35 · 晓色：晨光。修架：长桥。

● 36 · 捐躯：舍身报国。指冒死上《论天旱人饥状》。辰在丁：当是韩愈上《状》的日子。铩翮（shā hé）：折断羽翼。蜡：十二月。二句说贞元十九年十二月，韩愈因上书被贬连州。

● 37 · 投荒：放到荒凉的地方。诚职分：很合适。诚＝确实。职分：所任之职应尽的本分。宽赦：宽大赦宥。二句谓：把我放到蛮荒地方是很合适的，做县令是对我的宽大处置。

● 38 · 日车：太阳神乘的车子，喻日。此句写湖面波浪翻滚、日影跳动的景象。坼（chè）：裂开。罅（xià）：裂缝。天罅：天之缝也，言其高。此句写人行两山陡壁间仰望天空的景象。二句极言赴阳山经江湖、山岭的风险与艰辛。

● 39 · 毒雾：瘴气。恒熏昼：一天到晚不散。

● 40 · 炎风：热风。烧夏：夏天热得像火烧一样。由此二句以下十二句写阳山的环境和天气。

● 41 · 飓（jù）：台风、暴风。

● 42 · 杳：渺茫，谓变化难测。

● 43 · 夷言：地方土语。即《送区册序》所谓"鸟言夷面"也。

● 44 · 越俗：指岭南一带人的风俗习惯。循犹乍：虽然已慢慢习惯，却仍有疑惑。

● 45 · 指摘：指责。睢盱（suī xū）：瞪眼睛。猜讶：猜疑。此二句谓：因语言不通、风俗不同，官府与百姓相互指责、猜疑。

只缘恩未报，　岂谓生足藉？ 46

嗣皇新继明， 47 率土日流化。 48

惟思涤瑕垢，　长去事桑柘。 49

劚嵩开云扃，　压颍抗风榭。 50

禾麦种满地，　梨枣栽绕舍。 51

儿童稍长成，　雀鼠得驱吓。 52

官租日输纳， 53 村酒时邀迓。

闲爱老农愚， 54 归弄小女姹。 55

如今便可尔，　何用毕婚嫁？ 56

● 46・此二句谓：只因圣上恩德未报，不应死在阳山，哪里是说我一生还能有所指望呢？

● 47・德宗子李诵于贞元二十一年正月二十六日继帝位，二月二十四日大赦。八月改元永贞，庙号顺宗。

● 48・率土：全国。流化：感受皇帝的恩德和教化。

● 49・涤：洗掉、除去。瑕垢（xiá gòu）：疵点、错误。

● 50・劚（zhǔ）：开凿。嵩：嵩山，中岳，在河南登封。扃（jiōng）：原指门闩，此指门户。压颍：在颍水之上。二句谓：将在嵩山云深之处建造房屋，在颍水上得风之处修筑亭榭。

● 51・朱彝尊《批韩诗》："预描写光景好，此是寂寞闲暇受用处。"

● 52・此二句谓：孩子一天天长大，已经能够驱赶、吓唬鸟雀了。

● 53・按时缴纳官家租税。

● 54・愚：淳朴，不作愚笨解。

● 55・弄：戏耍、逗着玩。姹（chà）：娇艳、好看。

● 56・尔：代词，指归田务农生活。毕婚嫁：办完女儿出嫁事。

品·评　诗为贞元二十一年（805）二月后公为阳山令时所作。写半生坎坷曲折的经历，若要了解他的思想和生活，此诗必读。他虽有"事业窥皋稷"的抱负，"文章蔑曹谢"的才华，却因朝廷群小当道不能发挥，产生了"劚嵩开云扃，压颍抗风榭。禾麦种满地，梨枣栽绕舍"的归隐思想。表示对仕途、官场的厌倦，反映了当时有识之士的内心苦闷，有一定的典型意义。此诗所用典事能务去陈言，化腐朽为神奇。如用向长嫁女后隐去事，常用则云："早欲寻名山，期待婚嫁毕。"（沈约诗）"无惑毕婚嫁，竟为俗务牵。"（元结诗）韩诗却说："如今便可尔，何用毕婚嫁？"全诗皆用对句，娴熟精巧，有一唱三叹之味。熔裁有致，构制精工；语言淳朴，生动感人。今人读之不厌其长，不觉其繁。

杂诗四首

（选一）

注·释

● 01·八区：四面八方，即处处。
● 02·相格：互相斗争。
● 03·得时：依时得势。
● 04·恣：肆意、放纵。啖（dàn）：叮咬、吮吸。《玉篇·口部》："啖，食也。"咋：《玉篇·口部》："咋，声大也。"这里作咬、啮解，亦可。
● 05·凉风：北风。扫：扫除，俗谓一扫而光。

朝蝇不须驱，　暮蚊不可拍。

蝇蚊满八区，[01]　可尽与相格？[02]

得时能几时？[03]　与汝恣啖咋。[04]

凉风九月到，　扫不见踪迹。[05]

品·评　《杂诗四首》皆含讽意。此为第一首，以当时政治形势看，似写于永贞元年（805）秋二王失势时。诗里写蚊蝇处处皆是，无法尽驱，可憎可恶，只好寄予秋凉自扫。诗中寓小人只能得势于一时之意，深思可知。宋王楙《野客丛书》云："子美《萤》诗曰：'幸因腐草出，敢近太阳飞。未足临书卷，时能点客衣。随风隔幔小，带雨傍林微。十月清霜重，飘零何处归？'退之诗曰：'朝蝇不须驱，暮蚊不须拍。蝇蚊满八区，可尽与相格？得时能几时？与汝恣啖咋。凉风九月到，扫不见踪迹。'二诗皆一意，所以讽当世小人妄作威福者尔。"

赠张功曹 01

八月十五夜

纤云四卷天无河，⁰²

清风吹空月舒波。⁰³

沙平水息声影绝，⁰⁴

一杯相属君当歌。⁰⁵

君歌声酸辞且苦，⁰⁶

不能听终泪如雨。⁰⁷

"洞庭连天九疑高，⁰⁸

蛟龙出没猩鼯号。⁰⁹

十生九死到官所，¹⁰

幽居默默如藏逃。¹¹

下床畏蛇食畏药，¹²

海气湿蛰熏腥臊。¹³

昨者州前捶大鼓，

嗣皇继圣登夔皋。¹⁴

赦书一日行万里，

罪从大辟皆除死。¹⁵

迁者追回流者还，¹⁶

涤瑕荡垢朝清班。¹⁷

州家申名使家抑，¹⁸

坎轲只得移荆蛮。¹⁹

判司卑官不堪说，

未免捶楚尘埃间。²⁰

同时辈流多上道，

天路幽险难追攀。"²¹

●14・嗣皇：继承皇位的皇帝，此指宪宗李纯。继圣：继承先皇圣德。登夔皋：选用贤臣。夔、皋，舜时贤臣。

●15・大辟：死刑。

●16・迁者：被贬谪的。流者：被流放的。

●17・涤瑕荡垢：清洗污秽。朝清班：即清朝班。此句谓：把朝廷上的坏人清理干净。

●18・州家：郴州刺史李伯康。申名：上报应赦名册。使家：湖南观察使杨凭，职管州县。抑：压制。此一句句中顿挫。

●19・坎轲：道路崎岖不平貌。

●20・判司：州府佐吏自司功以下，皆称判司。卑官：地位低下的小官。不堪说：不值得一说。捶楚：鞭笞杖打。《隋书・高祖纪》："（开皇十七年）三月丙辰诏曰：……诸司论属官，若有愆犯，听于律外斟酌决杖。"唐沿隋制，参军一类小官稍有不慎即受鞭杖。尘埃间：伏地受刑。

●21・同时辈流：同时被贬谪流放的人。上道：踏上回京城的路。天路：比喻上朝廷。幽险：昏暗险恶。二句言回朝无路的苦闷，此转尤胜。以上说贬谪之苦，判司之移，均由张署歌辞中表出，此乃避实就虚之法。

- 22・殊科：不同类。
- 23・多：谓月光之多也。八月十五日，月亮最圆最亮。
- 24・人生由命：人一生中的显达与遭遇都是由天命决定。谓不必归怨使家。
- 25・奈明何：意谓不痛饮几杯怎么对得起这美好的明月呢？以上韩公歌辞。

君歌且休听我歌，

我歌今与君殊科。[22]

一年明月今宵多，[23]

人生由命非有他，[24]

有酒不饮奈明何？[25]

品・评 永贞元年（805），韩愈与张署第二次遇赦同赴江陵，八月十五日待命郴州时韩愈作此诗。这首诗运用"虚者实之、实者虚之"、反客为主的手法，写出了摧人泪下、如泣如诉的苦辞。不仅诉谴谪，也说了大赦之日"同时辈流多上道，天路幽险难追攀"的坎坷遭遇。二人命运相同，苦情一样，怎能不在这羁旅客舍借酒解闷、一抒其慨呢？诗虽大笔直书，读起来却娓娓动人。写月夜景色高朗清新，写遭遇之苦悲凉料峭，写情寄慨一唱三叹，三者又能有机融合，含蓄顿折，错落有致。

谒衡岳庙遂宿岳寺题门楼 *01*

五岳祭秩皆三公，*02*

四方环镇嵩当中。*03*

火维地荒足妖怪，*04*

天假神柄专其雄。

喷云泄雾藏半腹，*05*

虽有绝顶谁能穷？*06*

我来正逢秋雨节，

阴气晦昧无清风。*07*

潜心默祷若有应，*08*

岂非正直能感通？*09*

须臾静扫众峰出，

仰见突兀撑青空。*10*

注·释

● *01*·谒（yè）：拜见。衡岳：南岳衡山，位于湖南衡阳市境。衡岳庙：南岳衡山山神庙，也即岳寺，在原衡山县城西三十里。题门楼：把诗写在庙的门楼上。

● *02*·祭秩：祭礼的等级。三公：古时朝廷中最高的官位。周以太师、太傅、太保为三公。也有以司马、司徒、司空为三公者。《礼记·王记》："天子祭天下名山大川，五岳视三公，四渎视诸侯。"唐代五岳皆封王，礼秩比三公还高一等。

● *03*·四方环镇：东西南北四岳环绕，雄镇四方。嵩当中：嵩山位居中央。镇：镇守，四岳均一方之主。

● *04*·火维地荒：指衡山在炎热荒僻的南方。足妖怪：妖魔鬼怪很多。

● *05*·写山间云雾涌出弥漫山峦的态势，字字欲活。

● *06*·绝顶：山峰极高处。穷：尽。

● *07*·阴气晦昧：指淫雨连绵，天色昏暗。衡山间多潮湿阴森之气。

● *08*·潜心默祷：暗自祷告，祈求天晴。若有应：好像有应验。

● *09*·感通：心诚则感，感能通神。指人之正直虔诚感动了神灵。

● *10*·须臾：不一会。静扫：轻轻地就把云雾扫尽，山峰显现出来了。突兀：巍峨的样子。撑青空：众山峰支撑着清朗的天空。此二句词采锤炼，韵味特出。

紫盖连延接天柱，

石廪腾掷堆祝融。[11]

森然魄动下马拜，

松柏一径趋灵宫。[12]

粉墙丹柱动光彩，

鬼物图画填青红。[13]

升阶伛偻荐脯酒，[14]

欲以菲薄明其衷。[15]

庙令老人识神意，[16]

睢盱侦伺能鞠躬。[17]

手持杯珓导我掷，[18]

云此最吉余难同。[19]

● 11·紫盖、天柱、石廪、祝融：都是衡山七十二峰中的峰名。腾掷：用腾飞、抛掷物体形容山势起伏，各呈异姿。

● 12·灵宫：庙堂，指衡岳庙。

● 13·粉墙丹柱：白墙红柱。动光彩：色彩鲜明，相互照映。鬼物图画：指墙上的图画。填：涂抹、填充。青红：壁画的颜色。此二句写庙堂的建筑与壁画。

● 14·升阶：登上庙堂的台阶。伛偻（yǔ lǚ）：弯着腰，恭敬貌。

● 15·菲薄：薄礼，即简单的祭品。明其衷：表示内心虔诚。

● 16·庙令：据《新唐书·百官志》：五岳、四渎，令各一人，正九品上，掌祭祀。

● 17·睢盱（suī xū）：睁大眼睛仰视岳神。此写诗人眼里岳神的威严。侦伺：观察。鞠躬：见岳神而表恭敬。

● 18·杯珓（jiào）：古代的占卜工具，形似瓢，两片，占卜时把两片合起来掷在地上，看反正，定吉凶。

● 19·意谓：韩公掷的最吉利，其余的都比不上。

●20·蛮荒：指阳山。衣食才足：衣食生活仅仅能维持。甘长终：心甘情愿一生过这样的生活。

●21·此谓：自己已经没有建功立业的期望。

●22·此谓：即使神灵保佑赐福也难有效验。

●23·投：投宿。佛寺：南岳寺。此句点题中岳寺。

●24·掩映：月时隐时现。曈昽（tóng lóng）：隐隐约约。

●25·此句反用南朝谢灵运《从斤竹涧越岭溪行》诗"猿鸣诚知曙，谷幽光未显"句意。钟动：寺里早课的钟声敲响了。不知曙：不知不觉已经天亮了。

●26·杲杲：日光明亮，指日已升起貌。寒日：因是深秋，日刚升起，天带寒气。

窜逐蛮荒幸不死，

衣食才足甘长终。²⁰

侯王将相望久绝，²¹

神纵欲福难为功。²²

夜投佛寺上高阁，²³

星月掩映云曈昽。²⁴

猿鸣钟动不知曙，²⁵

杲杲寒日生于东。²⁶

品·评 永贞元年（805）九月韩愈从郴州到衡州。诗当写于此时。韩公登衡山谒岳庙，将衡岳的奇峰壮观、岳庙的古朴别致尽收笔底，构制了南岳峻峭险怪的山景古寺图。他虽遇赦北归，然郁郁不得志，心情激愤，借景抒情，因事言志。在信笔挥洒中，表现了倔强豪迈、高心劲气的性格，戛戛独创、不落凡俗的进取精神。诗亦庄亦谐，看似戏语，实含深意，趣味横生，耐人寻味。其写法也很有特色，押韵句末三字全用平声，即三平调，这是七言古诗一韵到底的正调。这种写法，声调铿锵，音律和谐，是七言古诗的极致。

洞庭湖阻风赠张十一署 01

注·释

- ●01·洞庭湖：在今湖南省北部，长江南岸。湘、资、沅、澧四水均汇于此，在岳阳市北入长江。湖中小山甚多，以君山最著名。阻风：为风阻隔。
- ●02·无时休：没有休止的时候。
- ●03·子：张署。维双舟：系着两只小船。
- ●04·谓茫茫大雨在昏暗的天地间倾泻而下。
- ●05·谓波涛像发了怒似的争奔而来。
- ●06·谓雨、涛声大，四周的犬吠、鸡啼都听不见了。
- ●07·此句用《论语·卫灵公》"在陈绝粮，从者病，莫能兴"意。
- ●08·即相隔不到一步的距离。
- ●09·句写风涛之险阻如画，寓时人之心理跃出。
- ●10·清谈：清雅的言谈、议论。
- ●11·接无由：无缘接近。
- ●12·男女：指儿女等人。喧左右：在身旁叫嚷。
- ●13·啾啾：儿女凄凉的叫声。
- ●14·二句谓：如果不是心怀北归的意兴，哪里能忍受这么多羁旅苦愁呢？
- ●15·悠悠：遥远貌，亦作悠闲自得讲。
- ●16·开霁：雨止天开，日出天晴。
- ●17·除此之外别无要求，即只希望天晴。过是：超出这个。

十月阴气盛，　北风无时休。02

苍茫洞庭岸，　与子维双舟。03

雾雨晦争泄，04　波涛怒相投。05

犬鸡断四听，06　粮绝谁与谋07

相去不容步，08　险如碍山丘09

清谈可以饱，10　梦想接无由11

男女喧左右，12　饥啼但啾啾13

非怀北归兴，　何用胜羁愁？14

云外有白日，　寒光自悠悠。15

能令暂开霁，16　过是吾无求。17

品·评　韩愈《祭河南张员外文》云"避风太湖，七日鹿角"，这首诗乃北归江陵过洞庭湖时遇风鹿角所作。时为永贞元年（805）十月。韩愈由衡山北上，正怀北归兴致，不料遇暴风所阻，路临粮绝，一时无法可想，企盼天晴，偏天又淫雨。诗具体、形象地描写了险恶的天气、环境，生动地表现了诗人的凄苦心情。可谓情景交融、刻画诡奇、寄托悱恻、造意可爱的神妙佳构。

杏花

居邻北郭古寺空，[01]

杏花两株能白红。[02]

曲江满园不可到，

看此宁避雨与风？[03]

二年流窜出岭外，[04]

所见草木多异同。[05]

冬寒不严地恒泄，[06]

阳气发乱无全功。[07]

浮花浪蕊镇长有，[08]

才开还落瘴雾中。

山榴踯躅少意思，[09]

照耀黄紫徒为丛。

注·释

● 01·居邻：住所附近。北郭：城北郊。空则形容古寺荒僻。

● 02·能白红：能白能红。或云杏花初开色红，渐而变白。

● 03·此二句是想象中的内心独白：曲江的春天虽然繁华似锦却无法去赏玩，宁可在这里看花以避（政治上的）风雨。曲江：长安城东南的游览胜地。《太平寰宇记》："曲江池，汉武帝所造，名为宜春苑，其水曲折，有似广陵之江，故名之。"

● 04·二年流窜：贞元十九年（803）冬，韩愈被贬阳山，二十一年（805）冬，北归江陵。时为二年。

● 05·异同：偏义词，即不同。

● 06·地恒泄：南方天暖，阳气早泄，宜于植物生长。

● 07·阳气发乱：天也无法控制。无全功：此用《列子·天瑞篇》"天地无全功"意，是说天地也没有全能的。以上二句写南方气候特点。正如查慎行《十二种诗评》所说："不到岭南，不知此二句之妙。"

● 08·镇：常也，与长字连用，当常常讲。

● 09·山榴：山石榴。植物名，又名红踯躅、映山红、杜鹃花。踯躅（zhí zhú）：羊踯躅，落叶小灌木，花有毒，羊食则死，俗名闹羊花、羊不食草。树高三四尺，花似山石榴。

鹧鸪钩辀猿叫歇，[10]

杳杳深谷攒青枫。[11]

岂如此树一来玩，

若在京国情何穷？[12]

今旦胡为忽惆怅？[13]

万片飘泊随西东。

明年更发应更好，[14]

道人莫忘邻家翁。[15]

品·评　诗为元和元年（806）春在江陵作。韩愈虽然遇赦，然不得归京，只在江陵当了一名法曹参军的小官，其志难酬，其情难舒。正值春日，北郭古寺两株杏花盛开，诗人触景生情，借咏物以寄其慨。虽题为"杏花"，却只有"杏花两株能白红"一句写到杏花，余十九句全在寄情。笔锋恣肆，情思驰骋，突出诗旨，真是奇作。诗之写法起句得势，中间转折自然，收笔落到明年，意味无穷。诗人满肚子的怨气在二十句诗里和盘托出。写咏物诗，初学者必得物肖，而大手笔则不必描头画脚，全在突出精神，这样的诗才能感人，才是好诗。

李花赠张十一署

江陵城西二月尾，

花不见桃惟见李。⁰¹

风揉雨练雪羞比，⁰²

波涛翻空杳无涘。⁰³

君知此处花何似？

白花倒烛天夜明，⁰⁴

群鸡惊鸣官吏起。⁰⁵

金乌海底初飞来，⁰⁶

朱辉散射青霞开。⁰⁷

迷魂乱眼看不得，⁰⁸

照耀万树繁如堆。⁰⁹

念昔少年著游燕，¹⁰

注·释

● 01·看不见红色的桃花，只见白色的李花。此为夜景。

● 02·风揉雨练：李花比雪还白，经春天的和风抚揉、细雨洗练。

● 03·波涛翻空：一望无际的李花如大海里的波浪排空滔天。杳无涘（sì）：无边无际。此远望李花盛开之景。

● 04·倒烛：蜡烛本是从上向下照，倒烛是从下向上照。天夜明：黑夜变成像白天一样亮。意谓：日光本是从上向下照亮大地，黑夜里的李花却从下向上照，使黑夜明亮如白天。此句写李花白而明，造意甚奇，他诗无比。

● 05·用夸张手法极写李花的白光照彻黑夜，使雄鸡误认为天亮而啼叫；官吏听见鸡叫，误以为天亮而起床。

● 06·金乌：指太阳。

● 07·朱辉：太阳刚升起时天上的红霞。青霞：青云。

● 08·迷魂乱眼：朝阳的光照射到李花上，万株李花光彩照人，照得人眼花缭乱，神情恍惚。如冬日阳光下看雪，使人睁不开眼。

● 09·繁如堆：形容李花繁盛如白雪堆积。以上四句写日出朝景，字字警绝。

● 10·著游燕：贪恋游赏饮宴。著，贪恋。

对花岂省曾辞杯？[11]

自从流落忧感集，[12]

欲去未到先思回。[13]

只今四十已如此，

后日更老谁论哉！

力携一樽独就醉，[14]

不忍虚掷委黄埃。[15]

品·评 诗为元和元年（806）二月末写于江陵。韩愈这首赋李花诗，前半写李花神形毕肖，字字欲活；然意在托后半之情。江陵西郊的李花，赢得了不少游人的叹赏。韩愈这位"念昔少年著游燕，对花岂省曾辞杯"的诗人，遇此佳期好景，怎能不对花一醉呢？可是，因为他"自从流落忧感集"，便不得不"欲去未到先思回"了。可见他是借花写人，以李花托出自己"弥感身世之易衰"的感情。众多诗人颂赞桃花，桃花虽美，经日色退，不如李花洁白如玉。"昌黎半山总爱李，爱其缟色天不晴。"韩愈虽也有不如归田的想法，但他关心国事，体恤百姓，终"不忍虚掷委黄埃"。诗妙在借花写人，却始终不明提及，极匣剑帷灯之致。

感春四首

（选二）

其二

皇天平分成四时，⁰¹

春气漫诞最可悲！⁰²

杂花妆林草盖地，⁰³

白日座上倾天维。⁰⁴

蜂喧鸟咽留不得，⁰⁵

红萼万片从风吹。⁰⁶

岂如秋霜虽惨冽，⁰⁷

摧落老物谁惜之？⁰⁸

为此径须沽酒饮，

自外天地弃不疑。⁰⁹

近怜李杜无检束，¹⁰

烂漫长醉多文辞。

● 11·屈原：楚大夫。王逸叙《楚辞》曰："屈原履忠被谮，忧悲愁思，独依诗人之义而作《离骚》。"此二句惜屈原之不饮，正与上二句李、杜狂饮长醉对。铺啜：吃喝。糟：糟糠。醨（lí）：薄酒。

● 12·不到圣处：不饮美酒。古人以白酒比贤人，以清酒比圣人。宁：岂，难道。

● 13·明四目：广开门路，招揽贤士。

● 14·句谓：处理政事，有条有理；评断人才，公允恰当。

● 15·平明：早晨天亮。

屈原《离骚》二十五，

不肯铺啜糟与醨。[11]

惜哉此子巧言语，

不到圣处宁非痴！[12]

幸逢尧舜明四目，[13]

条理品汇皆得宜。[14]

平明出门暮归舍，[15]

酩酊马上知为谁？

● 01·江头人：江上渔人。渔人生活在江水之上，故以江头人称之。

● 02·遮：拦截江流，撑网捕鱼。紫鳞：指鱼。

● 03·荒陂（bēi）：荒僻的江边。陂，水边或山坡。凫（fú）：野鸭。

● 04·卖纳租赋：承上江头人打鱼射雁，卖了鱼雁缴纳田租赋税。嗔（chēn）：发怒、责怪。

● 05·上句似杜甫《闻官军收河南河北》诗"却看妻子愁何在"意。下句谓渔人自给自足，不怕穷困。

● 06·无端：无缘无故。正话反说的悔恨之词。此二句谓：而今无缘无故读那么多经典史书，有了才智，只不过是白白耗费精神罢了。

● 07·画蛇著足：即画蛇添足。喻出力不讨好。指上文"无端读书史"。

● 08·趋埃尘：奔走于尘埃之中。指沉于下僚，被人冷落。

● 09·干愁：徒愁无益，或无端忧愁。漫解：散乱无法解脱。坐自累：自招辛苦。意谓：让无端的愁绪白白困扰自己，不能解脱。

● 10·异趣：志趣与众不同。谁相亲：没有志趣相投的知己可以亲近。

其四

我恨不如江头人，⁰¹

长网横江遮紫鳞。⁰²

独宿荒陂射凫雁，⁰³

卖纳租赋官不嗔。⁰⁴

归来欢笑对妻子，

衣食自给宁羞贫？⁰⁵

今者无端读书史，

智慧只足劳精神。⁰⁶

画蛇著足无处用，⁰⁷

两鬓雪白趋埃尘。⁰⁸

干愁漫解坐自累，⁰⁹

与众异趣谁相亲？¹⁰

- *11 · 浇肠*：下肚，此乃借酒浇愁。
- *12 · 皎皎*：清楚明亮。万种愁绪，在酒醒后依然清晰地摆在那里。
- *13 · 百年*：一生。
- *14 · 抛青春*：酒名。唐人酒名多用"春"字。

数杯浇肠虽暂醉，*11*

皎皎万虑醒还新。*12*

百年未满不得死，*13*

且可勤买抛青春。*14*

品·评 诗为元和元年（806）春写于江陵。韩愈所感者何？第三首云："诗书渐欲抛，节行久已惰。""孤负平生心，已矣知何奈？"知四诗所感即《五箴》中说的"聪明不及于前时，道德日负于初心"，和屈原《离骚》里"汨余若将不及兮，恐年岁之不吾与"的思想，一脉相承。韩愈与屈原一样，是有政治抱负的大诗人。他时居楚地，正值盛春佳景，自己却困居于此，生活困窘，前途无望，知音无应，心情感伤。由郁闷而伤春，由伤春而动情，由动情而发为言辞，写下了这四首笔力雄健之作。其中既有张衡《四愁诗》的比兴寄托，也有蔡琰《胡笳十八拍》的郁勃愤激。虽然如此，他仍然期望"幸逢尧舜明四目，条理品汇皆得宜"的际遇。可现实却是"与众异趣谁相亲"，便产生时不我遇的感叹："一生长恨奈何许？"因此，便奋力喊出："百年未满不得死，且可勤买抛青春。"不是他甘愿，而是万不得已，不是现实逼得他无法为国为民施展才智，他是不会轻易喊出这样声音的，更不会忍心这样做。诗读起来感人肺腑，就是调子低一点。这是此时韩愈思想的真实写照。程学恂《韩诗臆说》云："第二首直用《楚辞》语，明其所感同也。此公自写心事，借屈原以寄慨耳，非论屈原也。""末首郁愤极矣，吐为此吟，其音悲而远。至'皎皎万虑醒还新'，可以泣鬼神矣。"

郑群赠簟

⁰¹

蕲州簟竹天下知，⁰²

郑君所宝尤瑰奇。⁰³

携来当昼不得卧，

一府传看黄琉璃。⁰⁴

体坚色净又藏节，

尽眼凝滑无瑕疵。⁰⁵

法曹贫贱众所易，⁰⁶

腰腹空大何能为？⁰⁷

自从五月困暑湿，

如坐深甑遭蒸炊。⁰⁸

手磨袖拂心语口，

"慢肤多汗真相宜"。⁰⁹

日暮归来独惆怅，

有卖直欲倾家资。¹⁰

谁谓故人知我意，[11]

卷送八尺含风漪。[12]

呼奴扫地铺未了，

光彩照耀惊童儿。[13]

青蝇侧翅蚤虱避，[14]

肃肃疑有清飙吹。[15]

倒身甘寝百疾愈，

却愿天日恒炎曦。[16]

明珠青玉不足报，

赠子相好无时衰。[17]

● 11·谁谓：谁知，料想不到。故人：老朋友，指郑群。

● 12·此句用阴铿《经丰城剑池》诗"夹筱澄深绿，含风结细漪"意。

● 13·奴：仆人。童儿：孩子们。

● 14·青蝇：苍蝇。侧翅：苍蝇见簟席不敢落，盘旋了一下就侧身飞走了。蚤：跳蚤。虱：虱子。谓席凉爽生风，连这些烦人的小生物也畏避逃走。

● 15·肃肃：风的响声。清飙：清凉的风。

● 16·甘寝：睡得香甜。有这样凉爽的竹席，再热的天气也不怕；反说愿天长炎热。恒：永远。曦：羲的俗字，羲和，日御也，此指日。

● 17·此二句谓：明月珠、青玉案那样的瑰宝不足以酬谢郑群赠簟，只好献给你永不匮竭的真挚友情。

品·评 诗为元和元年（806）夏在江陵作。诗借生活中的小事，表现千古可鉴的友情。诗的写法颇具特色。其一，写物形态毕肖。如写簟席"体坚色净又藏节，尽眼凝滑无瑕疵"，把席比作黄琉璃。写体胖怕热，说"腰腹空大"、"慢肤多汗"，惟妙惟肖。其二，谈谐处意趣入妙。如"青蝇侧翅蚤虱避，肃肃疑有清飙吹"，写清风凛凛，青蝇都不敢接近而疾速飞去，跳蚤、虱子也畏怯而回避。其三，语言夸张而得体。如"倒身甘寝百疾愈，却愿天日恒炎曦"，说因竹簟凉爽可爱，转愿天不去暑而长卧。可谓思力所至，矢在弦上，不得不发。其四，在结构上，层层叠叠，转换曲折，虽写生活小事，却翻波叠浪，引人入胜。总之，诗笔力遒劲，句格老重，做到了意深、情笃、趣谐三者结合。

醉赠张秘书 01

人皆劝我酒，　　我若耳不闻，

今日到君家，02　呼酒持劝君。

为此座上客，03　及余各能文。04

君诗多态度，　　蔼蔼春空云。05

东野动惊俗，06　天葩吐奇芬。

张籍学古淡，07　轩鹤避鸡群。

阿买不识字，08　颇知书八分。09

诗成使之写，　　亦足张吾军。10

所以欲得酒，　　为文俟其醺。11

注·释

● 01·张秘书：张署。署与愈同贬、同赦、同官江陵曹掾。张署被邕管经略使奏辟为判官，未行拜京兆府司录，回京稍早于韩愈。因署谪灵武前曾任秘书省校书郎，唐人重京官内省职，故称张秘书。

● 02·君：指张署。下文同。

● 03·为：因为。此：指张署家设的宴席。座上客：指诗里所说孟、张等。

● 04·及：和、同。余：韩愈自称。各能文：都能诗会文。

● 05·态度：风姿。此指张署诗风姿多变。蔼蔼：盛多貌。二句说张署诗如春云布空，舒卷自如。

● 06·东野：孟郊的字。

● 07·张籍：中唐著名诗人，与韩愈终生为师友。长于乐府诗，元和、长庆间与元白共倡新乐府。古淡：古朴恬淡。

● 08·阿买：人名，未详。前人认为是公侄子或儿子，未确。疑为张彻。张彻先为韩门人，后为侄婿，属晚辈，也能文。不识字：非不认识字，而是不识难字。

● 09·八分：书体的一种，即八分书。字体似隶而多波磔，相传为秦时上谷人王次仲所造。按文献记载：唐时校书郎所掌字体有五：一、古文；二、大篆；三、小篆，印玺旗幡用之；四、八分，石经碑刻用之；五、隶书，典籍表奏公私文疏用之。

● 10·张：张扬。吾军：我党、我派。意谓张大我们这一党的声誉。

● 11·俟其醺：等待大家醉酒。此二句承上，谓饮酒酣醉的目的是作诗文。

酒味既泠冽，¹² 酒气又氛氲。¹³

性情渐浩浩，¹⁴ 谐笑方云云。¹⁵

此诚得酒意， 余外徒缤纷。¹⁶

长安众富儿， 盘馔罗膻荤，¹⁷

不解文字饮，¹⁸ 惟能醉红裙。¹⁹

虽得一饷乐，²⁰ 有如聚飞蚊。²¹

今我及数子， 固无莸与薰。²²

险语破鬼胆， 高词媲皇坟。²³

至宝不雕琢， 神功谢锄耘。²⁴

● 12 · 泠冽（líng liè）：清凉香醇。泠，清凉。

● 13 · 氛氲（fēn yūn）：盛浓之貌。

● 14 · 浩浩：以水之盛大形容人胸怀坦荡，意气风发之貌。

● 15 · 谐笑：作戏谑之笑或和乐之态解均可。云云：如此。或作"芸芸"，众多貌。

● 16 · 此二句谓：这样饮酒才是真正领略饮酒的乐趣，我们这些人以外的一般酒徒只不过是借酒戏闹罢了。余外：此外，指"吾党"以外的一般酒徒。缤纷：杂乱。此指灯红酒绿闹闹嚷嚷。以上八句总叙一事。

● 17 · 盘馔：盘子里盛的食物。罗：陈列。膻荤：指牛羊鸡鸭等各种肉食。膻，指牛羊的腥气。

● 18 · 解：会也。不解饮，不会饮。此谓长安众富儿不能借酒助兴吟诗作文。

● 19 · 此句谓：只知醉倒在歌妓舞女的石榴裙下。

● 20 · 一饷：为唐时口语，片刻。

● 21 · 指众富儿饮酒只不过像一群蚊子一样一哄而散罢了。

● 22 · 莸（yóu）：臭草。薰（xūn）：香草。此二句谓：他和孟郊、张籍、张署的友情纯真无瑕，就像香草和臭草不会混在一起一样。

● 23 · 险语：谓孟郊诗以奇崛之语惊人。媲（pì）：匹敌、比配。皇坟：三皇时代的典籍。

● 24 · 神功：天工造化，非人力所能为。谢：辞。锄耘：借锄地锄草比喻文字加工锤炼。此联与上联是两境。上言诗之怪变，下说诗之平淡，公自谓兼此二能。

● 26 · 泰平：即太平。

● 27 · 元凯：八元八凯，都是上古贤臣。《左传·文公十八年》："昔高阳氏有才子八人，苍舒、隤敳、梼戭、大临、尨降、庭坚、仲容、叔达，齐圣广渊，明允笃诚，天下之民谓之八恺。高辛氏有才子八人，伯奋、仲堪、叔献、季仲、伯虎、仲熊、叔豹、季狸，忠肃共懿，宣慈惠和，天下之民谓之八元。"华：舜之号。勋：尧之号。此句承上谓：当今乃太平盛世，有贤臣辅佐圣君。

● 28 · 庶：庶几，表希望之词。穷：尽，都。朝曛：早晚，此谓从早晨到晚上，寓长久之意。结联落到我辈悠游无事，希望天天过太平无事的生活。

方今向泰平，²⁶ 元凯承华勋。²⁷

吾徒幸无事，庶以穷朝曛。²⁸

品·评 韩愈于元和元年（806）六月，由江陵回长安任国子博士，时张署也在长安，访友醉酒，遂有此章。诗详细写了他们饮酒论文的情趣与回京后的欢乐心情。又以他们的文字之饮与长安富儿的醉红裙对比，表现了两种人物的不同生活追求与情趣。诗中借机对张署、孟郊、张籍的诗作了评价。他赞扬张署的诗变化多姿；孟郊的诗天葩惊俗；张籍的诗古淡高雅。同时表述了他"至宝不雕琢，神功谢锄耘"的主张。此诗在语言风格上实现了尚自然去雕饰的诗学观，摒去了公诗风中险硬的一面，突出了平易畅适的特点。结尾笔锋一转，发抒感慨，有意在言外之妙。全诗章法有致，参差迷离；语言寓庄于谐，有情有趣。

短灯檠歌

长檠八尺空自长，[02]

短檠二尺便且光。[03]

黄帘绿幕朱户闭，

风露气入秋堂凉。[04]

裁衣寄远泪眼暗，[05]

搔头频挑移近床。[06]

太学儒生东鲁客，[07]

二十辞家来射策。[08]

夜书细字缀语言，[09]

两目眵昏头雪白。[10]

注·释

- 01·短灯檠（qíng）：贫家妇女所用之灯，较短小。
- 02·空自长：白白的那么长，即长而无用。
- 03·便且光：既方便又明亮。
- 04·黄帘：黄色的竹帘。绿幕：绿色帷帐。朱户：红色的门窗。三色搭配，极写秋堂色调鲜艳谐和。下句写秋日深夜之景，几可触及，体察细矣。
- 05·此句谓：思妇在灯光下剪裁缝做衣服寄给远出的家人，眼含泪水觉得灯光也昏暗了。
- 06·搔头：犹搔首，簪的别称。挑：挑灯。剔去灯花，使其明亮。
- 07·太学：唐代中央设国子、太学、四门、律、书、算六学，太学列为二。东鲁：春秋鲁国，在今山东西南曲阜等地。客：指儒生，古以鲁为儒学之乡。
- 08·二十：指一般青年应试年龄。韩愈十九离宣城，二十到京城参加进士考试。射策：古代开科考试的一种方法。《汉书·萧望之传》："望之以射策甲科为郎。"颜师古注："射策者，谓为难问疑义，书之于策，量其大小，署为甲乙之科。列而置之，不使彰显。"
- 09·夜书：夜间书写。细字：小字。缀语言：联缀文字，写成文章。
- 10·眵（chī）：眼睑分泌出来的黄色液体，俗称眼屎。眵多则目昏，老眼昏花即人老的表现。头雪白：用脑过度头发变白。

●*11*·提携：拿过来。当案前：放在书案前边，因眼昏而近灯。

●*12*·自恣：自我放纵。

●*13*·高张：高高挑起。珠翠：妇女的首饰。代指妇女。

●*14*·吁嗟：慨叹。

●*15*·此句谓：把短檠灯扔在墙角不管。朱彝尊《批韩诗》："'近床'正为结句'墙角'一喈。以'裁衣'衬起读书，其间关照亦甚密。'照珠翠'句与'裁衣'、'看书'两层对射，亦若长短檠之相待然。'吁嗟世事'一语，可慨者深矣。"

此时提携当案前，¹¹

看书到晓那能眠？

一朝富贵还自恣，¹²

长檠高张照珠翠。¹³

吁嗟世事无不然，¹⁴

墙角君看短檠弃。¹⁵

品·评 元和元年（806），韩愈在国子监博士任上作此诗。以细毫绣针，直刺俗儒猎取功名富贵而忘却贫贱之心。目的歌颂短檠，首句却先写长檠，以宾写主，以长檠无用衬短檠有用。"黄帘"四句逐步深入，写短檠可以近床裁衣，寄远怀人；接"太学"六句，写短檠可以提置案前，攻书习文，射策取第。通篇以长短檠取喻对比。用短檠喻裁衣之妇，以长檠喻珠翠之女。最后以长檠高张、短檠被弃为慨，叹世态炎凉，讽刺"一朝富贵还自恣"的俗儒。诗全用比兴，构思巧妙，结制缜密。首二句借客定主，含下二段：裁衣、夜读。"一朝"二句回应"裁衣"、"夜读"。结二句与首二句照应，亮出写作目的。诗以小见大，是立意好、兴趣深、写法奇、一脉贯通的佳作。

荐士

⁰¹

周诗三百篇，⁰² 雅丽理训诰。⁰³

曾经圣人手，⁰⁴ 议论安敢到？⁰⁵

五言出汉时，⁰⁶ 苏李首更号。⁰⁷

东都渐弥漫，⁰⁸ 派别百川导。⁰⁹

建安能者七，¹⁰ 卓荦变风操。¹¹

逶迤抵晋宋，¹² 气象日凋耗。¹³

注·释

●01·此诗当荐孟郊于郑余庆。时郑为相，韩为国子博士，韩、孟与郑俱在长安。

●02·周诗三百篇：《诗经》收西周初至春秋中叶的朝庙乐章和民歌三百一十一首，六首有目无文，故举其成数云。

●03·句谓：《诗经》内容纯正，形式华美，为后世取为法则。

●04·指孔子删诗事。《史记·孔子世家》："古者诗三千余篇，及至孔子，去其重，取可施于礼义……三百五篇，孔子皆弦歌之，以求合《韶》《武》《雅》《颂》之音，礼乐自此可得而述，以备王道，成六艺。"

●05·议论：评说。

●06·谓西汉始有五言诗。

●07·谓五言诗为苏武、李陵首创。

●08·东都：唐以洛阳为东都；东汉建都洛阳，故以东都为东汉。弥漫：水盛大貌，借以形容东汉五言诗风靡于世。

●09·谓东汉五言诗之盛，形成了很多派别。

●10·建安：东汉末献帝刘协的年号。能者七：指建安七子。曹丕《典论·论文》："今之文人，鲁国孔融文举、广陵陈琳孔璋、山阳王粲仲宣、北海徐干伟长、陈留阮瑀元瑜、汝南应玚德琏、东平刘桢公干，斯七子者，于学无所遗，于辞无所假，咸以自骋骐骥于千里，仰齐足而并驰。"

●11·卓荦（luò）：出类拔萃。变风操：改变了五言体的风貌、调子。东汉时五言诗多伤感，少社会内容，建安为之一变。

●12·此句指诗发展到晋与南朝的刘宋。逶迤：连绵不断、曲折低回貌。

●13·此句承上，谓建安时期形成具有风骨的气派一天天衰颓。

中间数鲍谢，¹⁴ 比近最清奥，¹⁵

齐梁及陈隋，¹⁶ 众作等蝉噪，¹⁷

搜春摘花卉，¹⁸ 沿袭伤剽盗。¹⁹

国朝盛文章，²⁰ 子昂始高蹈。²¹

勃兴得李杜，²² 万类困陵暴。²³

后来相继生，亦各臻阃隩。²⁴

有穷者孟郊，²⁵ 受材实雄骜。²⁶

● 14 · 数鲍谢：数得上鲍照、谢灵运。鲍照，南朝刘宋文学家，字明远，东海（今江苏涟水）人。谢灵运，南朝著名诗人，阳夏（今河南太康）人。其诗刻画自然景物细致精巧，对山水诗的形成和发展起了奠基作用。

● 15 · 比近：比较接近古风。清奥：清俊飘逸，内容深邃。

● 16 · 齐、梁、陈：南朝宋后的三个朝代。

● 17 · 众作：众人的作品。等：如同。蝉噪：知了的叫声。极言四朝文学成就不高。

● 18 · 搜春摘花卉：谓伤春咏花。

● 19 · 沿袭：模仿承袭前代。剽盗：抄袭剽窃。

● 20 · 国朝：唐朝。盛文章：文章盛，即文学创作很繁荣。

● 21 · 子昂：姓陈，字伯玉，梓州射洪人，官右拾遗。初唐杰出诗人，倡导诗文革新，提倡建安风骨。高蹈：崛起、特出。此句谓：唐代诗文之兴，自陈子昂始风雅高张。

● 22 · 勃兴：勃然兴盛。李：李白。杜：杜甫。《新唐书·杜甫传》："昌黎韩愈于文章慎许可，至歌诗独推曰：'李杜文章在，光焰万丈长。'"

● 23 · 此句谓：不同风格流派都被李、杜诗歌的光焰压下去了。困：困顿于。陵：同"凌"，陵暴即侵凌压迫。

● 24 · 此二句谓：后来相继而作者，也都能登堂入室。臻：达到。阃（kǔn）：门限以内的厅堂。隩（ào）：此作深邃讲。以上谓诗之源流。

● 25 · 以一穷字贯后半幅。

● 26 · 受材：天生之材。雄骜（ào）：雄健。

冥观洞古今，²⁷ 象外逐幽好。²⁸

横空盘硬语，²⁹ 妥帖力排奡。³⁰

敷柔肆纡余，³¹ 奋猛卷海潦。³²

荣华肖天秀，³³ 捷疾逾响报。³⁴

行身践规矩，³⁵ 甘辱耻媚灶。³⁶

孟轲分邪正， 眸子看瞭眊。³⁷

杳然粹而精， 可以镇浮躁。³⁸

- ●27•冥观：深入观察社会生活。洞：透彻了解。
- ●28•象外：事物的表象。逐：追求、寻找。幽好：深刻美好的内涵。此赞孟郊诗能通过事物的表象，表达深奥的思想。
- ●29•横空：凌空，不同凡俗。盘：制造、创作。硬语：刚健有力的诗歌语言。此句形容孟郊诗刚健古朴，不同于大历时期的软体诗。
- ●30•妥帖：平实通达。奡（ào）：古之能陆地行舟的大力士。此句形容孟郊诗笔力雄劲，能推开奡那样的大力士。
- ●31•敷：铺陈、表述。柔：婉转优美。肆：任意、尽情。纡（yū）余：逶迤曲折。此谓孟郊诗表现委婉曲折的感情时能做到优美多姿、意趣横生。
- ●32•海潦：海中波涛。此谓孟郊诗在表达昂扬奋发的感情时，能像大海卷波浪一样雄浑有力。
- ●33•荣华：盛开的花，此指孟诗的文采。肖：似。天秀：天然秀丽。此谓孟诗词藻优美如天造神运。
- ●34•捷疾：敏捷、迅速。逾：超越。响报：回响。此谓孟郊文思敏捷如回声清脆而迅速。
- ●35•行身：立身行事。践：实践，身体力行。规矩：做人的准则、操守。
- ●36•甘辱：心甘情愿处身贫贱，不以贫贱为耻。耻媚灶：以献媚权臣为耻。
- ●37•眸子：眼球，此指眼睛。瞭：明亮。眊（mào）：昏暗。《孟子·离娄上》："胸中正，则眸子瞭焉；胸中不正，则眸子眊焉。"
- ●38•杳然：遥远貌。粹而精：质纯而精深。以上论孟郊人品文品；以下惜其遭遇。

酸寒溧阳尉，[39] 五十几何耄？[40]

孜孜营甘旨，[41] 辛苦久所冒。[42]

俗流知者谁？ 指注竟嘲傲。[43]

圣皇索遗逸， 髦士日登造。[44]

庙堂有贤相， 爱遇均覆焘。[45]

况承归与张，[46] 二公迭嗟悼。[47]

青冥送吹嘘， 强箭射鲁缟。[48]

● 39·贞元十六年，孟郊五十岁始为溧阳尉，地位低下，生活贫寒。

● 40·几何：多少。耄：盖言人老。此句谓五十离老还有多少。

● 41·孜孜：勤勉不息。甘旨：美好的食物。此句说孟郊孜孜不倦地供养老母。

● 42·冒：顶着，此作坚持解。谓虽然长年艰苦，他还是坚持不懈。

● 43·指注：手指目注。嘲傲：嘲笑、傲视。此指流俗之辈争相嘲笑，傲视孟郊。

● 44·髦士：有才德的人，或称英俊之士。日登造：天天进用。

● 45·爱遇：喜爱礼遇，乐于提携。均：平等，一视同仁。覆焘（dào）：本指太阳覆照万物，此指施爱天下贤人才士。

● 46·此句谓：况且上承归与张。归，指归崇敬。崇敬字正礼，苏州人，天宝中举博通坟典科，对策第一，迁四门博士。历左散骑常侍、工部尚书、兵部尚书，封余姚公。贞元十五年卒，赠尚书左仆射。张，指张建封，时为右仆射。二人堪称二公，是当时德行、政绩齐名的人物。

● 47·此句指崇敬、建封对孟郊的才能给予称赞，对他的遭遇给予同情。迭嗟悼：连连称赞与伤叹。

● 48·此二句谓：如果朝廷上有像归、张这样政治地位高的人举荐孟郊，他被重用就如同强弩射穿薄绸布一样容易。青冥：天，指朝廷。吹嘘：原指出气，急曰吹，缓曰嘘。此指宣扬、举荐。鲁缟：鲁地产的薄绸。射鲁缟：见《史记·韩长孺列传》："强弩之极，矢不能穿鲁缟；冲风之末，力不能漂鸿毛。非初不劲，末力衰也。"韩公反用之，即强弩射鲁缟。

胡为久无成？　使以归期告。[49]

霜风破佳菊，　嘉节迫吹帽。[50]

念将决焉去，[51] 感物增恋嫪。[52]

彼微水中荇，　尚烦左右芼。[53]

鲁侯国至小，　庙鼎犹纳郜。[54]

幸当择珉玉，　宁有弃珪瑁？[55]

悠悠我之思，　扰扰风中纛。[56]

● 49 · 句谓：孟郊因为得不到朝廷的重用，不得不归家而使人向韩愈转告归去的日期。

● 50 · 此二句借孟嘉之典，赞孟郊气度不凡而遭遇风霜之残。《晋书·孟嘉传》：孟嘉为东晋大司马桓温的参军，九月九日桓温在龙山宴请群僚，风把孟嘉的帽子吹落，而嘉仍饮酒不觉，表现了豁达的风度。

● 51 · 决焉去：疾去。决，疾也。

● 52 · 恋嫪（lào）：恋恋不舍。

● 53 · 水中荇（xìng）、左右芼（mào）：《诗经·周南·关雎》："参差荇菜，左右芼之。" 荇菜，水生植物，嫩时可食。多生长于湖塘中。芼：择也。公诗谓那微不足道的野菜尚靠人的采摘才能食用，何况贤才呢？

● 54 ·《左传·桓公二年》载：鲁桓会二年，宋华父督杀华殇公，桓公会齐、陈、郑三国诸侯平宋乱，宋将所藏郜国大鼎置于太庙祭祖先，以为重宝。意思是鲁国虽小尚重宝器，希望当政者像鲁桓公重视郜鼎那样重视人才。

● 55 · 幸当：本当。珉：一种类玉的石。珪瑁：玉器。古代天子朝会时大臣常持的礼器。天子者珪，诸侯者瑁。其形上或圆或尖，下方。此二句谓：珉玉本当被选用，难道能抛弃珪瑁那样珍贵的玉器吗？

● 56 · 悠悠：深思、忧思之貌。扰扰：纷乱搅扰之貌。纛（dào）：大旗。此二句谓：鉴于东野的处境，我心里充满忧思，如风中的旗帜一样纷乱不堪。

● 57 · 上言：向皇帝上疏进谏。

● 58 · 惟：只有。心祷：内心祝愿。

● 59 · 翎：羽毛。菢（bào）：孵卵。二句谓：仙鹤展翅高飞不是天生的，需靠老鸟的孵抱。

● 60 · 通波：与海沟通，波喻大海。以孟郊比大鱼，得水之助可以至大海。易可漕：漕，此作动词，当开渠解。全句说尺地虽小可以开渠，渠可通海。谓像孟郊这样德才兼备的人才，只要稍加提拔就会做一番大事业。

● 61 · 善善：前一善字作动词，当爱惜解；后一善字作名词，当善才解。汲汲：急切貌。徒悔懊：白白懊悔。此二句谓：如不及时选用人才，以后只能白白懊悔了。

● 62 · 八珍：八种美味佳肴。

● 63 · 一箪（dān）犒（kào）：以一竹盒普通食物犒劳。箪，盛饭用的竹器。犒，以酒食等物慰劳。

● 64 · 微诗：谦词，即微不足道的小诗。诮：讥笑、责怪。

● 65 · 恺悌（kǎi tì）：和乐简易。神所劳：谓神灵保佑诸事成。

上言愧无路，⁵⁷ 日夜惟心祷。⁵⁸

鹤翎不天生， 变化在啄菢。⁵⁹

通波非难图， 尺地易可漕。⁶⁰

善善不汲汲， 后时徒悔懊。⁶¹

救死具八珍，⁶² 不如一箪犒。⁶³

微诗公勿诮，⁶⁴ 恺悌神所劳。⁶⁵

品 · 评　诗写于元和元年（806）重阳节前一二日，时韩愈与孟郊同在长安。在中唐无论是诗的成就还是人的品德，孟郊都是佼佼者。然而他穷困潦倒，年逾五十而不遇。韩与孟是好友，且韩素慕其才德。这是一首有感而发、有为而作的诗。他希望朝廷能得到才德贤达之士，孟有施展才智的机会。为了达到举荐孟郊的目的，他挥毫大笔，纵横开阖，谈古论今，信笔驰骋，洋洋洒洒，写下了这首不可多得的论诗书体长诗。他评赞孟郊不单刀直入，而是追本溯源，从《诗经》说起，下及汉魏、陈子昂、李杜，在源远流长的诗史上推出一位杰出诗人。"横空盘硬语，妥帖力排奡"，不仅恰当地评价了孟郊的诗，也是卓有见地的诗歌理论，用来概括《荐士》诗的风神也很合适。正如许彦周所说：韩愈此论"盖能杀缚事实与意义合，最难能之。知其难，则可与论诗矣。此所以称孟东野也"（《彦周诗话》）。

莎栅联句

01

注·释

● 01·《河南志》："莎栅谷水，在永宁县西三十里，出莎岭，东流入昌谷。"
● 02·冰溪：指莎栅谷水，因是初春，水仍有冰，故云。咽绝：水流冰阻，水流欲绝，而声呜咽。以此见二公心情，妙绝。
● 03·轩举：原作高扬解，此作挺拔讲。
● 04·二句谓：这里如果不使人痛断肝肠，世上就没有使人断肠的地方了。

冰溪时咽绝，02

风栅方轩举。03（韩）

此处不断肠，

定知无断处。04（孟）

品·评 从东野句中"断肠"语看，联句当写于东野失子时，东野失幼子在元和三年（808）春，韩愈已分司在东都洛阳。联句是两个或两个以上诗人按韵轮流组句，联结成篇。此为联句里最短者，虽短而意深。诗为联句，却像五绝，此一奇也；写法疏密适当，对举工整，意思完整，东野失子之痛，韩愈被诬之苦，均含于四句二十字中，此又奇也。

和皇甫湜用其韵

陆浑山火一首

01

皇甫补官古贲浑，⁰²

时当玄冬泽干源。⁰³

山狂谷很相吐吞，⁰⁴

风怒不休何轩轩。⁰⁵

摆磨出火以自燔，⁰⁶

有声夜中惊莫原。⁰⁷

天跳地踔颠乾坤，⁰⁸

赫赫上照穷崖垠。⁰⁹

截然高周烧四垣，

神焦鬼烂无逃门。¹⁰

注·释

● *01*·陆浑：古地名，亦称瓜州，原指甘肃敦煌一带。春秋时秦晋两国使居此地的"允姓之戎"迁居河南伊川，以所居之地为陆浑。汉置陆浑县，县北有陆浑关。五代废县，故城在河南嵩县东北，其地有陆浑山，一名方山。皇甫湜（shí）：字持正，睦州新安人。元和元年（806），擢进士。三年，举贤良方正能直言极谏科，亢言直谏，忤权臣，出为陆浑尉，累官至工部郎中。辩急使气，数忤同僚，分司东都。约卒于大和九年（835），年逾六十。工诗文，和李翱、张籍齐名，为韩门子弟。和（hè）：用别人原诗题材再作称和诗。用其韵：用被和的诗韵。

● *02*·补官：也叫补缺，即授以官职。贲浑：即陆浑。

● *03*·时当：其时正当。玄冬：冬天。古人以木火金水配春夏秋冬，冬为水，水色黑，黑色习称玄色，故称冬天为玄冬。

● *04*·狂、很：狠重之词，形容山峦谷壑态势的险峻嵯峨。亦揭人之心态。很，同"狠"。

● *05*·轩轩：洋洋自得貌。

● *06*·燔（fán）：焚烧。句谓：大风撞击山上的树木，摩擦生火，自然燃烧。

● *07*·莫：同"暮"。句谓：火烧之声震惊了暮色里的原野。

● *08*·踔（chuō）：腾跃。颠：颠覆。句谓：火势凶猛，烧得天崩地陷。

● *09*·赫赫：火势盛大貌。穷崖垠：大火烧遍全山。垠，边界。

● *10*·截然高周：火焰冲天，把周天都烧遍了。四垣：意指四周之山。此二句谓：火势之大，通天彻地，四面环堵，把鬼神烧得焦头烂额，无门可逃。

三光弛隳不复暾。[11]

虎熊麋猪逮猴猿，[12]

水龙鼍龟鱼与鼋。[13]

鸱鸱雕鹰雉鹄鹍[14]

燖炰煨燂孰飞奔？[15]

祝融告休酌卑尊，[16]

错陈齐玫辟华园，[17]

芙蓉披猖塞鲜繁。[18]

千钟万鼓咽耳喧，[19]

攒杂啾嚄沸篪埙。[20]

● 11・三光：日、月、星。弛隳（huǐ）：毁坏。句谓：火势凶猛，把日、月、星烧得都发不出光了。

● 12・麋：似鹿而小的兽。逮：和。此句指山上的一切动物。

● 13・鼍（tuó）：猪婆龙，即扬子鳄。鼋（yuán）：绿团鱼，又名癞头鼋。此句指水里的所有动物。

● 14・鸱（chī）：鹞鹰。雉：野鸡。鹄：天鹅。鹍：鹍鸡。此句指林间和空中的一切禽类。

● 15・燖（xún）：用热水烫脱禽兽类的毛。炰（páo）：烧烤。煨（āo）：煨烤，把食物埋在火中烧熟。句谓：所有的禽兽鱼族都被大火烧熟了。如果说首段是造势，此段则是具相：生动具体地写出了火神一族的嚣张气焰。

● 16・祝融：火神。告休：休假。酌：设酒宴按序次会客。意谓功成后要休息了。

● 17・错陈：纵横交错地摆列。齐玫：火齐珠（赤色宝珠）、玫瑰珠（红色宝珠）的省称。华园：即花园。

● 18・芙蓉：芙蓉花，红色。披猖：纷乱的样子。鲜繁：鲜艳而繁盛。此句谓：熊熊的火光鲜艳美丽如满园芙蓉盛开。以丑为美，以美写丑，表诗人之爱憎，妙绝。

● 19・千钟万鼓：形容场面阔大，声音洪亮。咽：充斥、填塞。

● 20・攒杂：驳杂、纷乱。啾：象声词，指众声嘈杂。嚄（huò）：象声词，大声叫喊。沸：人声鼎沸，热闹非常。篪（chí）：古代单管横吹的乐器。埙（xūn）：古代用陶土烧制而成的吹奏乐器。

彤幢绛旆紫蠹幡，²¹

炎官热属朱冠裈。²²

髹其肉皮通腄臀，²³

颊胸垤腹车掀辕。²⁴

缇颜袜股豹两鞬，²⁵

霞车虹靷日毂轓，²⁶

丹蕤缦盖绯幡帴。²⁷

红帷赤幕罗脤膰，²⁸

衁池波风肉陵屯。²⁹

谺呀巨壑颇黎盆，³⁰

豆登五山瀛四樽。³¹

熙熙酾酬笑语言，³²

●21·彤幢：用于仪式的红旗。绛旆（zhān）：紫红色的旗子。蠹（dào）：大旗。幡：长方形下垂的长条旗子。

●22·炎官：火神。热属：火神的僚属。朱冠裈（kūn）：红帽子和红裤子。

●23·髹（xiū）：赤黑色的漆，此谓上漆。通：直到。腄（bì）：同"髀"，大腿。

●24·颊胸：袒露胸膛。垤（dié）腹：挺着大肚子。车掀辕：驾着车子，把车辕掀得高高的。

●25·缇（tí）颜：橘红色的脸盘。袜（mèi）股：茜红色的大腿。豹两鞬：用豹子皮制成的两个箭囊。

●26·靷（yín）：牵车的红绳子。毂（gǔ）：车轮中心的圆木，用来插车辐条，此代车轮。轓（fān）：车的障蔽，即古代车厢两旁用以遮蔽尘土的屏障。此句谓：车如彩霞，绳如彩虹，轮如红日。

●27·丹蕤（ruí）：车盖上垂下的红丝穗。缦（guàn）盖：绛色的车盖。绯幡帴（yuān）：红色的旗子。

●28·脤（shèn）：古代祭祀社稷用的生肉。膰（fán）：古代祭祀宗庙用的熟肉。此句谓：红色的帷幕前陈列着祭祀的供品。

●29·衁（huāng）池：血池。肉陵屯：宴席上的肉堆积如山丘。

●30·谺（hān）呀：深而大的样子。山谷空旷貌。颇黎：玻璃。此句谓：深谷大壑像玻璃盆一样。

●31·豆、登：古代的食具。瀛：大海。此句谓：火神的宴会以五岳为食具，以大海为酒杯。

●32·熙熙：高兴貌。酾（jiào）：饮尽杯中酒，即干杯。酬：劝酒。

●33• 句谓：酒宴喧闹像雷公劈山、掀翻大海一样。

●34• 啮：咬。舌腭：舌头、口腔上腭。反：同"翻"。句谓：大吃大嚼，齿动舌翻，从不停息。

●35• 礝（xiàn）碘（diàn）：电光闪动的样子。赪（chēng）目暖（xuān）：睁开红色的大眼睛。赪，红色。暖，大眼睛，此处作动词用。句谓：瞪着大大的红眼睛，目光炯炯像闪电一样。

●36• 项（xū）：颛顼。冬之帝，主水德。冥：玄冥，冬之神，也称水神。玄根：玄根是水之本，即冬帝、水神所管之土地。此句谓：冬帝、水神都被山火吓跑了。

●37• 斥弃：抛弃。厥孙：火神。阴阳家认为水生木，木生火。木于火为父，水于火为祖，火于水则为孙。此句谓：水神为躲避他的孙子火神，抛弃车马，狼狈逃窜。

●38• 潜喘：不敢大声喘气。拳：蜷曲。跟：脚踵。句谓：缩首缩脚，蜷曲着身子。

●39• 君臣：指冬帝颛顼和水神玄冥。此讽刺项、冥即君臣，颇含深意。

●40• 螭（chī）：传说为无角之龙。焚其元：烧坏了黑螭的头。

●41• 天关：天门。悠悠：高远貌。援：此处作攀援或求助解。句谓：黑螭被烧后欲诉天帝，然天门遥远难能攀登。

●42• 梦通上帝：托梦给上帝。血面：因被火烧伤，故满面流血。论：申诉。

●43• 阍（hūn）：守门人。句谓：侧着身子往天门里挤，却遭到了守门神的叱责。

●44• 湔（jiān）：洗濯。句谓：帝赐九河之水洗泪涕之痕。

雷公擘山海水翻。[33]

齿牙嚼啮舌腭反，[34]

电光礝碘赪目暖。[35]

项冥收威避玄根，[36]

斥弃舆马背厥孙。[37]

缩身潜喘拳肩跟，[38]

君臣相怜加爱恩。[39]

命黑螭侦焚其元，[40]

天关悠悠不可援。[41]

梦通上帝血面论，[42]

侧身欲进叱于阍。[43]

帝赐九河湔涕痕，[44]

●46·句谓：帝命黑螭慢慢走到跟前问他有什么冤枉。黑螭回话承上文省略，下文直接写帝的属语。

●47·飨：熟食。

●48·女丁妇壬：古以丁为火，女丁即火神的女儿。壬为水，妇壬即水神的儿媳。句谓：火神女儿嫁给水神的儿子做妻子，水火两家世代为亲。

●49·奈后昆：后代子孙怎么办呢？昆，后裔、子孙。

●50·句谓：随着时间的推移、事物的变化，一定会物极必反，希望水神暂时忍耐，等待时机。此乃天帝告慰颛、冥的话。

●51·骞（xiān）：飞举貌。句谓：等到桃树开花的春天，水神就可以活动了。

●52·月及申酉：到了七八月是水神得势而火神遭厄的时间。夏历以干支纪月，正月为建寅，序推申为七月，酉为八月。水生于申，火死于酉。故云七八月有利于水，不利于火。利复怨：有利于水神复仇。

●53·五龙、九鲲：五、九皆虚指，言其多助。

●54·句谓：以水淹没火神住地，把他囚禁到昆仑山。

又诏巫阳反其魂，[45]

徐命之前问何冤。[46]

火行于冬古所存，

我如禁之绝其飨。[47]

女丁妇壬传世婚，[48]

一朝结雠奈后昆？[49]

时行当反慎藏蹲。[50]

视桃著花可小骞，[51]

月及申酉利复怨。[52]

助汝五龙从九鲲，[53]

溺厥邑囚之昆仑。[54]

● 55 · 皇甫作诗：即皇甫湜的《陆浑山火
诗》。现存《皇甫持正集》仅收其文，未见
其诗：皇甫非不能诗，乃无人编辑而流失
也。止睡昏：指皇甫《陆浑山火诗》写得
惊心动魄，提人精神。

● 56 · 辞夸出真：言辞夸张失真。遂上
焚：于是遭到了诽谤。

● 57 · 句谓：要我和诗，可我觉得皇甫诗写
得怪，和起来烦难。

● 58 · 句谓：虽然想闭口不说，却又按捺
不住，不能不和。悔舌：闭口不言。扪：
抑制、按捺。

皇甫作诗止睡昏，[55]

辞夸出真遂上焚。[56]

要余和增怪又烦，[57]

虽欲悔舌不可扪。[58]

品·评 此诗写于元和三年（808）冬，公时在东都国子博士任上。宪宗元和三年，皇甫湜、牛僧孺、李宗闵参加朝廷举行的贤良方正直言极谏科对策考试，他们直陈时弊，受到考官杨子陵、韦贯之的肯定，负责复试的王涯、裴垍的支持和宪宗的称赏，却触怒了权臣李吉甫。杨、韦、王、裴都遭到贬谪，皇甫湜等也被祸。湜出为陆浑尉。韩公愤愤不平，借和皇甫湜《陆浑山火诗》，为之鸣冤叫屈，以泄其愤。诗先写风大火猛，烧得鬼神潜避、禽兽奔逃。比喻当时政治形势险恶，善类皆遭横祸。再写火神趾高气扬，兴高采烈，大宴僚属，喻权臣中贵气焰之盛。最后写黑蟆侦察被焚，上诉天庭，上帝无可奈何，只得劝水神暂避，等待时机。结四句紧扣和诗，说出韩公苦衷，以应题旨。诗构思奇特，想象丰富，读之如随诗人巡逐于天庭地府，遨游于四野八荒。语言文饰，造意奇瑰：形容险恶奇怪之物用奇珍异珠、鲜花丽蕊、钟鼓麾墙这些美好事物，既突出其险恶，又给人光怪陆离的奇瑰之感。宋贠兴宗云："变体奇涩之尤者，千古之绝唱也。"（《九华集》清程学恂云："《青龙寺》诗是小奇观，《陆浑山火》诗是大奇观。"（《韩诗臆说》）

辛卯年雪

注·释

- *01·* 归：归去、收藏。"不肯"二字拟人手法，用得极峭峻。
- *02·* 此句谓雪花之大，非写积雪之厚也。以夸饰形容。
- *03·* 崩腾：跳动，纷乱貌。排拶（zá）：逼迫、侵凌。
- *04·* 幡旗：旗子的总称。
- *05·* 白帝：五帝之一。
- *06·* 鬖髿（sān shā）：头发纷乱的样子。
- *07·* 白霓：白虹，或曰云似龙而有色。先启途：先上路。
- *08·* 玉妃：比喻雪花。
- *09·* 翕翕：聚合貌。从天而降，聚积于地也。厚载：地也，地厚而能载万物。
- *10·* 哗哗：响声。阴机：机巧、机谋。此承上"不肯归"，谓时已是春来阳生物发节令，却降此大雪，是天阴弄机巧，作威作福。深寓刺世之意。
- *11·* 丰年祥：谓大雪是丰年祥瑞。世谓瑞雪兆丰年。上句"何暇议是非"，已含对这场大雪的怨讥之意，此句冠一"或云"，下句云"庶几"，可见韩公对这场雪并非肯定。
- *12·* 庶几：也许可以，表示并不肯定的推想和希望。
- *13·* 善祷：好言相祝。寸诚：即心诚。

元和六年春，　　寒气不肯归。 *01*

河南二月末，　　雪花一尺围。 *02*

崩腾相排拶， *03*　龙凤交横飞。

波涛何飘扬，　　天风吹幡旗。 *04*

白帝盛羽卫， *05*　鬖髿振裳衣。 *06*

白霓先启途， *07*　从以万玉妃。 *08*

翕翕陵厚载， *09*　哗哗弄阴机。 *10*

生平未曾见，　　何暇议是非？

或云丰年祥， *11*　饱食可庶几。 *12*

善祷吾所慕，　　谁言寸诚微？ *13*

品·评　辛卯即元和六年（811），诗写于是年二月，公时为河南令，年四十四岁。是春从洛阳至长安普降暴雪，给万物带来灾难。韩公《辛卯年雪》以夸张比喻，极写雪势之大和侵凌之甚，以讥世俗。诗不长，写得有声有色，别致新颖，绝不像谢惠连《雪赋》等"咏雪者多骋妍词"，而是继承了《诗经》《楚辞》的传统，以雨深雪雾为小人。此中真意，耐人寻味。

李花二首（选一）

当春天地争奢华，[01]
洛阳园苑尤纷拏。[02]
谁将平地万堆雪，[03]
剪刻作此连天花？[04]
日光赤色照未好，
明月暂入都交加。[05]
夜领张彻投卢仝，[06]
乘云共至玉皇家。[07]
长姬香御四罗列，[08]
缟裙练帨无等差。[09]
静濯明妆有所奉，[10]
顾我未肯置齿牙。[11]

● 12·此句谓：清寒的境界寒气彻骨，使人肝胆清醒。

● 13·思虑无由邪：用《论语·为政》："子曰：'《诗》三百，一言以蔽之，曰：思无邪'"意。

清寒莹骨肝胆醒，[12]

一生思虑无由邪。[13]

品·评　诗为元和六年春作，公自去冬任河南令至今，仍在洛阳。诗写他与张彻、卢仝同游，月夜同赏李花。写盛开李花的"缟裙练帨"、"静濯明妆"、"清寒莹骨"，表现了韩公对洁白如玉的李花怀有特殊感情。韩愈性格骨鲠，不落流俗。世人喜的是红花粉黛，故白居易有"白花冷淡无人爱"之叹。韩公独喜李花的"清寒莹骨"，表现了他"一生思虑无由邪"的高洁情操。在写法上，状李花之妙，形肖神似，突出了李花的品格。语言平淡味厚，极有风致，开韩诗别一境界。

石鼓歌 [01]

张生手持石鼓文，

劝我试作石鼓歌。[02]

少陵无人谪仙死，[03]

才薄将奈石鼓何？[04]

周纲凌迟四海沸，[05]

宣王愤起挥天戈。[06]

大开明堂受朝贺，[07]

诸侯剑佩鸣相磨。[08]

蒐于岐阳骋雄俊，[09]

万里禽兽皆遮罗。[10]

镌功勒成告万世，[11]

凿石作鼓隳嵯峨。[12]

注 · 释

● 01 · 石鼓：即石鼓文。唐初（七世纪初）在天兴（今陕西宝鸡）三畤原发现十块鼓形石刻，每块刻四言诗一首，合成一组。字体籀文（大篆）。内容记叙秦国国君的游猎，也称"猎碣"。歌：古代歌行体，音节、格律较自由，字句长短、篇幅大小不定。

● 02 · 张生：张彻。彻为韩愈侄婿、门人，故称生。

● 03 · 少陵：杜甫。谪仙：李白。

● 04 · 才薄：才学浅薄，谦词。

● 05 · 周纲：周朝的纲纪。凌迟：凋零、败坏。

● 06 · 宣王：周厉王之子，名靖，北伐南征，平定四境，世称周朝中兴之主。挥天戈：挥舞天子戈矛，指周伐猃狁、荆蛮、淮夷、徐戎、西戎等。

● 07 · 明堂：周天子举行朝会、祭祀、宴功、选贤和朝见诸侯的场所。

● 08 · 剑佩：古人在宝剑柄上系的玉制装饰品。鸣相磨：互相摩擦发出的声音。

● 09 · 蒐（sōu）：春猎。岐阳：岐山之南。

● 10 · 遮罗：张网拦截捕捉禽兽。

● 11 · 镌功勒成：写成文字，刻石纪功。

● 12 · 隳（huī）：毁灭。嵯峨：高大的山石。此句谓开山凿石，制作石鼓。

从臣才艺咸第一，¹³

拣选撰刻留山阿。¹⁴

雨淋日炙野火燎，

鬼物守护烦㧑呵。¹⁵

公从何处得纸本？¹⁶

毫发尽备无差讹。¹⁷

辞严义密读难晓，¹⁸

字体不类隶与科。¹⁹

年深岂免有缺画，

快剑斫断生蛟鼍。²⁰

鸾翔凤翥众仙下，²¹

珊瑚碧树交枝柯。²²

- *13* · 从臣：随从的部下。
- *14* · 拣选：此指挑选石材。撰刻：撰写诗文，刻字于石。山阿：山陵。
- *15* · 烦：麻烦、劳驾。㧑呵：指责呵斥，此指鬼神严加守护。以上一段写作鼓源起：周宣王狩猎，刻石纪功。
- *16* · 公：张彻。纸本：此指《石鼓文》的拓本。由此始入张生所示《石鼓文》。
- *17* · 此句谓：一笔一画的细枝末节都显得清清楚楚，没有一丝一毫的差错。
- *18* · 辞严义密：文辞严整，含义深奥。难晓：难懂。
- *19* · 隶与科：隶书与科斗文。科，即科斗文，也作蝌蚪文，古文字体的一种。笔画多头大尾小，形如蝌蚪。
- *20* · 斫断：凿刻。蛟鼍（tuó）：蛟龙。此句用杜甫《李潮八分小篆歌》"况潮小篆逼秦相，快剑长戟森相向。八分一字直百金，蛟龙盘拏肉屈强"诗意。
- *21* · 鸾翔凤翥（zhù）：翥，振翼而上，高飞。以凤飞举形容石鼓文字体势。
- *22* · 珊瑚碧树：海底珊瑚虫分泌的石灰质骨骼聚集而成的树状物，有红、白、绿、黑等色，可供观赏、装饰。交枝柯：枝丫交错。

金绳铁索锁纽壮，

古鼎跃水龙腾梭。²³

陋儒编诗不收入，²⁴

二雅褊迫无委蛇。²⁵

孔子西行不到秦，²⁶

掎摭星宿遗羲娥。²⁷

嗟余好古生苦晚，

对此涕泪双滂沱。²⁸

忆昔初蒙博士征，²⁹

其年始改称元和。³⁰

故人从军在右辅，³¹

为我量度掘臼科。³²

● 23 • "金绳"二句：形容石鼓文字遒劲钩连，好像用金绳铁索穿过锁纽；浑然变化又像九鼎沦没、蛟龙腾跃。古鼎跃水：相传禹铸九鼎，三代奉为国宝，周东迁，秦攻周取九鼎，一沉泗水，秦始皇使千人打捞，不出，是因为龙用牙齿咬断了金绳铁索。龙腾梭：《晋书•陶侃传》：侃少时在雷泽捕鱼，网得一只织布梭，回家挂在墙上，一会雷雨大作，梭化为龙腾跃而去。

● 24 • 陋儒：指孔子之前才能低下的文人，不能尽搜诗什。

● 25 • 二雅：即《诗经》中的大雅、小雅。褊（biǎn）迫：指二雅内容狭窄，未收入石鼓文。委蛇（wēi yí）：曲曲弯弯貌。

● 26 • 孔子一生周游列国十余年，然没有到过秦国。

● 27 • 此句谓：孔子编诗，因未到秦国，所以得小失大，只拾到了星星，丢掉了日月。掎摭（jǐ zhí）：拾取。遗羲娥：丢掉羲娥。羲，羲和，代指日；娥，嫦娥，代指月。以上一段写拓本《石鼓文》字之精美，文之古奥。

● 28 • 滂沱：以大雨倾盆形容涕泪横流。

● 29 • "忆昔"二句：指元和元年（806），韩愈由江陵司法参军召为国子博士事。博士：唐国子学设博士五人，正五品上，掌管教授三品以上和国公子孙，从二品以上曾孙。

● 30 • 始改称元和：顺宗永贞二年（806）正月改为宪宗元和元年。元和，宪宗李纯年号。

● 31 • 故人：未详，指当时凤翔府的从事官。右辅：指右扶风，即凤翔府。

● 32 • 此句谓：为我度量石鼓的大小挖掘放置它的洞穴。臼科：洞穴，放置石鼓之处。

濯冠沐浴告祭酒，[33]

如此至宝存岂多？[34]

毡苞席裹可立致，[35]

十鼓只载数骆驼。

荐诸太庙比郜鼎，[36]

光价岂止百倍过？[37]

圣恩若许留太学，[38]

诸生讲解得切磋。[39]

观经鸿都尚填咽，[40]

坐见举国来奔波。[41]

剜苔剔藓露节角，[42]

安置妥帖平不颇。[43]

- 33·濯冠沐浴：此乃朝见、祭祀的礼仪。祭酒：国子监最高的行政长官，从三品，总领国子、太学、广文、四门、律、书、算七学儒学训导之政。时郑余庆为祭酒。
- 34·至宝：最珍贵的宝物。
- 35·毡苞席裹：用毡子包好，再用席子缠裹。立致：立即送到京城保管。
- 36·此句谓：荐举进奉给太庙，可与郜鼎陈列在一块。
- 37·光价：显扬的声价。
- 38·圣恩：指皇帝之恩。
- 39·切磋：本指将玉石骨角凿磨成器物珍宝。此作研究学问解。
- 40·观经事见《后汉书·蔡邕传》："邕以经籍去圣久远，文字多谬，俗儒穿凿，疑误后学，熹平四年，乃与五官中郎将堂谿典，光禄大夫杨赐，谏议大夫马日碑，议郎张驯、韩说，太史令单飏等，奏求正定《六经》文字。灵帝许之，邕乃自书于碑，使工镌刻，立于太学门外。于是后儒晚学，咸取正焉。及碑始立，其观视及摹写者，车乘日千余两，填塞街陌。"《儒林传》亦有记载，谓碑刻石经有古、篆、隶三种字体，后世称为三体石经。鸿都：鸿都门，在东汉京城洛阳。
- 41·坐见：将看见。来奔波：即为研习《石鼓文》来京师。
- 42·剜（wān）：挖去。剔：除去。露节角：显示出字的笔画。此句谓：除去石上的苔藓，露出字的笔画。
- 43·平不颇：平正不偏斜。

大厦深檐与盖覆，

经历久远期无佗。[44]

中朝大官老于事，[45]

讵肯感激徒婀娜。[46]

牧童敲火牛砺角，[47]

谁复著手为摩挲？[48]

日销月铄就埋没，

六年西顾空吟哦。[49]

羲之俗书趁姿媚，[50]

数纸尚可博白鹅。[51]

继周八代争战罢，[52]

无人收拾理则那？[53]

● 44·无佗：无别的妨碍。佗，同"它"。以上一段，提出要把石鼓放在太学门前，供学者学习研究。

● 45·中朝大官：朝廷中管事的大臣。老于事：老于世故，办事顾虑重重、拖拖拉拉。

● 46·讵：岂。婀娜（ān ē）：俯仰随人，无所作为，遇事不敢做决断。

● 47·牧童敲火：指放牛娃敲击石鼓取火。牛砺角：牛在石头上磨角。

● 48·摩挲：用手抚摸。

● 49·六年：自元和元年至今已有六年。顾：思念。

● 50·羲之：王羲之，字逸少，琅玡临沂人。晋代大书法家，书备众体，隶、正、行、草，均为后世楷模，世称"书圣"。俗书：当时世间流行的书体。此语本《晋卫夫人帖》："卫有一弟子王逸少，甚能学卫真书，咄咄逼人，笔势洞精，字体遒媚。"趁：呈现出。姿媚：姿势秀丽潇洒。俗书乃当时（唐）世人称赏习学之书，唐诸大书法家虞、褚、张、欧、颜等，或学其楷，或习其草，或效其行，或融隶与楷而有所发明，自成一体。俗书与"姿媚"语均非贬意，此乃相对于石鼓文字的古朴而言。

● 51·王羲之喜欢白鹅，见山阴中一道士养一群白鹅，想买回。道士提出让他写一部《道德经》，他于是写经换回一群白鹅。博：换取。

● 52·继周八代：语出《论语·为政》："其或继周者，虽百世可知也。"周以后石鼓所在地经八个朝代：秦、汉、魏、晋、元魏、北齐、北周、隋。

● 53·此句谓：无人收拾整理又能怎么办呢？则那：没奈何。

方今太平日无事，

柄任儒术崇丘轲。[54]

安能以此上论列？[55]

愿借辩口如悬河。

石鼓之歌止于此，

呜呼吾意其蹉跎！[56]

品·评　从诗里"六年西顾空吟哦"句，知此诗写于元和六年（811），时公尚未迁职方员外郎，仍在洛阳河南县令任上。诗体势典重肃雅，音节铿锵响亮，气魄雄肆怪伟，字字顿挫筋节，是一篇把枯燥的"金石学"入诗而写得生动活泼的长篇佳制。为后世把学术内容入诗提供了经验，开辟了道路。如苏轼《石鼓》、吴渊颖《观秦丞相斯峄山刻石墨本碑》都效法韩诗。诗虽一韵到底，稍嫌平直，然描写字态活脱生肖，议论书姿凌空排闼，生出许多波浪，于平直中显奇崛，是韩诗的代表作之一。

卢郎中云夫寄示《送盘谷子》诗两章，歌以和之 [01]

昔寻李愿向盘谷，[02]

正见高崖巨壁争开张。[03]

是时新晴天井溢，[04]

谁把长剑倚太行？[05]

冲风吹破落天外，[06]

飞雨白日洒洛阳。[07]

东蹈燕川食旷野，[08]

有馈木蕨芽满筐。[09]

马头溪深不可厉，[10]

借车载过水入箱。[11]

平沙绿浪榜方口，[12]

雁鸭飞起穿垂杨。

注·释

● 01·卢郎中：名汀，字云夫。贞元元年（785）中进士，历任虞部、库部郎中，迁中书舍人，给事中。盘谷子：李愿，终生不仕，因隐居河南济源太行山之盘谷，号盘谷子。

● 02·昔寻：过去曾到盘谷寻访过李愿。

● 03·高崖、巨壁：均指山崖峻峭。盘谷北东西三面环山，中为峡谷，至此弯曲成盘状。争开张：写高崖峭壁的气势。此句以下写望中之景、想象之境。

● 04·天井溢：天井里的水向外流泻。天井乃溪水名，太行山上有天井关，又名太行关。

● 05·长剑：指天井水从太行山泻下的瀑布。语出宋玉《大言赋》："长剑倚天外。"

● 06·冲风：暴风，冲天而起的猛烈之风。吹破：谓吹起长剑之水，飘散如雨。

● 07·洒洛阳：大风吹散瀑布之水，飘洒似雨，飞向洛阳。

● 08·东蹈：向东走去，即东行。燕川：盘谷东北的小溪。食旷野：食于旷野。

● 09·有：有人。馈（kuì）：赠送。木蕨（jué）：蕨菜，生长于山野，嫩叶可食。

● 10·马头溪：溪水名。厉：连衣涉水曰厉。《诗经·邶风·匏有苦叶》："深则厉，浅则揭。"揭，撩起衣服。

● 11·箱：车厢。

● 12·榜：船桨。此作动词。榜方口，船行到方口。方口，地名。

穷探极览颇恣横，[13]

物外日月本不忙。[14]

归来辛苦欲谁为？

坐令再往之计堕眇芒。[15]

闭门长安三尺雪，[16]

推书扑笔歌慷慨。[17]

旁无壮士遣属和，[18]

远忆卢老诗颠狂。[19]

开缄忽睹送归作，[20]

字向纸上皆轩昂。[21]

又知李侯竟不顾，[22]

方冬独入崔嵬藏。[23]

我今进退几时决？[24]

十年蠢蠢随朝行。[25]

● 13·穷探：尽情探访。极览：任意游览。恣横：纵情游乐。穷探、极览谓行为的程度，恣横则是畅游的态势。

● 14·物外：世俗之外。日月：光阴，指生活。

● 15·坐令：致使。眇芒：同"渺茫"。

● 16·闭门长安：韩公是冬在长安，任职方员外郎。

● 17·推书：放下书本。扑笔：搁笔。

● 18·此句谓：身边没有志同道合的有志之士可以和诗。壮士：抱负远大的才智之士。属和：随人唱和。

● 19·卢老：卢汀。诗颠狂：诗风狂放不羁。

● 20·开缄：打开书信。送归作：指卢汀《送盘谷子》诗。

● 21·轩昂：格调高亢，气度不凡。

● 22·李侯：李愿。竟不顾：指李愿不顾别人，独自归隐盘谷。

● 23·方冬：正在冬天。崔嵬（wéi）：高大貌。此指李愿隐居地盘谷山。

● 24·进退：追求仕进还是退居山林。

● 25·十年蠢蠢随朝行（háng）：韩愈自贞元十七年（801）冬为四门博士，至元和六年（811）在长安为职方员外郎，整整十年。朝行：朝列。

● 26 · 家请：月薪年俸及职田收获供生活
之用。官供：官方供给行役食宿。
● 27 · 太仓：古代京师储谷的大仓，即官仓。
● 28 · 行：将要。手版：俗称朝笏。即朝
臣上朝手中拿的记事牌，按官职等级以竹、
木、玉、象牙、金属（多用铜）制成。丞
相：秦汉置丞相，为百官之首。唐称宰相，
以中书令、侍中、尚书令、仆射等为之。
结二句谓：即将向宰相提出辞职，不等别
人弹劾，自动回家务农。

家请官供不报答，²⁶

何异雀鼠偷太仓？²⁷

行抽手版付丞相，

不待弹劾还耕桑。²⁸

品·评　诗写于元和六年（811）冬，时韩愈在长安任职方员外郎。诗反映了这时期"闭门长安三尺雪"的苦闷，借本卢汀诗，回忆起昔日游盘谷时，看到"高崖巨壁争开张"的山景，感受到"穷探极览颇恣横，物外日月本不忙"的山情野趣，便产生了"归来辛苦欲谁为"的疑问。这疑问是对"十年蠢蠢随朝行"的回忆，也是对十年辛苦而历尽坎坷的怨诉，便产生了"行抽手版付丞相，不待弹劾还耕桑"的思想。其实，韩愈一生的主导思想是用世，正如诗里写的"家请官供不报答，何异雀鼠偷太仓"。退隐思想正是他内心矛盾与思想苦闷的写照。虽如此，他却能怨而不怒，含而不露，表现了他的奇思壮采和高朗雄阔的性格。诗里"字向纸上皆轩昂"之语，正道出这首诗的风格特点。诗绘景炼意不凡，既以旧出新，又不事雕琢，在平稳畅适中显淬炼功夫。如写飞流瀑布："是时新晴天井溢，谁把长剑倚太行？冲风吹破落天外，飞雨白日洒洛阳。"这些写景佳句，不减子美，可追太白。

送无本师归范阳 01

无本于为文， 身大不及胆。02

吾尝示之难， 勇往无不敢。03

蛟龙弄角牙， 造次欲手揽。04

众鬼囚大幽，05 下觑袭玄窞。06

天阳熙四海，07 注视首不颔。08

鲸鹏相摩窣，09 两举快一啖。10

夫岂能必然？ 固已谢黯黮。11

注·释

● 01·无本师：贾岛（779—843），韩门弟子。字浪仙，范阳人，初为浮屠（和尚），名无本。来东都，时洛阳令禁僧午后外出，岛为诗自伤。愈怜之，因教其为文，遂去浮屠，举进士。累举，不中第。文宗时，坐飞谤，贬长江主簿。会昌初，以普州司仓参军迁司户，未受而卒。范阳：范阳郡，天宝元年，更名蓟州渔阳郡。今属北京。

● 02·上句"为文"，定一篇之轴，下依次展开。为文：作诗，借"有韵为文，无韵为笔"之意。下句妙于翻用，"身大不及胆"，即胆大包身。

● 03·"吾尝"二句：贾岛《题诗后》："二句三年得，一吟双泪流。"可见韩愈之意。

● 04·"蛟龙"二句：蛟龙舞角磨牙虽然厉害，然贾岛为文胆大，不假思索就把它搜敛在手里。造次：匆忙。

● 05·大幽：地下极深极黑的地方。

● 06·此句承上谓贾岛诗胆大，敢捕捉大鬼于幽暗之中。觑（qù）：窥伺。玄窞（dàn）：黑暗幽深的洞穴。

● 07·天阳：太阳。熙：照耀。

● 08·颔（hàn）：低头。

● 09·摩窣（sū）：搏击。

● 10·啖（dàn）：吞食。以上八句连用比喻，都是形容贾岛为文胆大，敢于揽龙缚蛟，下穴探鬼，仰观太阳不眨眼，鲸鱼鹏鸟一齐吞。

● 11·黯黮（àn dàn）：暗淡不明貌。此二句承上对贾诗艺术的评价，说虽然未必达到那样境界，却也摆脱了暗淡衰颓的状态。在韩公看来，贾岛诗艺已能做到狂放洒脱，怪奇清新。

狂词肆滂葩，[12] 低昂见舒惨。[13]

奸穷怪变得，[14] 往往造平淡。[15]

风蝉碎锦缬，[16] 绿池披菡萏。[17]

芝英擢荒蓁，[18] 孤翮起连菼。[19]

家住幽都远，[20] 未识气先感。[21]

来寻吾何能？ 无殊嗜昌歜。[22]

始见洛阳春， 桃枝缀红糁。[23]

● 12 · 狂词：狂放不羁之词。肆：极、尽。滂葩：形容蕴含丰富而文辞华美。

● 13 · 低昂：指音调的抑扬高低。见：同"现"。舒惨：欢乐与忧伤。

● 14 · 此句谓：贾岛诗得之于奸穷怪变，即以巧思、苦吟、新创获得了成功。奸：巧思。穷：苦吟。怪：创造。

● 15 · 造平淡：达到平淡的境界。何焯《义门读书记》："精语。坡公所谓绚烂之极，归于平淡。"

● 16 · 风蝉：蝉翼纹如锦缬，风吹则碎，色彩披离。锦缬（xié）：印染花纹的丝织品，即彩绸与彩丝。此句谓：贾诗如蝉翼那样绚烂锦绣。

● 17 · 披：散开。菡萏：荷花，又称水芙蓉。此句谓：贾诗如荷花那样艳丽淡雅。

● 18 · 芝英：灵芝，瑞草。芝英比贾岛。擢：提拔、选拔。荒蓁（zhēn）：荆棘丛。此句谓：香草从荒草荆棘中长出。

● 19 · 孤翮（hé）：孤鸟，即独自高飞的鸟，比贾岛。菼（tǎn）：芦荻。此句谓：孤鸟从芦荻中飞起。

● 20 · 幽都：指贾岛故里范阳。北为幽，南曰明，朔方在北，故称幽。

● 21 · 此句谓：未认识贾岛，就已经为他的精神所感发。气：此指人的精神状态。

● 22 · 昌歜（chù）：菖蒲菹，菖蒲根的腌制品。此二句谓：贾岛看重自己来进谒，无异于嗜菖蒲菹，是背俗的嗜好。乃谦词。

● 23 · 糁（sǎn）：小米粒，泛指散粒状的东西。此指桃树枝上的花蕾。此二句谓：与贾岛始见于洛阳桃始着花的春天。

●24·斗心：斗胜或进取之心。

●25·事：从事。铅椠（qiàn）：笔札。椠，书写用的木片。此承上句，谓人老心懒，无进取之志，已久不写文章了。

●26·举室：全家。顑颔（kǎn hàn）：因饥饿而面色枯槁貌。

●27·委我去：别我而去。委，舍弃。

●28·此句以雪霜的严寒凛冽形容分别时的凄惨心情。刻以憯：刻而憯。刻，形容寒风如刀刺肤。憯（cǎn），同"惨"。

●29·狞飙：狂风。狞，凶猛。空衢：天衢，作天空解。或谓京城街道解亦通，不若作天空解贴切。

●30·顿撼：承上句，谓狂风霎时使天地动摇起来。

●31·勉率：勉强为之。

●32·尉女：即慰汝。

遂来长安里， 时卦转习坎。

老懒无斗心，[24] 久不事铅椠。[25]

欲以金帛酬， 举室常顑颔。[26]

念当委我去，[27] 雪霜刻以憯。[28]

狞飙搅空衢，[29] 天地与顿撼。[30]

勉率吐歌诗，[31] 尉女别后览。[32]

品·评　从贾岛《携新文诣张籍韩愈途中成》推知，其自幽州携所作诗文来京城谒韩愈未见，见张籍后赴洛。元和六年春遂从韩愈游，故有"始见洛阳春，桃花缀红糁"句。是年秋韩愈迁职方，岛随韩愈入京。十一月贾岛告归范阳，韩愈作诗送行，在长安。韩、贾交游期间，贾向韩学习诗文，切磋琢磨。诗中韩愈以他创作的亲身体验和对贾岛诗的深入理解，指出其诗"奸穷怪变得，往往造平淡"的风格，给予很高的评价。贾岛作诗"苦吟"，为人称道，如孟郊云："瘦僧卧冰凌，嘲咏含金痍。金痍非战痕，峭病方在兹。"苏轼评其为"岛瘦"，可谓贴切。最后一段表现了他们既是师生又是知己的深厚情谊，离情凄惨，甚为动人。

桃源图

神仙有无何眇芒，⁰¹

桃源之说诚荒唐。⁰²

流水盘回山百转，⁰³

生绡数幅垂中堂。⁰⁴

武陵太守好事者，⁰⁵

题封远寄南宫下。⁰⁶

南宫先生欣得之，⁰⁷

波涛入笔驱文辞。⁰⁸

文工画妙各臻极，⁰⁹

异境恍惚移于斯。¹⁰

架岩凿谷开宫室，¹¹

接屋连墙千万日。¹²

注·释

● 01·眇芒：同"渺茫"。

● 02·荒唐：本意谓广大无际貌，引申为错误到使人觉得奇怪的程度。

● 03·盘回：迂回曲折。百转：弯曲处特别多。

● 04·生绡：用细丝织成的极薄的绫帛之类的绸布，可作画及裱画的底布。生绡数幅，指桃源图。垂中堂：悬挂堂屋正中。

● 05·太守：窦常（756—825），字中行，叔向子，弟兄五人，为长，京兆金平（今陕西兴平）人。大历十四年（779）中进士，贞元十四年（798）任淮南节度参谋，元和六年（811）征为侍御史，转水部员外郎，明年，授郎州刺史。终国子祭酒。常父子均能诗，有《窦氏联珠集》。

● 06·题封：题字捆扎封贴。南宫：南宫本为南方列宿，汉用以喻尚书省。唐代尚书省位置在大明宫南，习称南宫。

● 07·南宫先生：疑指卢汀，时卢为虞部郎中，属尚书省官。

● 08·波涛入笔：指南宫先生在图上题字，笔势浩荡，波浪起伏。

● 09·文工：文章精巧工稳。画妙：图画妙绝神神。臻：达到极点。

● 10·异境：异地。恍惚：仿佛。斯：此处。

● 11·此句谓：在山谷岩壁上开凿建筑房屋。

● 12·接屋连墙：房屋接着房屋，墙接着墙，即连绵不断。千万日：年深日久，房屋愈建愈多。

赢颠刘蹶了不闻，[13]

地坼天分非所恤。[14]

种桃处处惟开花，

川原近远焘红霞。[15]

初来犹自念乡邑，[16]

岁久此地还成家。

渔舟之子来何所？[17]

物色相猜更问语。[18]

大蛇中断丧前王，[19]

群马南渡开新主。[20]

听终辞绝共凄然，

自说经今六百年。[21]

当时万事皆眼见，

不知几许犹流传。[22]

争持酒食来相馈，

礼数不同樽俎异。[23]

● 13 · 赢：秦朝的国君姓赢，代指秦朝。颠：颠覆、倒塌，指秦灭亡。刘：汉朝的皇帝姓刘，代指汉朝。蹶：跌倒，亦指灭亡。

● 14 · 地坼天分：天地分开。指三国及东晋两段分裂割据的历史。

● 15 · 焘：同"蒸"，焕发。红霞：形容红艳艳的桃花遍地盛开，若天上布满红霞。

● 16 · 乡邑：家乡、故里。

● 17 · 渔舟之子：即《桃花源记》中的武陵渔人。

● 18 · 物色：访求、查寻。相猜：相互怀疑。此句语本《桃花源记》："见渔人，乃大惊，问所从来。"

● 19 · 大蛇中断：指汉高祖刘邦斩蛇起义。丧前王：指灭秦。

● 20 · 群马南渡：指西晋晋亡，晋君臣南渡偏安，是为东晋。开新主：指晋元帝司马睿建立东晋新政权。

● 21 · "听终"二句：指桃花源中人听了渔人说世外六百年的兴亡历史，凄然伤感。秦亡至东晋太元年间渔人入桃花源，时间凡"六百年"。

● 22 · 几许：多少。

● 23 · "争持"二句：语本《桃花源记》："便要还家，设酒杀鸡作食……余人各复延至其家，皆出酒食。"相馈：给酒食招待渔人。礼数：风俗礼节。樽俎：盛酒食的器具。樽盛酒，俎盛肉。

月明伴宿玉堂空，

骨冷魂清无梦寐。[24]

夜半金鸡啁哳鸣，[25]

火轮飞出客心惊。[26]

人间有累不可住，[27]

依然离别难为情。

船开棹进一回顾，

万里苍苍烟水暮。

世俗宁知伪与真？

至今传者武陵人。

● 24 · 玉堂：本为宫殿的美称，也指仙人的居所。此谓桃花源人所居之室，招待渔人的居处。月明伴宿与无梦寐是眼前现景，空与骨冷魂清是感觉，合成清空幽雅之境，妙在形肖味厚。

● 25 · 啁哳（zhāo zhā）：杂乱的叫声。

● 26 · 火轮：太阳。客：渔人。惊：惧怕，指渔人怕与桃源中人分别。

● 27 · 人间有累：指人间有家人牵挂。不可住：不能久在桃源。

品·评　陶渊明《桃花源记》一出，以此题材写诗的不少，最脍炙人口者推王维《桃源行》，却把"避地"写成"出世"，"人间"换成"仙境"。韩愈诗有"武陵太守好事者，题封远寄南宫下"句，太守即窦常，实为官武陵在元和七年（812）冬。刘禹锡为武陵司马，曾写《游桃源诗一百韵》叙神仙事："因话近世仙，纯然心神惕。乃言瞿氏子，骨状非凡格。"韩愈首破神仙荒唐之说，疑因此而发，当写于元和八年后。王诗只重本事，层层叙写，句句本色，不露凿痕，被后世誉为千古绝唱。后人再作，必出新意；若无新意，不必重作。韩诗所以能与王诗并肩，其要有二：一是否定了前人把桃花源写成"仙境"而蛊人"出世"的主题，指出"神仙有无何眇芒，桃源之说诚荒唐"。这种思想在韩愈的时代是进步的，也是韩诗高出的原因。二是诗的写法与语言的运用，起结照应，道出题旨，中先叙画，次写本事，间议频频，语尽铺张，通畅流利，雄浑奇伟。章法结构翻波叠浪，曲折有致。在句法上，七言古诗多用对句，而韩诗多用奇句，句法多变，形成了这首诗流利奇伟的特点。王士禛谓："唐、宋以来作《桃源行》，最传者王摩诘、韩退之、王介甫三篇。观退之、介甫二诗，笔力意思甚可喜。及读摩诘诗，多少自在！二公便如努力挽强，不免面赤耳热，此盛唐所以高不可及。"（《池北偶谈》）

调张籍

01

李杜文章在，⁰²光焰万丈长。⁰³

不知群儿愚，⁰⁴那用故谤伤？⁰⁵

蚍蜉撼大树，可笑不自量！⁰⁶

伊我生其后，⁰⁷举颈遥相望。⁰⁸

夜梦多见之，昼思反微茫。⁰⁹

徒观斧凿痕，不瞩治水航。¹⁰

想当施手时，巨刃磨天扬。¹¹

垠崖划崩豁，¹²乾坤摆雷硠。¹³

惟此两夫子，¹⁴家居率荒凉。¹⁵

注·释

● *01*·调（tiáo）：调笑，此为戏赠。张籍：韩愈的学生和朋友，中唐著名诗人。

● *02*·李：李白。杜：杜甫。文章：泛指诗文。

● *03*·光焰：光辉、光芒。光焰万丈长，形容极光辉灿烂。

● *04*·不知：无知。群儿：幼稚的小儿辈。此句谓：无知小辈愚昧。

● *05*·谤伤：毁谤中伤。此句谓：怎么能用陈旧的言辞去毁谤李、杜？

● *06*·此二句谓：像蚂蚁一样的小虫想撼动大树，可笑他们太不自量力了。蚍蜉：大蚂蚁。撼：动摇。

● *07*·伊：发语词，表示敬慕的语气。其：代词，指李、杜。

● *08*·举颈：伸长脖子。谓自己对李、杜仰慕很深。

● *09*·微茫：形象模糊不清、隐约可见。

● *10*·"徒观"二句：现在虽能看到李、杜的诗歌创作，但无法看到他们的创作过程；犹如现在虽能看到夏禹开山凿渠的痕迹，却看不到他治水的航道一样。

● *11*·"想当"二句：以大禹施展本领挥舞大斧开山凿渠比喻李、杜进行创作。巨刃：开山的大斧。磨天：触着天。扬：高高举起。

● *12*·垠崖：悬崖。划：劈开。崩豁：崩裂的大豁口。

● *13*·摆：震荡。雷硠（láng）：山崩的声音。

● *14*·两夫子：指李、杜。

● *15*·此句谓：李、杜不得志，生活穷困潦倒。家居：指家庭生活。率：大抵。荒凉：困窘贫寒。

帝欲长吟哦，[16] 故遣起且僵。[17]

剪翎送笼中，[18] 使看百鸟翔。

平生千万篇， 金薤垂琳琅。[19]

仙官敕六丁，[20] 雷电下取将。[21]

流落人间者， 太山一毫芒。[22]

我愿生两翅， 捕逐出八荒。[23]

精神忽交通，[24] 百怪入我肠。[25]

刺手拔鲸牙， 举瓢酌天浆。[26]

腾身跨汗漫，[27] 不着织女襄。[28]

- 16·帝：天帝。长吟哦：长吟诗。古人讲吟诗，即谓进行诗歌创作。
- 17·遣：指使。起：奋起、振作。僵：跌倒，困顿失意。此句谓：故意使他们振奋而又困顿。
- 18·此写天帝把他们的翎毛剪去，囚在笼里，只能看百鸟自由飞翔，激发他们的创作。实惜李、杜运穷困居，语极沉痛。
- 19·金：金错书。薤（xiè）：倒薤书。皆古代书体名。
- 20·仙官：道家指有爵位的神仙。此为管仙人之官，即天帝。敕：命令。六丁：六丁神甲，道教神名。
- 21·取将：二字同义，即拿去。
- 22·太山：即泰山。毫芒：比喻很少。此句谓：李、杜流传下来的诗不过像泰山的一根毫毛一样少。
- 23·捕逐：跟踪。八荒：指四海之外很远的地方。
- 24·此句谓：我努力向李、杜学习，精诚所至，忽然沟通了。
- 25·此句谓：各种奇异的艺术构想都涌现出来了。以上两句出语奇特。
- 26·刺（là）手：反手。天浆：甘美的汁液，即琼浆，上帝饮用的玉液。此二句谓：自己与李、杜精神交通后，下海可拔鲸牙，上天可舀天浆。指诗歌创作的灵感可纵横驰骋，左右逢源。
- 27·汗漫：无边无际的太空。
- 28·织女襄：织女织成的丝绸。比喻李、杜文章之美。

顾语地上友，²⁹ 经营无太忙！³⁰

乞君飞霞佩，³¹ 与我高颉颃。³²

品·评　元和八年（813），元稹《唐故工部员外郎杜君墓志并序》云："时山东人李白，亦以奇文取称：时人谓之李杜。予观其壮浪纵恣，摆去拘束，描写物象及乐府歌诗，诚亦差肩于子美矣。至若铺陈终始，排比声韵，大或千言，次犹数百，词气豪迈而风调清深，属对律切而脱弃凡近，则李尚不能历其藩翰，况堂奥乎？"元和十年（815），白居易贬江州司马，写给通州元稹的信《与元九书》云："又诗之豪者，世称李杜，李之作，才矣，奇矣，人不逮矣，索其风雅比兴，十无一焉。杜诗最多，可传者千余首，至于贯穿今古，缕缕格律，尽工尽善，又过于李。"李、杜优劣之争发生在中唐，元白是代表。张籍虽属韩门，乐府诗则近白，诗学观也近元、白，故韩愈对其提出批评，诗当写于元和十一年。中唐前李名高于杜，元、白一出，又扬杜抑李，都失之片面。《调张籍》这首诗就是借戏赠张籍，力排众议，批评了当时诗坛上扬杜抑李的偏见，对李、杜作了同样高度的评价："李杜文章在，光焰万丈长。"诗中间一段，用极为丰富的想象、瑰奇多变的语言、夸张恰切的比喻，总结了李、杜的创作实践，盛赞李、杜的诗歌成就。这种写法本身就是从《离骚》到李白诗歌浪漫主义传统的最好继承。从诗歌内容看，作者以剑锋一样的笔直刺中唐诗坛的现实，触及众人瞩目的一个重大问题：李、杜之争。这种直面现实的精神，又是对杜甫现实主义精神的继承。所以说这首诗本身就是现实主义与浪漫主义结合的产物，是韩愈向李、杜学习的最好例子。

听颖师弹琴 01

注·释

● 01·颖师：不详。或云为一位来自天竺的僧人。

● 02·昵昵：作亲切、亲密解。尔汝：你我，犹古语中"卿卿我我"。此二句以青年男女谈情说爱时的窃窃私语，形容婉转低回的琴声。

● 03·划然：猛然间。敌场：战场。此二句写琴声由低回婉转猛然变得激越高昂，像万千勇士杀入敌阵一样。

● 04·根蒂：犹根柢，草木的根。阔远：宽阔旷远。此二句写琴声悠扬轻盈，像浮云柳絮在广阔无边的蓝天上悠悠荡荡一样。

● 05·喧啾：群鸟杂乱喧噪的叫声。孤凤凰：单凤独鸣，叫声和谐动听。此二句写琴声一会儿像百鸟喧噪，一会儿如凤凰独鸣。

● 06·跻攀：指音阶步步高升。失势：失去跻攀到顶的态势。千丈强：一千丈还多。此二句写琴声升到最高处后陡然下落到最低处。

● 07·嗟：感叹词，表示赞叹。此二句谓：自己白白长着两只耳朵，一向不懂得欣赏音乐。

昵昵儿女语，恩怨相尔汝。02 划然变轩昂，勇士赴敌场。03 浮云柳絮无根蒂，天地阔远随飞扬。04 喧啾百鸟群，忽见孤凤凰。05 跻攀分寸不可上，失势一落千丈强。06 嗟余有两耳，未省听丝篁。07 自闻颖师弹，起

坐在一旁。⁰⁸ 推手遽止之，⁰⁹ 湿衣
泪滂滂。¹⁰ 颖乎尔诚能，无以冰炭
置我肠。¹¹

品·评　从李贺《听颖师弹琴歌》"凉馆闻弦惊病客，药囊暂别龙须席。请歌直请卿相歌，奉礼官卑复何益"分析，时为李贺任奉礼郎且病期间，在元和七、八年之间。韩诗亦当写于同时。中唐以来产生了不少写音乐的名诗，如白居易的《琵琶行》、李贺的《李凭箜篌引》，写琴声最佳者当推这首韩诗。诗以奇特的想象，写出了对琴音的美好感受，通过一系列的比喻，形象真实地把琴音的娓娓动听、声音的高低回转、旋律的缓急变化，用艺术语言再现给读者，使读者产生共鸣。以起四句看，写琴声忽而弱骨柔情，销魂欲绝；忽而舞爪张牙，可骇可愕。特别是"跻攀"二句，写琴音升降，为千古诗文写音声的妙语。然所写是琴声还是琵琶声，因接受者的乐感不同，史有争论。

赠别元十八 [01]
协律六首
（选二）

注·释

● 01·元十八：名集虚，字克己，排行十八，河南人，做过协律郎。协律郎，掌校正乐律之事。

● 02·柳子厚：柳宗元，字子厚。永贞革新失败后贬永州司马，迁柳州刺史。元集虚，受裴行立差遣，看望韩愈，柳宗元也捎书问候。

● 03·艺且贤：既有文才又有节操。

● 04·子：指元集虚。

● 05·赠子篇：指柳宗元赠元集虚的文章。

● 06·寤寐：寤指醒时，寐谓梦中，犹言白天黑夜。

● 07·不意：没料想到。流窜路：贬谪流放途中。

● 08·此承上句说他们不期而遇的融洽生活。

● 09·此二句谓：过去听到赞扬你的话很多，今天见到你，觉得比说的还好。

● 10·悁悁：难舍难分的忧思心情。

其三

吾友柳子厚，[02] 其人艺且贤。[03]

吾未识子时，[04] 已览赠子篇。[05]

寤寐想风采，[06] 于今已三年。

不意流窜路，[07] 旬日同食眠。[08]

所闻昔已多，　所得今过前。[09]

如何又须别？　使我抱悁悁。[10]

● 01·龙城：指柳州。柳州原为龙城郡，贞观八年（634），以其地当柳星，更名柳州。

● 02·骥：良马。秣：喂。此以秣马喻启程，希望柳宗元早日被召还朝。

● 03·峡山：一名中宿峡，在今广东清远。飓风：台风。

● 04·撞捽（zuó）：碰击。

● 05·乘潮：乘着涨潮的水。簸：颠簸、撼动。扶胥：地名，在今广州东南扶胥镇，海神庙在焉。唐时扶胥临海，珠江入海口水面广阔，波罗庙（即海神庙）建在北岸。"扶胥浴日"乃羊城八景之一。

● 06·此句谓：有时与岸相近只有一发那样短的距离，船仍然无法靠岸。

● 07·两岩：江两岸的岩石。牢：坚固。

● 08·此句谓：岸上的木材、石头被暴风恶浪吹打，纷纷飞落。

● 09·没：吞没。此二句谓：屯门山虽然很高，却被巨浪吞没了。

● 10·此承上句，对元嘱语：我是有罪之人死不足惜，你不能疏失，自己要保重。

● 11·胡为：为何。

● 12·承上句问话，答曰：情深难舍。至骨：真正的骨肉之亲。

其六

寄书龙城守，*01* 君骥何时秣？ *02*

峡山逢飓风，*03* 雷电助撞捽。 *04*

乘潮簸扶胥，*05* 近岸指一发。 *06*

两岩虽云牢，*07* 木石互飞发。 *08*

屯门虽云高， 亦映波浪没。 *09*

余罪不足惜， 子生未宜忽。 *10*

胡为不忍别？ *11* 感谢情至骨。 *12*

品·评 诗为元和十四年（819）三月作。元集虚乘崔行立之命，受柳宗元之托，前来看望韩愈。韩愈坐罪孤贬南荒，在凄苦无告之际，见老友致书来问，且带药来，大为感动，写了这六首诗。语言朴实，发于天然，词句和婉，出自肺腑，虽不求工而自工也，要在以情感人。这也是韩诗后期走向平淡的代表作品。第三首直叙如话，既表怀念子厚的深情，也写与元生相处之谊。第六首寄子厚，自处恶劣环境，倍觉友情珍贵，情出于心。故诗之好就在于写真景、表真意、抒真情，全在真字上见之。

宿曾江口示侄孙湘二首（选一）⁰¹

注·释

● 01·曾江：即增江，在今广东增城境内。
湘：韩愈二兄介子老成子，于愈为侄孙。
因愈长兄会无子，老成为继。湘贞元十年
生于宣城。老成卒后，随愈读书，然性不
羁，不安于学，曾外出游历。元和十四年，
韩愈贬潮，湘随行至曾江，有此诗。长庆
三年（823），中进士，崔群辟为宣州刺史
府从事，奏授校书郎。官至大理丞。

● 02·漭：形容水面广阔的样子。相围：
形容水天相接，四面环绕。

● 03·三江口：曾江、九曲水（当地俗称
县江）汇合入东江，正如三江汇集。因水
势大，三江口都被淹没，看不清了。

● 04·涯圻（qí）：江岸边沿。

● 05·此二句谓：投宿到高冈地方的人家，
水还淹没了半截门窗。

● 06·处处洪水，鸡犬都上了房屋。

● 07·篙舟：撑船。篙本是撑船的工具，
此处用作动词。

● 08·暝闻：夜里听到。

● 09·岁常然：年年岁岁都是这样，极言
水患之苦。

● 10·北斗：北斗星。夜望北斗而想前程也。

● 11·不知路所归：即不知归路。

云昏水奔流，　天水漭相围。⁰²

三江灭无口，⁰³　其谁识涯圻？⁰⁴

暮宿投村民，　高处水半扉。⁰⁵

犬鸡俱上屋，　不复走与飞。⁰⁶

篙舟入其家，⁰⁷　暝闻屋中唏。⁰⁸

问知岁常然，⁰⁹　哀此为生微。

海风吹寒晴，　波扬众星辉。

仰视北斗高，¹⁰　不知路所归。¹¹

品·评　诗为元和十四年（819）作，选第一首。这首诗真实形象地描写了广州一带风巨水大，洪水淹没村庄，祸及生灵，百姓生活于水深火热中。诗人被困水乡，仰视北斗，朝廷不察民情，自己苦谏被祸，百感交集，苦不堪言。写难状之景，雄阔细腻，惟妙惟肖，兼太白、少陵之长；写百姓之苦，真实感人，不下《三吏》、《三别》。

南溪始泛三首

01

榜舟南山下，⁰² 上上不得返。⁰³

幽事随去多，⁰⁴ 孰能量近远？⁰⁵

阴沉过连树， 藏昂抵横坂。⁰⁶

石粗肆磨砺，⁰⁷ 波恶厌牵挽。⁰⁸

或倚偏岸渔， 竟就平洲饭。⁰⁹

点点暮雨飘， 梢梢新月偃。¹⁰

余年懔无几， 休日怆已晚。¹¹

自然病使然， 非由取高蹇。¹²

南溪亦清驶， 而无楫与舟。¹³

山农惊见之， 随我观不休。

- 01·南溪：长安城南终南山下的一条小河。
- 02·榜：原为船桨，此处用作动词。榜舟即撑船。南山：终南山，在京城长安之南。
- 03·上上：指船逆水沿南溪不停地驶向上游。前一上字作动词，后一上字作名词。
- 04·幽事：幽雅美好之事。随去多：随着溪水前进，幽事愈来愈多。
- 05·量：衡量、忖度。
- 06·藏昂：即藏昂，高峻、轩昂。此二句写船沿溪向上行驶，人一会儿低下头，一会儿直起腰。
- 07·此句谓：石头粗大，经得住波浪的肆意冲刷磨砺。
- 08·厌：同"压"，即堵塞、压制。牵挽：谓拉船。此句谓：水波凶恶，影响了驶船。
- 09·此二句谓：时而靠岸捕鱼，而后到平坦的洲渚上做饭。
- 10·梢梢：或作稍稍，小也。
- 11·此二句谓：剩余的残年不多了，想要辞官回家叹惜已经晚了。懔(lǐn)：惧怕。怆：悲叹。
- 12·此句承上句，因病告休，不是为了退隐傲世。高蹇(jiǎn)：孤傲兀。
- 13·此二句谓：南溪水清流急，没有行过船。

不惟儿童辈，　或有杖白头。[14]

馈我笼中瓜，　劝我此淹留。[15]

我云以病归，　此已颇自由。

幸有用余俸，　置居在西畴。[16]

囷仓米谷满，[17] 未有旦夕忧。

上去无得得，　下来亦悠悠。[18]

但恐烦里闾，　时有缓急投。[19]

愿为同社人，　鸡豚燕春秋。[20]

足弱不能步，　自宜收朝迹。[21]

羸形可舆致，[22] 佳观安可掷？[23]

- 14 · 四句承上，溪无舟船，故山农见韩愈撑船而来感到惊奇，小孩老人都跟着看稀罕。写山村实景，生动活脱，如在目前。
- 15 · 送瓜挽留，表现了农民的淳朴热情。淹留：停留。
- 16 · 四句谓：我告诉他们：我是告病假归来的，这已经很自由了。况且还有剩余的俸禄，在西畴买了一间房子居住。西畴：西边那个地方，指城南庄韩公别墅。
- 17 · 囷（qūn）仓：圆形的粮仓。
- 18 · 二句谓：居官时没啥特殊的，去职归来也心安。
- 19 · 缓急：偏义，即急迫的时候。投：求助。
- 20 · 社：中国古代有祭祀社稷之礼。社，土神；稷，谷神。此二句乃祝福之语：愿乡亲们年年春秋以鸡豚宴祭祀土地神，岁岁年丰人乐。
- 21 · 收朝迹：结束在朝廷上做官的生活。
- 22 · 羸：瘦弱。舆致：乘舆而行。舆，车、轿一类的代步工具。
- 23 · 佳观：可供观赏的美景。掷：弃。

- 24 · 水石：犹泉石，多借指清丽胜境。
- 25 · 拖舟：用绳拉船。其间：即上句的水石胜境。
- 26 · 此二句谓：随波逐流我做不到，我宁可迎着险峻的急流撑船而上。诗有寓意，表现了韩公的刚直倔强。濑：急湍的流水。剌：剌船，即撑船。
- 27 · 此二句谓：鹭鸟好像在前面领着我走。鹭：古人常以鸥鹭鸟比喻为野。
- 28 · 此句谓：亭亭玉立的柳树排列在沙岸上。
- 29 · 还尽夜：天快亮了。
- 30 · 非事役：不是正事。事役指公务，引申为正经的事情。

即此南坂下，　久闻有水石。[24]

拖舟入其间，[25]　溪流正清激。

随波吾未能，　峻濑乍可剌。[26]

鹭起若导吾，　前飞数十尺。[27]

亭亭柳带沙，[28]　团团松冠壁。

归时还尽夜，[29]　谁谓非事役？[30]

品·评　张籍《哭退之》诗云："去夏公请告，养疾城南庄。籍时官休罢，两月同游翔……移船入南溪，东西纵篙撑……公为游溪诗，唱咏多慨慷。"韩愈长庆四年（824）十二月卒，五年正月归葬河阳（今河南孟州）。诗人作此诗是病休南庄期间，休假百日，八月期满，而瓜熟时则在七月，知诗当写于七月上中旬。这三首诗是他卒前最后的代表作，几当绝笔。从思想到艺术，都反映了他晚年的特点。就内容讲，反映了他虽身衰力竭，却不甘心随波逐流的倔强性格；反映了他向往畅适自由、安静恬淡的生活，对朝廷政事已感漠然。就艺术风格讲，不再追求奇崛，而表现出一种近似陶渊明田园诗那样的闲雅恬淡的风格。

一

文选

画记

杂古今人物小画共一卷。[01]骑而立者五人，骑而被甲载兵立者十人，[02]一人骑执大旗前立，骑而被甲载兵行且下牵者十人，骑且负者二人，[03]骑执器者二人，骑拥田犬者一人，[04]骑而牵者二人，骑而驱者三人，[05]执羁靮立者二人，[06]骑而下倚马臂隼而立者一人，[07]骑而驱涉者二人，徒而驱牧者二人，[08]坐而指使者一人，[09]甲胄手弓矢铁钺植者七人，[10]甲胄执帜植者十人，[11] 负者七人，[12] 偃寝休者二人，[13] 甲胄坐睡者一人，方涉者一人，坐而脱足者一人，[14] 寒附火者一人，[15] 杂执器物役者八人，[16] 奉壶矢者一人，[17] 舍而具食者十有一人，[18] 挹且注者四人，[19] 牛牵者二人，[20] 驴驱者四人，一人杖而负者，[21] 妇人以孺子载而可见者六人，[22] 载而上下者三人，[23] 孺子戏者九人。凡人之事三十有二，[24] 为人大小百二十有三，而莫有同者焉。[25]

● 11·执帜：举着旗帜。
● 12·负者：背着东西的人。
● 13·偃（yǎn）寝休者：仰卧着休息的人。
● 14·脱足者：脱去鞋袜光着脚的人。
● 15·寒附火者：冷而烤火的人。
● 16·杂执器物役者：拿着各种工具干活的差役。
● 17·奉壶矢者：捧着箭壶的人。奉，同"捧"。壶矢，古代投壶游戏的工具。以矢向壶内投，多者为胜。
● 18·舍（shè）而具食者：在屋里备办食物的人。
● 19·挹：汲取。注：注入。
● 20·牛牵者：牵牛的人。古汉语中常用动宾倒置结构。下句"驴驱"，也是这种结构。
● 21·一人杖而负者：即杖而负者一人。意谓：拄着拐杖背着东西的一人。杖，用作动词。
● 22·此句谓：可以看见的乘坐车子的妇女和小孩六个人。以：和。孺子：小孩子。
● 23·载而上下者三人：谓正在上下车的三人。
● 24·此句谓：以上记人事的正好三十二件。
● 25·莫有同者：没有重样的。以上一段重点记画中人物。

157

● 26 · 此句以下皆写马的动作情状。

● 27 · 陆：跳跃。翘：马后蹄腾起之状。

● 28 · 顾：扭回头看。讹：动。

● 29 · 立：谓马以常姿静立。人立：谓像人竖起来而立。龁（hé）：吃草。

● 30 · 溲（sōu）：便溺。陟（zhì）：登高。降：往下坡走。

● 31 · 嘘（xū）：慢慢吐气。嗅：用鼻子辨别气味。

● 32 · 喜相戏：指马与马相互斗耍。

● 33 · 秣（mò）：马被喂草料。骤：奔跑。走：碎步疾走。

● 34 · 此结句同上段。此段记画中之马。

● 35 · 橐（tuó）驼：言其可负橐囊而驮物。

马大者九匹；于马之中又有上者、[26]下者、行者、牵者、奔者、涉者、陆者、翘者、[27]顾者、鸣者、寝者、讹者、[28]立者、人立者、龁者、[29]饮者、溲者、陟者、降者、[30]痒磨树者、嘘者、嗅者、[31]喜而相戏者、怒相蹑啮者、[32]秣者、骑者、骤者、走者、载服物者、载狐兔者[33]：凡马之事二十有七，为马大小八十有三，而莫有同者焉。[34]

牛大小十一头，橐驼三头。[35]驴

如橐驼之数，而加其一焉。隼
一、犬、羊、狐、兔、麋、[36]
鹿共三十。旃车三两。[37]杂兵
器：弓矢、旌旗、[38]刀剑、矛
楯、[39]弓服、矢房甲胄之属，[40]
瓶、盂、簦、笠、筐、筥、锜、
釜[41]饮食服用之器，壶矢博弈
之具，二百五十有一，皆曲极
其妙。[42]

贞元甲戌年，余在京师，甚无
事，[43]同居有独孤生申叔者，[44]
始得此画而与余弹棋，[45]余幸

- *36·麋（mí）：麋鹿，鹿的一种。
- *37·旃（zhān）车：用毡覆盖的篷车。
- *38·旌旗：竿顶用五色羽毛装饰的旗子。或谓旗子的通称。
- *39·楯：同"盾"。楯为盾后出字。
- *40·弓服：装弓用的袋子。服，同"箙"。矢房：装箭用的盒子，挎在身旁。
- *41·簦（dēng）：防雨用具，下有长柄，形似雨伞。笠：斗笠，用竹子编成的防雨帽。筐：方形竹器。筥：圆形竹器。锜、釜：锅。釜无足，锜有足。
- *42·以上一段记画中牲畜、兵器及各类生活用具。
- *43·贞元甲戌年：即唐德宗贞元十年（794）韩公在京城应博学宏词考试。所谓"甚无事"，当在放榜前。
- *44·独孤生申叔者：复姓独孤，名申叔，字子重。生，尊称未仕进的男子叫生。贞元十年与韩愈同羁游京城长安，为朋友。贞元十三年（797），二十二岁中进士，十五年为校书郎。十八年四月五日卒。
- *45·弹棋：古代的一种棋类游戏。

159

47·明年出京师：指贞元十一年（795），公三上宰相书不报，愤离长安回河阳事。河阳：今河南孟州，韩愈故里。

48·品格：画艺的品质与风格。

49·赵侍御：未详何人，但知其曾任侍御史之职，侍御史管纠察百官及受理冤讼。

50·戚然：悲伤的样子。

51·少：稍停，不多一会。余手之所摹：我亲手描摹。

52·亡之且二十年：失去将近二十年了。亡，丢失。且，将近。

53·国本：指国工所画之本，或国库珍藏之本。

54·闭门不与人交往，专心摹写这幅画。

55·闽中：古郡名，治侯官，今福建闽侯县。"居闲"句：一个人独坐无事的时候，心中常想起这幅画。

胜而获焉。意甚惜之，以为非一工人之所能运思，盖丛集众工人之所长耳，⁴⁶虽百金不愿易也。明年，出京师，至河阳，⁴⁷与二三客论画品格，⁴⁸因出而观之。座有赵侍御者，⁴⁹君子人也。见之戚然，若有感然：⁵⁰少而进曰："噫！余手之所摹也，⁵¹亡之且二十年矣。⁵²余少时常有志乎兹事，得国本，⁵³绝人事而摹得之，⁵⁴游闽中而丧焉。居闲处独，时往来余怀也。⁵⁵以其始为之劳而夙好之笃也，⁵⁶ 今虽遇之，力不能为已。且命工人存其大都焉。"⁵⁷ 余既甚爱之，又感赵君之事，因以赠之，而记其人物之形状与数，而时观之，以自释焉。⁵⁸

品·评　此记写于贞元十一年（795）夏。此文所记之画为稀世之珍，而《画记》又为传神之文。画中人马禽兽、车仗杂器，姿态各异，总计五百有余。能够将这众多庞杂之物，悉尽其态，条贯清楚，使人读之不厌，正是由于文章结构得法，语句变换有术。所记画人之事为一段，马之事为一段，诸畜器物为一段，中间穿插变化不可端倪。如记人一段内有所骑之马，于记马一段内点出。所拥、所牵、所驱、所臂之畜，及所披、所载、所执、所奉、所扼注、所载之具，都在记诸畜器物内点出，使人一目了然。韩愈此文既有所本，又有创造。《尚书·顾命》、《考工记·梓人职》、《史记·绛侯周勃世家》等篇是其所本。可见其学识渊博，兼取众长，又有独创。东坡不喜，谓之甲乙账簿。殊不知，此文要在平中出奇，质而有味。

与孟东野书

01

与足下别久矣，*02* 以吾心之思足下，知足下悬悬于吾也。*03* 各以事牵，不可合并，*04* 其于人人，*05* 非足下之为见，而日与之处，*06* 足下知吾心乐否也！吾言之而听者谁欤？吾唱之而和者谁欤？*07* 言无听也，唱无和也，独行而无徒也，*08* 是非无所与同也。*09* 足下知吾心乐否也！足下才高气清，行古道，*10* 处今世，无田而衣食，*11* 事亲左右无违，*12* 足下之用心勤矣，足下之处身劳且苦矣！混混与世相浊，*13* 独

注·释

● *01*·孟东野（751—814）：名郊，字东野，湖州武康（今浙江武康）人。贞元十二年（769）举进士，授溧阳尉。由河南尹郑余庆招荐，任河南水陆转运从事，试协律郎。长居洛阳，卒于河南阌乡。以诗知名，有《孟东野集》十卷行世。

● *02*·足下：对长辈或同辈的尊称。

● *03*·悬悬：放心不下，时刻惦念。

● *04*·各以事牵，不可合并：各自为自己的人事牵累，不能常在一块游处。牵扯，合并，相会。

● *05*·人人：众人。

● *06*·此两句谓：每日与我相处的人不是想见的你。

● *07*·此两句谓：言者无人听，唱者无人和。

● *08*·独行：进退自任。

● *09*·以上数句表面上看是说人与人之友谊，实则寓意孟郊与己之道同，可见韩愈时觉倡儒道、辟佛老之难。

● *10*·才高气清：才干特出，神气清明。上指人之才干，下指人之品格。行古道：奉行古代圣人之道，此指孔孟所倡儒道。

● *11*·无田而衣食：没有田地种，还得筹划吃穿。指靠文字谋生。

● *12*·事亲左右无违：侍奉父母没有失礼的地方。指孟郊事亲以孝得名。

● *13*·混混：浑浊貌。

其心追古人而从之，足下之道，其使吾悲也！14

去年春，脱汴州之乱，15 幸不死，无所于归，16 遂来于此。17 主人与吾有故，18 哀其穷，居吾于符离睢上。19 及秋将辞去，因被留以职事，默默在此，行一年矣。20 到今年秋，聊复辞去，21 江湖余乐也，与足下终，幸矣！22 李习之娶吾亡兄之女，23 期在后月，朝夕当来此。张籍在和州居丧，24 家甚贫。恐足下不知，故具此白，冀足下一来相

- 14 · 以上言二人共为己道不能实行而悲，真同道之笃情也。
- 15 · 汴州之乱：贞元十五年（799）二月三日汴州宣武军节度使董晋卒，六日韩愈护柩离汴去洛，十日汴州军乱，杀留后陆长源及孟叔度等。
- 16 · 幸不死：指公送董灵柩西归得免死。
- 17 · 此：代词，指徐州张建封幕府。
- 18 · 主人：谓张建封。有故：有旧交情。大历末年，张建封曾为河阳三城镇遏使马燧判官，贞元三年至十一年，韩愈在京城得马燧之助，曾入马府。二人交往，当在此时。
- 19 · 符离：古县名，唐属宿州。睢：水名，经蒗荡渠，出河南，经宿县，入淮河。睢上：睢水边上。此指张建封念旧交，把韩公一家安顿在徐州附近睢水岸边的符离集。
- 20 · 默默在此：在徐州期间，因无知音，又与建封意见不合，郁郁不乐，默默无语。行：将。
- 21 · 聊：姑且。
- 22 · 此抒不得志之情怀，非真心隐于江湖也。
- 23 · 李习之：李翱，贞元十四年中进士，从韩愈学古文。亡兄：即韩愈三叔礼部郎中云卿之子弇，时已卒。
- 24 · 张籍：字文昌，原籍吴郡，少居和州乌江（今安徽和县），贞元十五年中进士，历任太常寺太祝、水部员外郎、国子司业等，曾跟韩愈学文，是唐代著名诗人，有《张司业集》。居丧：尊亲死亡，居家守孝。

- 25·冀：希望。
- 26·彼：孟郊时居之地。
- 27·图：谋划。即安排北上徐州会面。
- 28·侍奉吉庆：谓东野奉养老母平安。以此推测，疑时东野居湖州。
- 29·眼疾比剧：眼病加重。
- 30·无聊：精神无所寄托。此段告诉朋友生活与思绪之近况。

视也。[25] 自彼至此虽远，[26] 要皆舟行可至，速图之，[27] 吾之望也。春且尽，时气向热，惟侍奉吉庆。[28] 愈眼疾比剧，[29] 甚无聊，[30] 不复一一。愈再拜。

品·评 书云："去年春，脱汴州之乱，幸不死，无所于归，遂来于此……到今年秋，聊复辞去。"汴州之乱发生在贞元十五年（799）二月初。公秋为张建封辟为徐州幕府观察推官，十六年（800）五月离开徐州幕府。书当写于贞元十六年三月。时公三十三岁，孟郊五十岁，建封六十六岁。韩愈以平常语，写不平常情，其情之笃，诚可动千载之人。韩愈事徐州张建封，情虽故旧，然张不喜韩之直，故韩"默默在此，感到徐州之地"言无听也，唱无和也，独行而无徒也"，因此心里郁郁不乐。越是如此，韩公越是"悬悬"于东野。韩愈虽小东野十七岁，然志同道合，情为知己，所以韩云"江湖余乐也，与足下终，幸矣"，望其速来。行文诚恳朴直，无一语形容，无一字修饰，也没有一个难字，是韩愈"文从字顺"一类作品的代表。行笔气杰神旺，意笃情深，非一般书札可比。

送李愿归盘谷序

⁰¹

注·释

太行之阳有盘谷，⁰² 盘谷之间，泉甘而土肥，草木丛茂，居民鲜少，或曰："谓其环两山之间，故曰盘。"⁰³ 或曰："是谷也，宅幽而势阻，隐者之所盘旋。"⁰⁴ 友人李愿居之。⁰⁵

愿之言曰："人之称大丈夫者。我知之矣：利泽施于人，⁰⁶ 名声昭于时，⁰⁷ 坐于庙朝，⁰⁸ 进退百官，而佐天子出令。⁰⁹ 其在外，则树旗旄，¹⁰ 罗弓矢，武夫前呵，¹¹ 从者塞途，供给之人，¹² 各执其物，夹道而疾驰。¹³

- 01·李愿：当为隐居山林的名士。盘谷：在洛阳正北六十公里，今济源城东北。是时李愿游洛阳而归盘谷，韩愈在洛阳闲居，因有此序以送之。
- 02·太行：太行山脉，为黄土高原与华北平原的分界线。在唐代为河东道与河北道的界山。阳：山南为阳。
- 03·谓盘名之由来。有人说，盘谷地形屈曲，环绕在两山的中间，所以叫盘谷。
- 04·宅：处也。意谓：有人说这个地方很僻静，自然与外面隔绝，是隐士逗留往来的好处所。
- 05·以上起始段，言盘谷形势，为隐者友人李愿所居。
- 06·利泽：恩惠。
- 07·昭于时：显耀于当时。
- 08·庙朝：犹言朝廷。
- 09·进退百官：升迁与罢黜各级官员。此句谓：掌权宰臣在朝廷坐而议政，掌握朝政大权。
- 10·旄（máo）：一种顶端用牦牛尾为饰的旗子。
- 11·呵：旧时仪仗队呼喝开路。
- 12·供给之人：指在左右服侍的仆役。
- 13·此句谓：将军外出威风凛凛，仪仗队手执各种旗帜，拿着弓箭武器，武士在前边喝道，仆从在左右供应所需之物。

喜有赏，怒有刑。才畯满前，[14]
道古今而誉盛德，[15] 入耳而不
烦。曲眉丰颊，[16] 清声而便体，[17]
秀外而惠中，[18] 飘轻裾，[19] 翳长
袖，[20] 粉白黛绿者，[21] 列屋而闲
居，[22] 妒宠而负恃，[23] 争妍而取
怜。[24] 大丈夫之遇知于天子，[25]
用力于当世者之所为也。吾非
恶此而逃之，是有命焉，不可
幸而致也。[26] 穷居而野处，升高
而望远，[27] 坐茂树以终日，濯清
泉以自洁。采于山，美可茹；[28]
钓于水，鲜可食。起居无时，

- 14 • 才畯：才能卓异之人。
- 15 • 盛德：崇高的道德。
- 16 • 丰颊：丰满的面颊。古代以丰颊为
美好、吉祥。
- 17 • 清声而便（pián）体：歌喉清亮，
舞姿轻捷灵活。
- 18 • 秀外而惠中：外貌媚美，内心聪慧。
- 19 • 裾（jū）：衣裳的前襟。
- 20 • 翳（yì）：遮盖。翳长袖，用长袖遮
蔽身子。
- 21 • 粉白黛绿：即面敷粉而白，眉施黛
而青。喻美人也。
- 22 • 列屋而闲居：谓姬妾很多，依次住
在排列的屋里。
- 23 • 妒宠：妒忌别人得到宠爱。负恃：
自负才貌，有恃无恐。
- 24 • 争妍：比美。取怜：求得宠爱。
- 25 • 遇知：即知遇，受到重用。
- 26 • "吾非"句逆折取势有力。不可幸
致：不可以侥幸达到。
- 27 • 此句以上一节写"大丈夫"为功名
利达一流，乃实笔，是为宾。此句以下一
节写隐者一流，是为主。
- 28 • 美可茹：指山上采摘的山果野菜鲜
美可食。茹，吃。

惟适所安。[29] 与其誉于前，孰
若无毁于其后；[30] 与其乐于身，
孰若无忧于其心。[31] 车服不维，[32]
刀锯不加，[33] 理乱不知，[34] 黜陟
不闻，[35] 大丈夫不遇于时者之所
为也，我则行之。[36] 伺候于公卿
之门，奔走于形势之途，[37] 足将
进而趑趄，口将言而嗫嚅，[38] 处
污秽而不羞，触刑辟而诛戮。[39]
侥幸于万一，老死而后止者，[40]
其于为人，贤不肖何如也？"[41]
昌黎韩愈闻其言而壮之，[42] 与之
酒而为之歌曰：

- 29·谓起居没有一定的时间约束，自然随意，只求身体舒适。
- 30·孰若：何若。无毁：不受诽谤。毁，诋毁、诽谤。
- 31·此段承上一段，托出愿穷居以自娱自乐之称述。
- 32·车服不维：没有车马服饰的约束。指无官位，不受官职的羁绊。维，系也。
- 33·刀锯不加：不受刀锯之刑罚。刀锯，古代刑名。刀用于割，锯用于刖。
- 34·理乱不知：不理会国家的或治或乱。理，当作治，避讳高宗李治之名。
- 35·黜陟不闻：听不到贬谪与升迁的事。黜，降职或罢免。陟，登高、上升。
- 36·此指隐者之流的行为处世，与上节"大丈夫"作对比。
- 37·公卿：古有三公九卿，此指当权显贵。形势：权力地位。
- 38·嗫嚅（niè rú）：欲言又止貌。
- 39·刑辟：刑法。
- 40·此承上说若能正常老死，乃万一之幸运。
- 41·意谓：这种人的为人比起前二者好坏如何呢？此段可谓高其隐，讥其官，而骂杀那些奔走于形势之途的小人。
- 42·以简劲之言振起而歌之。

167

"盘之中，维子之宫。⁴³ 盘之土，可以稼。⁴⁴ 盘之泉，可濯可沿。⁴⁵ 盘之阻，谁争子所！⁴⁶ 窈而深，廓其有容。⁴⁷ 缭而曲，如往而复。⁴⁸ 嗟盘之乐兮，乐且无央。⁴⁹ 虎豹远迹兮，蛟龙遁藏。鬼神守护兮，呵禁不祥。⁵⁰ 饮且食兮寿而康，⁵¹ 无不足兮奚所望？⁵² 膏吾车兮秣吾马，⁵³ 从子于盘兮，终吾生以徜徉。"⁵⁴

- *43*·宫：室，此指寓所。维子之宫，你居住的地方。维，发语词。
- *44*·可以稼：可以种植。稼，用作动词，指种庄稼。
- *45*·可濯：应前"濯清泉"，可洗浴。可沿：可顺流而下观赏景物。
- *46*·阻：屈折。
- *47*·窈而深：幽远而深邃。
- *48*·缭：盘绕。谓屈曲盘绕，来去往复。
- *49*·央：尽，完结。
- *50*·呵禁：呵斥、禁止。此句谓：有鬼神守护，喝退魑魅魍魉之为祸祟者。
- *51*·寿而康：长寿且安康。
- *52*·奚所望：何所望。
- *53*·膏：润滑车轴的油脂，此指以油脂膏车轴，使其润滑好行。秣马：饲马。
- *54*·徜徉：犹徘徊也。以上为歌辞。

品·评 本文作于贞元十七年（801），时公三十四岁，由彭城回洛阳。古人当朋友离别，常赋诗以赠，序是叙述赠诗的意旨，"歌曰"以下便是诗。文中对比志得意满的大官僚和自得其乐的隐士，对前者的显赫威势、穷奢极欲以及奔走权门的丑态，作了尽情揭露和辛辣讽刺，具有深刻的意义。写法上奇偶相生，自然流畅，形象鲜明，语言生动，表现了韩愈散文的另一风格特征。东坡云："欧阳文忠公尝谓：晋无文章，惟陶渊明《归去来》一篇而已。余亦谓：唐无文章，惟韩退之《送李愿归盘谷》一篇而已。平生愿效此作一篇，每执笔辄罢，因自笑曰：'不若且放，教退之独步。'"堪称唐文第一。亦见韩愈此时未官闲居、睥官僚而崇高隐的心态。

师说

注·释

古之学者必有师。师者，所以传道、受业、解惑也。[01]人非生而知之者，孰能无惑？惑而不从师，其为惑也终不解矣。[02]

生乎吾前，其闻道也固先乎吾，[03]吾从而师之；[04]生乎吾后，其闻道也亦先乎吾，吾从而师之。[05]吾师道也，夫庸知其年之先后生于吾乎？[06]是故无贵无贱，无长无少，道之所存，师之所存也。[07]

嗟乎！师道之不传也久矣！欲人之无惑也难矣！古之圣人，其出人也远矣，犹且从师而问

- 01·传道：指传授以孔、孟为正宗的儒家思想。受业：传授儒家的学说。受，同"授"；业，指儒家的经典。解惑：解答道和业两方面的疑难问题。
- 02·人非生而知之：《礼记·中庸》："或生而知之，或学而知之，或困而知之，及其知之，一也。"《论语·述而》："我非生而知之者，好古，敏以求之者也。"《论语·季氏》："生而知之者，上也；学而知之者，次也；困而学之，又其次也；困而不学，民斯为下矣。"惑而不从师：此乃当时实情：有疑惑也不从师。可见韩公此文是针对当时惑而不从师、人不愿为师的弊俗而发的。
- 03·闻道：对道有所理解、贯通。固：本来、诚然。
- 04·从：跟随。师之：以他为师，向他学习。
- 05·此句谓：师是以闻道先后为原则，不论年龄大小。
- 06·庸知：岂知、哪管。
- 07·"是故"四句：《吕氏春秋·劝学》："是故古之圣王，未有不尊师者也。尊师则不论其贵贱贫富矣。若此，则名号显矣，德行彰矣。故师之教也，不争轻重尊卑贫富，而争于道。"公语本此。以上一段是为师下的定义。能否为师以闻道先后为原则，先闻道者，无论贵贱、长少都可以成为师。

焉；[08]今之众人，其下圣人也亦远矣，[09]而耻学于师。是故圣益圣，愚益愚，圣人之所以为圣，愚人之所以为愚，其皆出于此乎！[10]

爱其子，择师而教之；于其身也，则耻师焉，惑矣！彼童子之师，授之书而习其句读者，[11]非吾所谓传其道解其惑者也。句读之不知，惑之不解，或师焉，或不焉，[12]小学而大遗，吾未见其明也。[13]

巫医乐师百工之人，不耻相师。[14]士大夫之族，曰师、曰

● *08* · 出人：超出一般人。犹且：尚且还要。全句是韩公慨叹：今天师道不传已经很久了，师道不传，想让人没有疑惑就很难了。古代的圣人，他们的才智远远超出一般人，尚且还要投师问学。

● *09* · 下圣人：在圣人之下，赶不上圣人。

● *10* · 出于此：由于这些。以上一段讲愚益愚、圣益圣的原因是在是否求师。

● *11* · 句读（dòu）：指文章中文字读诵的休止、停顿，即断句。元黄公绍《韵会举要》："凡经书成文语绝处，谓之句；语未绝而点分之，以便诵咏，谓之读。"

● *12* · 不：同"否"。

● *13* · 小学而大遗：学了小的而丢了大的。小，指"句读之不知"；大，指"惑之不解"。

● *14* · 巫：古代以舞降神、为人祈祷求福的人。乐师：乐官。

弟子云者，则群聚而笑之。¹⁵ 问之，则曰："彼与彼年相若也，道相似也。¹⁶ 位卑则足羞，官盛则近谀。¹⁷"呜呼！师道之不复可知矣！¹⁸ 巫医乐师百工之人，君子不齿。¹⁹ 今其智乃反不能及，其可怪也欤！

圣人无常师，²⁰ 孔子师郯子、苌弘、师襄、老聃。²¹ 郯子之徒，其贤不及孔子。²² 孔子曰："三人行，则必有我师。"²³ 是故弟子不必不如师，师不必贤于弟子；闻道有先后，术业有专攻，如是而已。

- 15・士大夫：泛指文士官僚。族：类。士大夫们一提到从师、做弟子，就互相嘲笑。
- 16・相若：相近。
- 17・"位卑"二句谓：以地位比自己低的人为师，就感到羞耻；以赫赫有名的大官为师，又有巴结贵人的嫌疑。谀：谄媚奉承。
- 18・复：恢复。叹世人愚昧，师道之难复也。
- 19・君子不齿：君子，即士大夫之流；不齿，不愿意提到，即看不起他们（指百工）。以上一段责时人耻于从师的陋习。
- 20・圣人无常师：语本《论语・子张》："夫子焉不学，而亦何常师之有？"意思说：孔子何尝不向别人学习？但是也没有固定的老师。
- 21・"孔子师"句：孔子以郯子、苌弘、师襄、老聃为师。郯子，春秋时郯国的国君；苌弘，周敬王时的大夫；师襄，鲁国乐官；老聃，老子。
- 22・其：代词，指上句所说郯子等人。贤：指德才。
- 23・"孔子曰"二句：《论语・述而》："子曰：'三人行，必有我师焉，择其善者而从之，其不善者而改之。'"

●25·古文：韩愈提出的文的概念，指三代两汉的散体文章。

●26·六艺：即六经，包括《诗》、《书》、《易》、《春秋》、《礼》、《乐》。传：解释经典的著作。

●27·不拘于时：不受时代社会风气的拘束，即不以从师为耻。

●28·嘉：赞美、称许。古道：指儒家圣贤之道。贻：赠送。以上一段为结语，出作《师说》之由。

李氏子蟠，[24] 年十七，好古文，[25] 六艺经传，皆通习之，[26] 不拘于时，学于余。[27] 余嘉其能行古道，作《师说》以贻之。[28]

品·评 文中说"李氏子蟠，年十七，好古文，六艺经传，皆通习之，不拘于时，学于余。余嘉其能行古道，作《师说》以贻之"。韩醇《全解》曰："蟠贞元十九年（803）进士。"此文当写于李蟠中进士前、韩愈任四门博士时。说，一种文体，是从古代的说辞发展来的。它主要表现作者对事物的新鲜看法，提出理由，进行论证。《师说》就是韩愈对为人之师的一种新的看法。这篇文章是为李蟠而作，实际是对诽谤者公开的答复和严正的驳斥，是一篇有的放矢的杂文。在这篇文章里，作者首先肯定师对于任何人都是必要的，并对师的概念下了明确而简括的定义。这是全篇立论的根据，也是中心思想。接着就师最重要的（或根本性的）涵义"传道"，提出师的合格条件只有一个，就是"闻道"，而排除贵贱、少长等限制。这样就直接打破了自古以来师道授受的传统。而后文章一转，深有感慨地针对师道问题，纵论古今社会风气的不同。以下列举现象，论证这种歪风是奇怪而愚蠢的。其后复正面论述，并与首段呼应。末段叙述作文由来，不只是对李蟠的奖励，且有现实性和针对性。《师说》严正地驳斥了那些愚蠢的诽谤者，提出了崭新的师道思想。这些思想极大减弱了师道的权威性、封建性，把师和弟子的关系社会化了，从而打破了师法或家法保守的壁垒。本文中心思想明确，立论尖锐，结构自然紧凑，语言简炼流畅，有逻辑性、战斗性。

圬者王承福传

01

注·释

● *01*·圬（wū）者：粉刷墙壁的泥瓦匠。

● *02*·技：作技艺解。贱且劳：地位低下，工作劳苦。

● *03*·有业之：有以粉刷墙壁为职业的。其色若自得者：看样子好像他自己以此职业为满足。

● *04*·听其言，约而尽：听他说话，言语简洁而意思完整。

● *05*·王其姓，承福其名：王是他的姓，承福是他的名。

● *06*·京兆长安：长安县唐时管辖长安城西部，治所在长寿坊西南隅。

● *07*·天宝之乱：即安史之乱，因起自天宝年间，故云。

● *08*·发人为兵：征召民众从军。安史乱起，唐玄宗李隆基曾命六子李琬为帅，在长安招募士兵十一万，讨伐安禄山。人，庶民、百姓。因避太宗李世民讳，不能用民，则用人。

● *09*·有官勋：立了战功，授有官职和勋阶。

● *10*·来归：退伍回乡。

● *11*·手镘（màn）衣食：以刷墙维持生活。手，用作动词，拿、持。镘，抹墙的工具。衣食，穿衣吃饭，即生活。

● *12*·舍于市之主人：住在长安市里房主那里，即赁房而居。舍，作动词用。唐长安城内设东西二市，是商肆、手工业聚集地区，此当指长安西市。

● *13*·屋食之当：住房和饮食的费用。当，指所费之值。

● *14*·"视时"二句：看房租与饭钱的贵贱，提高或降低圬墙的工钱，以支付房租饭费。

圬之为技，贱且劳者也。*02*有业之其色若自得者。*03*听其言，约而尽。*04*问之：王其姓，承福其名，*05*世为京兆长安农夫。*06*天宝之乱，*07*发人为兵，*08*持弓矢十三年，有官勋，*09*弃之来归，*10*丧其土田，手镘衣食，*11*余十三年，舍于市之主人，*12*而归其屋食之当焉，*13*视时屋食之贵贱，而上下其圬之佣以偿之；*14*有余，

则以与道路之废疾饿者焉。¹⁵

又曰：粟，稼而生者也；¹⁶若布与帛，必蚕绩而后成者也；其他所以养生之具，皆待人力而后完也，吾皆赖之。¹⁷然人不可遍为，宜乎各致其能以相生也。¹⁸故君者，理我所以生者也，¹⁹而百官者，承君之化者也。²⁰任有大小，惟其所能，若器皿焉。²¹食焉而怠其事，必有天殃，故吾不敢一日舍镘以嬉。²²夫镘，易能可力焉，又诚有功，取其直，虽劳无愧，吾心安焉。²³夫力，易强而有功也；心，难强而有智也，²⁴用力者使于人，用心者使人，

● 15 • 废疾饿者：病残饥饿的人。以上一段叙圬者王承福的身世及生活。以陡然立论起，以有业自得展开，点出其劳动者的可贵品格。

● 16 • 稼而生者：由于农民的种植而生产出粮食。

● 17 • 蚕绩：养蚕、制麻。麻以织布，丝以织帛。绩，缉也，指缉麻。养生之具，皆待人力：人们赖以生存的手段，都依靠人的力量。

● 18 • 不可遍为：不能都去做。各致其能以相生：各尽其能，以图共同生活。致，尽。相生：即公《原道》所云："有圣人者立，然后教之以相生养之道。"四民分工，社会各阶层相生养，这是韩愈社会观的重要内容。

● 19 • 此句谓：国君治理国家，使人民进行劳动生产而生存下去。此为韩愈儒家民本思想的反映。

● 20 • 此句谓：百官奉行君主政令，教化人民。

● 21 • "任有"三句：职位有大小，像器皿的形状不同用场不同一样，只能各尽所能。

● 22 • "食焉"三句：只知道吃饭，而不愿干活，必然遭到应得的灾祸，所以我不敢一天丢掉镘子而懒怠。

● 23 • 易能可力：易于学会，便于使用自己的力量。有功：有实效。取其直：得到劳动应得的报酬。直，同"值"。

● 24 • "夫力"四句：体力活可以经过自己的努力取得一定功效；脑力活很难靠勉强的力量做好。意思是说体力劳动容易，脑力劳动困难。

亦其宜也；[25] 吾特择其易为而无愧者取焉。嘻！吾操镘以入贵富之家有年矣，有一至者焉，又往过之，则为墟矣；[26] 有再至三至者焉，而往过之，则为墟矣。问之其邻，或曰：噫！刑戮也。[27] 或曰：身既死，而其子孙不能有也。[28] 或曰：死而归之官也。[29] 吾以是观之，非所谓食焉怠其事而得天殃者邪！[30] 非强心以智而不足，不择其才之称否而冒之者邪！[31] 非多行可愧，知其不可而强为之者邪！[32] 将贵富难守，薄功而厚飨之者邪！[33] 抑丰悴有时，一去一来而不可常者邪！[34] 吾之

● 25 • "用力者"三句：谓脑力劳动者统治人，体力劳动者被人统治；被人统治者养活别人，统治者靠人养活，这是天下通行的原则。此语出《孟子·滕文公上》。

● 26 • 则为墟矣：已经成为废墟了。

● 27 • 刑戮：受刑被杀。

● 28 • 其子孙不能有也：他的子孙后代没能守住这份家产。

● 29 • 死而归之官：本人死后其财产收归国家所有。

● 30 • 此句谓由于人祸造成以上结局。

● 31 • 强心以智：勉强以心力来谋划。不择其才之称否而冒之者：不度量自己的才能与之相称不相称而盲目追求富贵。

● 32 • 多行可愧：尽做对不起自己良心的事。知其不可而强为之：知道不可能做到而勉强去做。

● 33 • 薄功而厚飨：功劳微薄而享受丰裕。飨，同"享"。

● 34 • 丰悴：昌盛与衰败。一去一来：谓丰去悴来或悴去丰来。此承上讲事物的变化关系。

心悯焉，是故择其力之可能者行焉，乐富贵而悲贫贱，我岂异于人哉？[35]

又曰：功大者，其所以自奉也博。[36]妻与子，皆养于我者也，吾能薄而功小，不有之可也。[37]又吾所谓劳力者，若立吾家而力不足，则心又劳也。一身而二任焉，虽圣者不可能也。[38]

愈始闻而惑之，又从而思之，盖贤者也，[39]盖所谓"独善其身"者也。[40]然吾有讥焉，谓其自为也过多，[41]其为人也过少，[42]其学杨朱之道者邪？[43]杨之道，不肯拔我一毛而利天下。[44]而夫人以有家为劳心，不肯一动其

● 35 · 以上一段叙弃官业圬自食其乐。先写王承福自省得力处，旨极痛切，亦昌黎所用力阐发处，故议极转换。次就前所自见处翻案。再进一步感慨。后以常人之心叙常人之情事。

● 36 · 自奉也博：自己得到供给自己的财物也丰厚。

● 37 · 养于我者：养在我这儿的人，即靠我养活的人。

● 38 · 一身而二任：承上句，谓一个人兼劳心劳力两个方面的任务。此叙自己不立家的缘由。

● 39 · 贤者：即善者。

● 40 · 独善其身：只管自己品行修养好。语出《孟子·尽心上》："穷则独善其身，达则兼善天下。"

● 41 · 自为也过多：为自己打算得太多。

● 42 · 为人也过少：为别人打算、帮助别人得太少。

● 43 · 杨朱之道：杨朱又称杨子居、杨生，战国初期魏国人，其学说主张"贵己""重生""全性保真"，提倡"为我"。

● 44 · 不肯拔我一毛而利天下：《孟子·尽心上》："孟子曰：'杨子取为我，拔一毛而利天下，不为也。墨子兼爱，摩顶放踵利天下，为之。'"杨、墨主张相反。

心以蓄其妻子，其肯劳其心以为人乎哉！[45] 虽然，其贤于世之患不得之而患失之者，[46] 以济其生之欲、[47] 贪邪而亡道以丧其身者，其亦远矣！[48] 又其言有可以警余者，[49] 故余为之传而自鉴焉。[50]

● 45 · "夫人"三句：那个人（王承福）以有家庭为费心，不肯费一点心来养活他的妻子，他肯为别人费心吗？

● 46 · 患不得之而患失之：即成语"患得患失"，语出《论语·阳货》："子曰：'鄙夫可与事君也与哉？其未得之也，患得之。既得之，患失之。苟患失之，无所不至矣。'"

● 47 · 以济其生之欲：只知道满足自己生活上的欲望。

● 48 · 贪邪而亡道：贪婪邪恶而失去道义。

● 49 · 其言有可以警余者：他的话颇有可以警醒我的地方。

● 50 · 自鉴：即把他当成自己的借鉴。

品·评　此文为贞元十七年（801）作，时韩愈赴京调选，年三十四岁。传文从"各致其能以相生"的认识出发，塑造了自食其力而又以剩余"与道路之废疾饿者"的泥瓦工人的形象。他虽然不是叱咤风云的盖世英杰，但有血有肉、勤劳善良，韩愈同情他、赞颂他。韩愈将王承福与"食焉而怠其事""多行可愧"的统治者相比，有力地揭露了达官显贵的种种丑行。文章前略叙一段，后略断数语，中借圬者之语发表对问题的看法，婉转波折，起伏有致，构局绝妙，手法超众。虽极发泄规人之词，也难让人饮恨于作者。这种写法继承了《尚书》的记言之法，而其排宕抑扬的气势又师法孟轲。可见，韩愈之文篇篇有所本，篇篇有创造，是继承与发展的典范。

答李翊书

01

六月二十六日，愈白，李生足下：[02]

生之书，辞甚高，[03]而其问何下而恭也！[04]能如是，谁不欲告生以其道？[05]道德之归也有日矣，况其外之文乎？[06]抑愈所谓望孔子之门墙而不入于其宫者，[07]焉足以知是且非邪？[08]虽然，不可不为生言之。[09]

生所谓立言者是也，[10]生所为者与所期者甚似而几矣。[11]抑不知生之志蕲胜于人而取于人邪？[12]将蕲至于古之立言者邪？蕲胜于人而取于人，则固胜于人而可取于人矣；[13]将蕲至于古之立言者，则无望其速成，无诱

注·释

● 01·李翊：唐德宗时人，居洛阳，勤而好学，喜古文。曾投韩门学文。贞元十八年，由韩公举荐，与尉迟汾、侯云长、韦纾、沈杞同登进士第。

● 02·李生：指李翊。足下：对别人的尊称。

● 03·辞甚高：指李翊给韩愈的书信立意、文辞俱佳，高于当时一般人。

● 04·下而恭：谦逊恭敬。

● 05·道：即为文之本仁义之道，指文中说的"仁义之人，其言蔼如也"。与《原道》所说的道同。

● 06·指李翊能以谦逊的态度向别人请教，不久就能收获道德，也能写好文章。此句与上句连用二反问句，问得有力，比直接陈述更好。归：属于。有日：指日可数，即不久。韩愈认为，文章是道德的表现，道德是文章的内涵。

● 07·语出《论语·子张》："子贡曰：'譬之宫墙，赐之墙也及肩，窥见室家之好。夫子之墙数仞，不得其门而入，不见宗庙之美、百官之富。得其门者或寡矣。'"

● 08·且：或。

● 09·以上为一段，答书书来问之旨。李刚己曰："此上虽系闲文，然用笔曲折尽致，无一语平直。"（《唐宋文举要》）

● 10·立言：著书立说，传于后世。

● 11·此句谓：你所做的和所希望的很相近也很接近。似而几：相似而接近。几，近。

● 12·蕲（qí）：祈求。取于人：被人所用。此句纯用盘旋顿宕之笔，为下文取势铺垫。

● 13·此句再顿一笔，取足逆势。下句转折，转换遒劲。

于势利，¹⁴ 养其根而俟其实，¹⁵ 加其膏而希其光，¹⁶ 根之茂者其实遂，¹⁷ 膏之沃者其光晔；¹⁸ 仁义之人，其言蔼如也。¹⁹

抑又有难者，²⁰ 愈之所为，不自知其至犹未也，²¹ 虽然，学之二十余年矣！²² 始者非三代、两汉之书不敢观，²³ 非圣人之志不敢存，处若忘，行若遗，俨乎其若思，茫乎其若迷。²⁴ 当其取于心而注于手也，²⁵ 惟陈言之务去，²⁶ 戛戛乎其难哉！²⁷ 其

● 14 · 无诱于势利：不要为势利所诱惑。此指当时社会上一般人为应付科举考试，与达官显贵交往多习时文（骈文），而韩公希望习古文，故以此语告诫李翊。此通篇主旨。

● 15 · 养其根而俟（sì）其实：用比喻说明道理，即培壅植物的根求得果实的丰硕。根，比喻道。俟，等待。实，比喻文。

● 16 · 加其膏而希其光：此句也是用比喻说明道理，与上句意思虽同却使文章添华增彩，更有说服力。膏，油脂。

● 17 · 此句谓：根生长繁茂果实就硕大。

● 18 · 此句谓：油脂丰盛灯光就明亮。

● 19 · 蔼如：和顺的样子。以上一段言简意赅，告诉李翊为文之道必先务本。

● 20 · 抑又有难者：不过这又是有困难的事。抑，表转折。

● 21 · 犹：还。未：没有达到。发语逆探下文，真凌空倒影之笔。

● 22 · 意谓：虽然我已经学习作文二十多年了，可我写文章，自己也不知道达到了还是未达到要求。此承上反说，总束一笔，再追始源头，层层剥叙，文势遒劲而峻峭。

● 23 · 始者：从开头说起。三代：指夏、商、周三个朝代。

● 24 · 此为韩公形容自己立言作文过程中严肃认真、神志迷惘的样子。

● 25 · 此句谓：写文章的时候把心里所想的像流水一样从手头流出来。注：河水流入湖海。

● 26 · 陈言之务去：即务去陈言。想当时骈文盛行，必多陈词滥调，公乃大声疾呼"陈言务去"。

● 27 · 戛戛：象声词。形容艰难吃力的样子。

观于人，不知其非笑之为非笑也。如是者亦有年，犹不改，[28] 然后识古书之正伪，[29] 与虽正而不至焉者，[30] 昭昭然白黑分矣。而务去之，乃徐有得也。[31] 当其取于心而注于手也，汩汩然来矣。[32] 其观于人也，笑之则以为喜，誉之则以为忧，以其犹有人之说者存也。[33] 如是者亦有年，然后浩乎其沛然矣。[34] 吾又惧其杂也，迎而距之，平心而察之，其皆醇也，然后肆焉。[35] 虽然，不可以不养也，[36] 行之乎仁义之途，[37] 游之乎《诗》《书》之源，[38] 无迷其途，无绝其源，终吾身而已矣。[39]

- 28·犹不改：仍然不改其志，即坚持不懈。此语顿挫生姿，真公个性语。
- 29·正伪：指古书中道理的真假。
- 30·虽正而不至焉者：指虽然正确但还不够完善的内容。
- 31·此句谓：务必把陈言去掉，才能渐渐有所得而达到完善。语曲意折，萦回尽致。
- 32·汩汩：水流貌。
- 33·此句谓：因为其中还有时人喜欢的陈言存在。
- 34·浩乎其沛然：借水喻文，形容文章气势之大如浩瀚的长江大河。
- 35·迎：迎接。距：同“拒”。肆：放情。此谓对沛然涌出的文思的态度：因惧其杂，就要停蓄神思，静心明察；待其醇时，再放手挥写。
- 36·此句谓：虽然道德文章达到如此高的境界，还不能不继续加强修养，巩固取得的成果。
- 37·仁义之途：此为韩公论文根本。
- 38·《诗》《书》之源：《诗》《书》代指儒家经典，此为儒者行事作文的本源。
- 39·其说正与前文根茂实遂、膏沃光晔相照应。

气，水也；[40] 言，浮物也。[41] 水大而物之浮者大小毕浮，[42] 气之与言犹是也。气盛则言之短长与声之高下者皆宜。[43] 虽如是，其敢自谓几于成乎？[44] 虽几于成，其用于人也奚取焉？[45] 虽然，待用于人者，其肖于器邪？[46] 用与舍属诸人。[47] 君子则不然；处心有道，行己有方，[48] 用则施诸人，舍则传诸其徒，垂诸文而为后世法；[49] 如是者，其亦足乐乎？其无足乐也？[50]

有志乎古者希矣！[51] 志乎古必遗乎今，[52] 吾诚乐而悲之。[53] 亟称其人，所以劝之，非敢褒其

- 40 • 气，水也：借水作喻，说文章的气势和水势一样。
- 41 • 言，浮物也：语言，像水面上漂浮的东西一样。
- 42 • 此句谓：气好比水，言好比浮物，水大的时候物小物大都能漂浮起来。
- 43 • 此句谓：只要气势弘大，写文章时不管语句长短、声调高低，都会恰当适宜，运用自如。此处，韩愈提出了"气盛言宜"的主张。
- 44 • 几于成：几乎达到成功，或曰完善。
- 45 • 此句谓：他所创制的"古文"虽然好，但不为当时士大夫所取。奚：何。
- 46 • 肖于器：像器具一样。此句谓：文之待他人接受就像器物一样，取舍由人。
- 47 • 此承上句"肖于器"，谓用与不用都得听从时人的取舍。舍：抛弃。
- 48 • 意谓：心里存着儒家的道德信条，行动按照儒家的规矩要求。处心：安顿自己的心。行己：自己立身行事。有方：有道，方与上文的道同义，指正确的规则。
- 49 • 垂诸文：借文传世，即写成文章才会流传下去。
- 50 • 以正反两问启发李翊与世人，进一步强调文章为己之事，非有待于人，所谓"无诱于势利"也。
- 51 • 此句谓：有志于学古立言者很少。回应篇首"将蕲至于古之立言者"。以尾抱首法。希：同"稀"。志乎古：志于古，即《论语·述而》所云："好古，敏以求之者也。"
- 52 • 遗乎今：为今人所遗弃。
- 53 • 吾诚乐而悲之：我真为有志于学古人立言的人高兴，也为他们被今人遗弃而悲伤。语语真挚，如闻韩公慨叹之声。

可褒而贬其可贬也。⁵⁴ 问于愈者
多矣，念生之言不志乎利，聊
相为言之。⁵⁵ 愈白。

品·评 这是韩愈给李翊来书求教作文之法的回信，写于贞元十七年（801），时韩愈
三十四岁。文章的主旨是论述古人立言之本：养其根。韩愈指出写好文章的根
本在于内容，在于指导思想，在于为人，把形式放在次要的地位，是很高明的
见解。韩愈以积二十年的实践经验，提出写文章的准则，影响深远：第一，读
书立志。有选择地多读书，通过读书学习，提高自己的修养，使自己成为有道
德的人。韩愈说"非三代、两汉之书不敢观，非圣人之志不敢存"，即此意。第
二，辨真伪，去陈言。此论影响深远。做到这一点很难，然非不可及，只要不
怕别人讥笑，长期实践，就可以"识古书之正伪"，最后达到"汩汩然来矣"的
境界。第三，平心察之，持之以恒。若此，就可以使文思"浩乎其沛然"，挥笔
如注，达到如江河奔泻的境界。第四，学有所成后，还要注意巩固，继续修养
提高。即"不可以不养"，要行仁义，读《诗》《书》，无迷其途，无绝其源，
终生努力不懈。第五，"无望其速成，无诱于势利"。不为名动、不为利诱是至关
重要的。文章在结构上层层深入，有峰有谷，环环相扣，前后应照，结构缜密。
语言婉转含蓄，比喻形象生动，富有说服力、感染力，读之醒目，嚼之有味。

祭十二郎文

注·释

● 01·十二郎：韩愈的侄子，名老成，是韩愈二哥韩介之子，大哥韩会无子，老成为嗣子。族中老成排行十二，故云十二郎。

● 02·季父愈：韩愈是老成父辈中排行最小的。季，当末讲。

● 03·衔哀致诚：怀着悲痛的心情向死者表示诚意。

● 04·建中：仆从。远具时羞之奠：在很远的地方备办应时的食物作祭品。郎子是当时语，既亲切又敬重。

● 05·少孤：韩愈三岁丧父，故云"少孤"。

● 06·不省（xǐng）所怙（hù）：不认识自己的父亲。怙，依赖抚养的人，指父亲。

● 07·惟兄嫂是依：只有兄嫂是自己的依靠。兄指韩会，嫂指郑氏。

● 08·兄殁南方：兄谓韩会，大历十二年（777），因元载被累，贬韶州（今广东韶关）刺史，十四年卒于任所，年四十二岁。

● 09·河阳：河南孟州，韩氏祖茔在此，也是韩愈的故里。

● 10·就食江南：唐德宗建中二年（781）后，因北方藩镇作乱，中原地区动荡不安，愈随嫂寓居宣州（今安徽宣城）。这里原有韩氏的庄园。

● 11·"吾上有"数句：韩愈弟兄四人：长兄会，次兄介，韩愈行四（其一兄早夭）。会无子，介二子：百川、老成，百川已死。会、介先后去世，所以韩愈说，继承祖业者：孙辈只有老成，子辈只有韩愈。如今两世只留下他一个，凄凉孤独。

● 12·以上谓幼孤养于兄嫂，于世惟艰。时幼不知悲，更托今日之悲。

年月日，季父愈闻汝丧之七日，⁰² 乃能衔哀致诚，⁰³ 使建中远具时羞之奠，告汝十二郎子之灵：⁰⁴ 呜呼！吾少孤，⁰⁵ 及长，不省所怙，⁰⁶ 惟兄嫂是依。⁰⁷ 中年，兄殁南方，⁰⁸ 吾与汝俱幼，从嫂归葬河阳。⁰⁹ 既又与汝就食江南，¹⁰ 零丁孤苦，未尝一日相离也。吾上有三兄，皆不幸早世，承先人后者，在孙惟汝，在子惟吾，两世一身，形单影只。¹¹ 嫂常抚汝指吾而言曰："韩氏两世，惟此而已。"汝时尤小，当不复记忆；吾时虽能记忆，亦未知其之悲也！¹²

吾年十九，始来京城。其后四年，而归视汝。[13] 又四年，吾往河阳省坟墓，[14] 遇汝从嫂丧来葬。又二年，吾佐董丞相于汴州，[15] 汝来省吾，止一岁，请归取其孥。[16] 明年，丞相薨，[17] 吾去汴州，[18] 汝不果来。是年，吾佐戎徐州，[19] 使取汝。使者始行，吾又罢去，汝又不果来。[20] 吾念汝从于东，东亦客也，不可以久；[21] 图久远者，莫如西归，[22] 将成家而致汝。呜呼！孰谓汝遽去吾而殁乎！[23] 吾与汝俱少年，以为虽暂相别，终当久相与处；故舍汝而旅食京

● 13 · 韩愈贞元二年（786）离宣城，时十九岁；后四年，为贞元六年，二十三岁。他与卢氏结婚也当此时。

● 14 · 省（xǐng）坟墓：祭扫先人坟墓。

● 15 · 贞元十二年七月，韩愈入汴州董晋幕，未正式任职；为试校书郎、汴宋亳颍等州观察推官是二年以后的事。

● 16 · 请归取其孥（nú）：请求回宣城把家属接到汴州。孥，本指妻子儿女，此指家属。

● 17 · 丞相薨（hōng）：指董晋卒。诏命晋为"同中书门下平章事"，相当于宰相，故云。薨，古代称诸侯卒为薨，《新唐书·百官志》："凡丧，三品以上称薨，五品以上称卒，自六品达于庶人称死。"

● 18 · 去汴州：韩愈护送董公灵柩西归，离开汴州。

● 19 · 佐戎：因是军府幕职，故称。

● 20 ·《题李生壁》写于下邳李生处，时为贞元十六年五月十四日，与李翱、王涯、侯喜同游。知韩离徐州幕在春夏之间，后离开符离，经下邳、游梁园，西归洛阳。

● 21 · 从于东：归于东方，或具体指宣城。东亦客：奔于东方也是客居，不能久居。

● 22 · 西归：指归于洛阳（包括河阳）、西安。意谓西归安家后接你相聚。

● 23 · 此句谓：谁料想你骤然离开我就死了呢！遽：骤然。

师，[24] 以求斗斛之禄；[25] 诚知其如此，[26] 虽万乘之公相，[27] 吾不以一日辍汝而就也！[28]

去年，孟东野往，[29] 吾书与汝曰："吾年未四十，而视茫茫，而发苍苍，而齿牙动摇。[30] 念诸父与诸兄，皆康强而早世，[31] 如吾之衰者，其能久存乎！吾不可去，[32] 汝不肯来，恐旦暮死，而汝抱无涯之戚也！"[33] 孰谓少者殁而长者存，强者夭而病者全乎！呜呼！其信然邪？其梦邪？[34] 其传之非其真邪？[35] 信也，吾兄之盛德而夭其嗣乎？汝之纯明而不克蒙其泽乎？[36]

●24·故舍汝而旅食京师：韩愈贞元十七年到长安选官，调四门博士，十九年迁监察御史。旅食，寄食异乡。

●25·斗斛（hú）之禄：微薄的俸禄。斗、斛都是量器，十升为一斗，十斗为一斛。

●26·诚知其如此：假使知道你突然死去。

●27·万乘（shèng）之公相：乘，古代兵车，四匹马驾御，周制王畿方千里，可以拥有一万辆兵车，称万乘之君。公相，指公卿宰相。此句极言俸禄之厚。

●28·"吾不"句：我不会一日离开你到京城求官。辍（chuò）：离开。就：前往。此处省略了宾语，指到长安去。以上一段述几次想接老成全家团聚都未果，终成一生憾事。

●29·此谓孟东野自长安赴溧阳。

●30·苍苍：发色灰白。齿牙：《字汇》："上曰齿，下曰牙。"

●31·诸父：父辈的伯、叔等。康强而早世：身体康健却早早就去世了。

●32·谓我不可以归去。与下句"汝不肯来"，两不相得也。

●33·旦暮：俗谓早晚，指时间短促。无涯之戚：无限悲伤。

●34·其信然邪：难道真是这样吗？疑上述事实。

●35·其传之非其真邪：他们传的讯不是真的吧？以疑问表痛心。

●36·我兄那样品德崇高的人其嗣子竟然会夭折吗？你这样纯洁聪明的人竟然不能承受父亲留下的恩泽吗？

少者强者而夭殁，长者衰者而存全乎？未可以为信也，梦也，传之非其真也。东野之书，耿兰之报，何为而在吾侧也？[37]呜呼！其信然矣，吾兄之盛德而夭其嗣矣！汝之纯明宜业其家者，不克蒙其泽矣！[38]所谓天者诚难测，[39]而神者诚难明矣！[40]所谓理者不可推，[41]而寿者不可知矣！[42]虽然，吾自今年来，苍苍者或化而为白矣，[43]动摇者或脱而落矣。毛血日益衰，[44]志气日益微，[45]几何不从汝而死也！[46]死而有知，其几何离；其无知，悲不几时，而不悲者无穷期矣！汝之子始十岁，吾之子始五岁，[47]少而强

●37·耿兰：宣城派来送讣告者的人名。报：报丧。
●38·宜业其家：应当继承其家业。
●39·此谓所说的天意实在难以预料。以老成之不当死而死，怀疑天道。
●40·神者诚难明：谓神意实在难以明了。
●41·理者不可推：承上天难测、神难明，谓天理真是不可推求。推，推测。
●42·寿者不可知：谓人寿命长短不能预先推知。
●43·苍苍者：发花白貌。
●44·此谓体质一天比一天坏。毛血：毛发血脉，指人的身体。
●45·志气：心志气力。
●46·谓用不了多长时间自己也将跟从老成死去。几何：多少，指时间短暂。
●47·韩湘为老成长子，时年十岁。韩昶为韩愈长子，贞元十五年生于符离，故小名符，时年五岁。

● 48 • 孩提：幼儿。因幼儿须依靠父母提抱，故云"孩提"。

● 49 • 冀其成立：希望他们长大成人，有所作为。

● 50 • 以上哀老成之早夭，悲韩氏之难继。

● 51 • 比得软脚病：近来患软脚病。比，近。软脚病，有二说。一云脚气病；一云腿脚瘫痪。

● 52 • 疾：疾病。

● 53 • 难道就是因为得了这种病而丧失了生命吗？殒：亡。

● 54 • 或别的病致死。此为推想。

● 55 • 无月日：无老成卒的具体时间。

● 56 • 使者：指送讣告报丧的人。妄称以应之：胡乱对答以应付。

● 57 • 此对上述诸报月日的疑问：它是这样吗？它不是这样吗？以上写以未得老成逝世的确切日期而痛心。

● 58 • 慰问你留下的孤儿。吊：慰问。孤：指湘、滂等。

者不可保，如此孩提者，⁴⁸又可冀其成立邪？⁴⁹鸣呼哀哉！鸣呼哀哉！⁵⁰

汝去年书云："比得软脚病，⁵¹往往而剧。"吾曰："是疾也，⁵²江南之人常常有之。"未始以为忧也。鸣呼！其竟以此而殒其生乎？⁵³抑别有疾而至斯乎？⁵⁴汝之书，六月十七日也；东野云：汝殁以六月二日，耿兰之报无月日。⁵⁵盖东野之使者不知问家人以月日，如耿兰之报，不知当言月日。东野与吾书，乃问使者，使者妄称以应之耳。⁵⁶其然乎？其不然乎？⁵⁷今吾使建中祭汝，吊汝之孤与汝之乳母，⁵⁸彼有食可守以待终丧，则待终丧而取以来；如不能守以终丧，则遂取以来。[59] 其余奴婢，并令守汝丧。吾力能改葬，终葬汝于先人之兆，[60] 然后惟其所愿。[61] 呜呼！汝病吾不知时，汝殁吾不知日；生不能相养以共居，殁不得抚汝以尽哀，[62] 敛不凭其棺，[63] 窆不临其穴；[64] 吾行负神明而使汝夭，不孝不慈，而不得与汝相养以生，相守以死；一在天之涯，一在地之角；生而影不与吾形相依，死而魂不与吾梦相接：吾实为之，其又何尤？[65] 彼苍者天，曷其有极！[66]

自今已往，[67] 吾其无意于人世矣。当求数顷之田[68] 于伊、颍

● 59·终丧：守丧服孝期满。此谓：如果他们有办法生活就让他们按照礼制规定守丧服孝到期满，然后把他们接到长安来；如不能守，就现在把他们接来。按旧时礼制，以与死者关系亲疏而决定守丧时间长短、穿戴孝服的式样。父母之丧为三年，实则二十五个月，服斩衰之服。

● 60·先人之兆：指韩氏河阳祖茔，其父会、母郑氏皆归葬河阳。兆，墓地。

● 61·其：指奴婢。

● 62·此句谓：死时不能抚你的尸体而痛哭。

● 63·敛：装裹。易衣穿戴为小敛，入棺为大敛。凭：依、靠。

● 64·窆（biǎn）：埋葬。穴：墓穴。

● 65·其又何尤：又能怨恨谁？尤，责备、怨恨。

● 66·彼苍者天：呼天之语。《诗经·秦风·黄鸟》："彼苍者天，歼我良人。"曷（hé）其有极：这悲痛什么时候才能有尽头啊！上叙改葬，再致哀痛。

● 67·自今已往：从今以后。

● 68·数顷之田：几百亩地。顷，古制百亩为一顷。

之上，⁶⁹ 以待余年，⁷⁰ 教吾子与汝子幸其成，⁷¹ 长吾女与汝女待其嫁，如此而已。呜呼！言有穷而情不可终，⁷² 汝其知也邪？其不知也邪？呜呼哀哉！尚飨。⁷³

品·评　本文写于贞元十九年（803）公贬阳山前。文章结尾云："言有穷而情不可终。"正道本文为所书皆情的"至情"之文。韩愈早孤，兄嫂养其成人，老成是兄继子，两人从小生活在一起，彼此感情深厚。突闻老成之死，哀痛欲绝，引起他对往事的回忆。文行笔端，处处插入自己的身世之感，增加了祭文的感染力量。继承韩氏事业者，孙唯老成，子唯韩愈，两人相依日久，却远游他乡，病不能抚养，死不能送葬，子女孤幼，无以自立，处处流泄出韩愈的哀痛之情。如《古文观止》评语云："读此等文，须想其一面哭一面写，字字是血，字字是泪。未尝有意为文而文无不工，祭文中千年绝调。"故赵与峕《宾退录》云："读韩退之《祭十二郎文》而不堕泪者，其人必不友。"写法上纯用散文笔法，不仅打破了六朝至初盛唐"述哀之文，究以用韵为宜"的固定格套，也与韩愈其他祭文之骈散结合的写法不同。这在我国散文史上是创制，对散文的发展具有重要意义。此文风格朴实无华，然气势之雄不可遏止，如云驱飙驰，虎啸龙吟，放声长号。

杂说四首（选二）

01

注·释

● *01*·说：为议论文的一体。不拘一题，有感而发，运笔成文，叫"杂说"。

● *02*·嘘气：吐气、呵气。

● *03*·云固弗灵于龙：云本来不比龙灵。固，原本。

● *04*·是气：这气，指云。

● *05*·茫洋穷乎玄间：茫洋，阔大深远，无边无际。穷，终极。玄，幽远，这里指宇宙太空。

● *06*·薄日月：近日月。薄，靠近。

● *07*·伏：藏匿。此句谓：日月的光被云遮住了。

● *08*·感震电：触着雷电。感，触。震，雷。《诗经·小雅·十月之交》："烨烨震电，不宁不令。"传："震，雷也。"

● *09*·神变化：变化像神灵一样难测。

● *10*·水下土：云化为雨，可以滋润土地。

● *11*·汩陵谷：水流过高山大川。以上数句中薄、伏、感、神、水、汩等字都作动词。

● *12*·云亦灵怪矣哉：云也和灵怪一样呐！《管子·水地》："龙生于水，被五色而游，故神。欲小则化如蚕蠋，欲大则藏于天下，欲上则凌于云气，欲下则入于深泉。变化无日，上下无时，谓之神。"可作这段文字的参注。以上一段言龙嘘气的灵异神变。

● *13*·云，龙之所能使为灵也：云虽灵怪难测，却是龙吐出的气，是以龙为本的。

其一

龙之嘘气成云，*02* 云固弗灵于龙也；*03* 然龙乘是气，*04* 茫洋穷乎玄间，*05* 薄日月，*06* 伏光景，*07* 感震电，*08* 神变化，*09* 水下土，*10* 汩陵谷：*11* 云亦灵怪矣哉！*12* 云，龙之所能使为灵也，*13* 若龙之灵，则非云之所能使为灵

- *14*·"若龙之灵"二句：龙之所以灵变难测，是以云为凭借的。
- *15*·凭依：凭借、依托。
- *16*·信不可欤：实在不行吧？信，确实。以上一段言龙与云的凭依关系。
- *17*·云从龙：此语源于《易·乾·文言传》："云从龙，风从虎，圣人作而万物睹。"

也。*14* 然龙弗得云，无以神其灵矣：失其所凭依，*15* 信不可欤？异哉！其所凭依，乃其所自为也。*16*

《易》曰："云从龙。"既曰龙，云从之矣。*17*

品·评 此为寓言式小品，因理解不同其寓意说法不一：一说喻君臣遇合，"以龙喻圣君，云喻贤臣；言贤臣固不可无圣君，而圣君尤不可无贤臣"。一说喻英雄造时势，"龙喻英雄，云喻时势"。一说喻友朋互助帮扶。其实，这篇短论以龙云相辅相成作譬喻，讲明了两者的关系，有朴素的辩证观点。此虽尺幅小文，却气势雄伟，表现了韩愈议论文的特点。全文从开头到结尾六次转换，一句一转，一转一意，若无又有，若绝又生，斗折蛇行，委婉屈曲，幻幻奇奇，笔端生神，使人百读不厌。

其四 [01]

世有伯乐，然后有千里马。[02]
千里马常有，而伯乐不常有；[03]
故虽有名马，只辱于奴隶人之
手，[04] 骈死于槽枥之间，[05] 不以
千里称也。[06]

马之千里者，[07] 一食或尽粟一
石，[08] 今之食马者，不知其能千
里而食也；[09] 是马也，虽有千
里之能，食不饱，力不足，才
美不外见。[10] 且欲与常马等不可

● 01 · 此篇又称《马说》，实际为韩愈《杂说四首》的第四首。

● 02 · 世有伯乐，然后有千里马：世界上有了伯乐，然后才能发现千里马的存在。伯乐，一说是春秋时代秦国人，与秦穆公同时，姓孙名阳，字伯乐，因善驭马，世称伯乐。一说是天上的星宿，主管天马。千里马，文选注："《汉武纪》应劭曰：大宛旧有天马种，蹋石汗血，汗从前肩膊出，如血，号一日千里。马援云：昔有骐骥，一日千里。伯乐见之，昭然不惑。"

● 03 · 千里马常有，而伯乐不常有：和上句联系起来，从表面看，前后抵触，但仔细分析，两处"千里马"含义不同，前者指千里马之名，后者指千里马之实，表现了韩愈文修辞的奇特处。

● 04 · 奴隶人：马伕，养马的人，与下文"食马者"同指庸夫俗子不识优劣的人。

● 05 · 骈（pián）死：一个接一个死掉，指千里马白白被埋没而死者累累，不止一匹。槽枥：马厩。槽，喂马的器具。枥，马棚。

● 06 · 不以千里称也：人们不用千里马称呼它。

● 07 · 马之千里者：即千里马者。

● 08 · 一食或尽粟一石（dàn）：极言马食量之大。一食，一顿。或，也许。尽，吃完。粟，谷子，此指马料。石，量词，十斗为一石。

● 09 · 食马者：喂马的人。此"食"字与"而食"的"食"同，都作动词，当喂养讲。

● 10 · 才美不外见：千里马的才能与美德表现不出来。见，同"现"。

得，¹¹ 安求其能千里也！¹²
策之不以其道，¹³ 食之不能尽其
材，¹⁴ 鸣之而不能通其意，¹⁵ 执
策而临之 ¹⁶ 曰："天下无马！"
呜呼！其真无马邪？其真不知
马也！¹⁷

- 11·"且欲"句：即使要求同平常马一样也不可能。
- 12·千里：用作动词，日行千里。
- 13·策之不以其道：即"不以其道策之"，不按照驾驭千里马的方法驱使它。策，马鞭，这里用作动词，当鞭打、驱使讲。道，驾驭千里马的方法。
- 14·食之不能尽其材：喂养不能按照千里马的才能满足它的食量。
- 15·鸣之而不能通其意：马嘶叫，可是养马的人不懂得它的意思。"鸣"字前省略主语"马"；"不能通"前省略主语"食马者"。
- 16·执策而临之：执策，拿着马鞭。临，面对。
- 17·其真无马邪？其真不知马也：难道真的没有千里马吗？那是因为人们不识千里马！第一个"其"字同"岂"，当难道讲；第二个"其"字表指示，当而是讲。第一个"真"字当果真讲；第二个"真"字当实在讲。

品·评

韩愈在《庄子·马蹄》等记载伯乐驭马故事的启示下，利用寓言故事，写成了这篇哲理性很强的杂文。通篇以相马为喻，以伯乐与庸夫俗子作比，借题挥洒，揭示人才的遭遇。指出世间人才不少，然必如伯乐识千里马一样，认识其才能，尊之以高位，养之以厚禄，委之以重任，授之以实权，才能使其展布才华，否则就会埋没人才。从所写内容看，此文疑为韩愈贬阳山之后所写。用他屡受压抑的切身感受，尖锐地批判了统治者愚暗偏私、昏聩庸碌，不识才、不重才，埋没人才、摧残人才的现象，为当时的士子鸣不平。说马气盛语壮，全篇主旨，在一"知"字，用伯乐相马的寓言形式说理，理至词严，使人易于接受，林纾说此文"篇幅虽短，而伸缩蓄泄具具篇长之势"(《韩文研究法》)。虽尺幅短文，却有千里之势。言"千里马"者十余次，使人不觉其重复，这也是韩文修辞造语的高明处。

送孟东野序

⁰¹

大凡物不得其平则鸣；⁰²草木之无声，风挠之鸣；⁰³水之无声，风荡之鸣。其跃也，或激之；⁰⁴其趋也，或梗之；⁰⁵其沸也，或炙之。⁰⁶金石之无声，或击之鸣。⁰⁷人之于言也亦然。⁰⁸有不得已者而后言，⁰⁹其歌也有思，其哭也有怀，凡出乎口而为声者，其皆有弗平者乎！¹⁰乐也者，¹¹郁于中而泄于外者也，¹²择其善鸣者而假之鸣。¹³金、石、丝、竹、匏、土、革、木八者，¹⁴物之善鸣者也。维天之于时也亦然，¹⁵择其善鸣者而

注·释

● 01·孟东野：见《与孟东野书》注01。

● 02·鸣：乃一篇之主，也是诗文创作抒情的现实主义理论根据。不得其平则鸣，谓人与物处于不平状态时则发出声音。

● 03·风挠之鸣：风吹动物体发出响声。挠，搅动。

● 04·其跃也，或激之：意谓波涛是由于流水遇到阻碍而涌起的。或字用法特殊，此处作有字解。

● 05·其趋也，或梗之：水流快速是由于有东西阻塞了它。趋，疾速走。梗，阻塞。

● 06·其沸也，或炙之：水沸腾是由于有火烧它。沸，沸腾。炙，烧煮。

● 07·"金石"句：金石本身是没有声音的，敲击它便发出响声。金石，指金属制的钟、石制的磬等乐器。

● 08·人之于言也亦然：人讲话也是这样。

● 09·有不得已者而后言：由于被周围发生的事情激发，不得已而发表言论，即情动于衷而言于外。

● 10·其歌也有思：人歌唱是由于有所思慕和悲愤。有怀：心里有激越的事。《诗经·邶风·终风》："寤言不寐，愿言则怀。"毛传："怀，伤也。"弗平者：不平的事情。

● 11·乐也者：此指音乐。

● 12·此谓：将郁结在心中的感情倾泻出来。《礼记·乐记》："凡音之起，由人心也。人心之动，物使之然也。感于物而动，故形于声；声相应，故生变，变成方，谓之音；比音而乐之，及干戚羽旄，谓之乐。乐者，音之所由生也，其本在人心之感于物也。"疑公文本此。

● 13·选择声音好的借它来鸣。假：借。

● 14·金、石、丝、竹、匏、土、革、木：古代的八种乐器，也称八音。

● 15·天对于时令的变化也是这样。维：发语词，无实意。

假之鸣；是故以鸟鸣春，以雷鸣夏，以虫鸣秋，以风鸣冬，[16] 四时之相推敚，[17] 其必有不得其平者乎！[18]

其于人也亦然：人声之精者为言，文辞之于言，又其精也，[19] 尤择其善鸣者而假之鸣。其在唐、虞、咎陶、禹，其善鸣者也，而假之以鸣；[20] 夔弗能以文辞鸣，又自假于《韶》以鸣；[21] 夏之时，五子以其歌鸣；[22] 伊尹鸣殷，[23] 周公鸣周：[24] 凡载于《诗》《书》六艺，皆

● 16 · 是故：因此所以。是，由此。故，承递连词，因果相承时用。以鸟鸣春，以雷鸣夏，以虫鸣秋，以风鸣冬：为春、夏、秋、冬，即一年四个季节。故下文谓"四时"。

● 17 · 推敚（duó）：推移、变换。

● 18 · 此段公以奇崛跌宕的语言，推绎物不得其平则鸣的原因。此论既是自然物理，亦讲社会历史，兼有现实意义，深刻地揭示了世间的普遍存在。

● 19 · 此由物推及人，入正题。

● 20 · 唐：传说中古代帝尧的国号。虞：传说中古代帝舜的国号。咎陶：一作皋陶、咎繇，传说中东夷首领，偃姓，舜时大臣，掌司法，制典章。禹：姒姓，传说舜时治水有功，为舜所重，受让帝位，成为夏朝的第一个帝王。

● 21 · 夔（kuí）：相传为舜时乐官。自假于《韶》以鸣：即自己借助《韶》乐而鸣。经典文献中未见夔作《韶》乐事；归有光举韩文此句为"将无作有"之例。

● 22 · 五子：相传为夏代国君启（太康）的五个弟弟，太康在位，游乐无度而失国，五子怨，作歌告诫。

● 23 · 伊尹鸣殷：伊尹，殷时名臣。助汤伐桀灭夏，建立殷朝。汤死后，先后辅佐卜丙、仲壬、太甲三王。太甲荒淫无度，被他放逐，三年后太甲悔过，被他接回复位。相传他著有《咸有一德》《伊训》《太甲》诸篇，仅存若干句，载于《尚书》。

● 24 · 周公鸣周：周公姓姬，名旦，文王之子，武王之弟，成王之叔。助武王伐纣灭商。武王死后，成王立，因成王年幼，辅佐成王，巩固周朝统治，制礼作乐，建立了典章制度。著有《金縢》《大诰》《洛诰》《多士》《无逸》《君奭》《立政》，均载于《尚书》。相传《周礼》《仪礼》也是他手定的。

鸣之善者也。[25]周之衰，孔子之徒鸣之，[26]其声大而远。《传》曰："天将以夫子为木铎。"[27]其弗信矣乎？其末也，庄周以其荒唐之辞鸣。[28]楚，大国也，其亡也，以屈原鸣。[29]臧孙辰、孟轲、荀卿，以道鸣者也。[30]杨

● 25・六艺：有二说，一为礼、乐、射、御、书、数。一为易、诗、书、礼、乐、春秋。本文指后说。

● 26・孔子之徒：孔子和他的门徒。相传孔子删《诗》，定《礼》《乐》、赞《易》、作《春秋》。诸弟子辑其言论为《论语》。门人卜商作《丧服传》，序《诗》。曾参有《曾子》十八篇，现存十篇，相传《孝经》也是他记录的。

● 27・天将以夫子为木铎：语出《论语・八佾》，为仪封人称赞孔子的话。木铎，木与金属制成，与今世的铃差不多，中有舌，摇之发出响声。古代发布政令召集人时摇木铎。此处把孔子著书立说传之久远比作木铎，如同帝王发布政令一样。

● 28・"庄周"句：是说庄子以其气势宏大的文辞鸣。荒唐之辞：语出《庄子・天下》，是庄子自己的话。荒唐，广大无边的样子。庄子，字子休，宋国蒙人，早年做过漆园吏，后隐居，继承和发展了老子的思想，著有《庄子》。

● 29・屈原：名平，楚国贵族后裔，生当楚怀王、顷襄王时，为楚国左徒、三闾大夫，被楚怀王放逐，作《离骚》、《天问》、《九歌》、《九章》等，后愤投汨罗江而死。

● 30・臧孙辰：即臧文仲，仲是字，文是谥号，他的言论散见于《国语》、《左传》。孟轲，字子舆，战国时邹人，受业于子思门人，著有《孟子》。荀卿：名况，赵人，著有《荀子》。以道鸣：以他们的学说显扬于当时，传于后世。

朱、墨翟、管夷吾、晏婴、老聃、申不害、韩非、慎到、田骈、邹衍、尸佼、孙武、张仪、苏秦之属，[31]皆以其术鸣。[32]秦之兴，李斯鸣之。[33]汉之时，司马迁、相如、扬雄最其善鸣者也。[34]其下魏、晋氏，[35]鸣者不

●31•杨朱：战国时魏人，主张"为我"学说。墨翟：宋大夫，春秋战国时思想家、政治家，主张"兼爱"，墨家学说的创始人，著有《墨子》。管夷吾：字仲，颍上人，齐桓公宰相，著有《管子》。晏婴：字仲，谥平，史称晏平仲，春秋时齐国大夫，后人辑其言行为《晏子春秋》。老聃：楚苦县厉乡曲仁里人，姓李，名耳，字伯阳，谥聃，周守藏室史，著有《老子》，道家学说的创始人。申不害：战国时京邑人，曾任韩昭侯宰相，后也被奉为法家之祖，著有《申子》，仅存辑本《大体》一篇。韩非：出身于韩国贵族，学于荀子，集法家学说大成，出使秦国，为李斯等人陷害，死于狱，著有《韩非子》。慎到：战国时赵人，法家，著有《慎子》，失传，有辑本。田骈：战国时齐人，为齐宣王上大夫，道家，著有《田子》，已佚，有辑本。邹衍：战国时齐人，阴阳家，著有《邹子》、《邹子始终》，皆佚。尸佼：战国时鲁人，法家商鞅的老师，参与商鞅变法，鞅死，奔易，著有《尸佼子》，已佚。孙武：春秋时齐人，军事家，著有《孙子》。张仪：战国时魏人，秦惠王宰相，主张连横。苏秦：战国时洛阳人，主张合纵。

●32•皆以其术鸣：都是以他们不同的政治主张（术），发表意见，鸣于当时。

●33•李斯：战国时上蔡人，好帝王之术，入秦，辅助秦始皇统一全国，故云其鸣"秦之兴"。二世时为赵高陷害，腰斩咸阳。著有《谏逐客书》、《论督责书》。

●34•司马迁：字子长，汉龙门人，西汉史学家、文学家。汉武帝时为太史令，因救李陵获罪，受宫刑，著有《史记》。相如：姓司马，字长卿，成都人，西汉辞赋家，著有《子虚赋》、《上林赋》等。扬雄：成都人，西汉辞赋家、思想家、语言学家，著有《太玄》、《法言》、《方言》等。

●35•魏、晋氏：指东汉瓦解后，三国到两晋的时期。

及于古，然亦未尝绝也。就其善鸣者，其声清以浮，[36] 其节数以急，[37] 其辞淫以哀，[38] 其志弛以肆，[39] 其为言也，乱杂而无章。[40] 将天丑其德莫之顾邪？[41] 何为乎不鸣其善鸣者也？[42]

唐之有天下，陈子昂、[43] 苏源明、[44] 元结、[45] 李白、杜甫、李

- 36·其声清以浮：文章言辞清丽而浮夸。
- 37·其节数以急：文章节奏短促。数，频繁。急，急促。
- 38·淫以哀：文章言语淫靡而哀伤。淫，过度。哀，伤感。
- 39·弛以肆：松弛而放纵。弛，松懈。肆，任意妄为。
- 40·乱杂而无章：文辞杂乱，没有章法。
- 41·难道是上天憎恶其德行，不加顾惜他们吗？将：岂。
- 42·不鸣其善鸣者：是说不让那些善鸣者鸣。此段自远古至魏晋，论鸣有善不善之分，亦明公论文的观点及历史评价。此段章法奇特典重。故张裕钊曰："奇荡处超迈无前，意态横溢，可想其笔力之雄。"
- 43·陈子昂：字伯玉，梓州射洪人，少任侠，举光宅进士，拜麟台正字，转右拾遗，为段简诬陷入狱死。唐初文学家，诗文革新的先驱。提倡汉魏风骨，著有《陈拾遗集》。
- 44·苏源明：字弱夫，京兆武功人，官至考功郎中，盛唐文学家，与杜甫友善。卒于代宗广德二年（764）。著有《苏源明集》，已亡佚。然其文名在盛唐颇高。
- 45·元结：字次山，河南鲁山人，盛唐文学家，著有《元次山集》，又编选《箧中集》，张扬汉魏风骨。

观，⁴⁶ 皆以其所能鸣。其存而在

下者，⁴⁷ 孟郊东野始以其诗鸣。

其高出魏、晋，不懈而及于古，

其他浸淫乎汉氏矣。⁴⁸ 从吾游

者，李翱、张籍其尤也。⁴⁹ 三子

者之鸣信善鸣矣；⁵⁰ 抑不知天

将和其声而使鸣国家之盛邪？⁵¹

抑将穷饿其身，思愁其心肠，

● 46 · 李观：字元宾，赵州赞皇人，中唐文学家，著有《李元宾文编》。与韩愈为同榜好友，韩愈为其撰墓志铭。沈钦韩《补注》："此四家，陈拾遗（子昂）诗在开元前诚为卓越，文甚诞漫无足观；次山意在隽永，可愧在碎；苏所传绝少，《小洞庭序》亦今体之楚楚者；李观文肥皮厚肉，去翱、湜尚远。"

● 47 · 其存而在者：即以上诸人尚在世的。

● 48 · 浸淫：此以水的浸渍喻逐渐接近。汉氏：汉代，此指汉代文章。此句谓：今人孟郊的诗高出魏、晋人之作，如坚持不懈地努力则可达到古代（指秦汉以前）的水平，其他人的作品可接近汉代人的水准。

● 49 · 从吾游：跟我交游。李翱：字习之，甘肃秦安人，从韩愈学古文。张籍：字文昌，和州乌江人，曾任水部员外郎，国子司业，著有《张司业集》。尤：突出。

● 50 · 三子：孟郊、李翱、张籍。信善：确实美好。

● 51 · "抑不知"句：还不知道天道是随和他们的声音而使其颂扬国家的强盛呢？

●52·"抑将"三句：还是打算让他们终身穷困、心里忧愁而使他们呼喊自己的不幸呢？

●53·悬乎天：决定于天意。悬，系、挂。

●54·在上：官居高位。在下：身处下位。奚以：何以。

●55·东野之役于江南：指孟郊就任江南道的溧阳县尉。役，用作动词，即服役，此作供职讲。

●56·有若不释然：心中好像不愉快的样子。

●57·命于天：上天命定。解：开解、安慰。此句谓：所以我说孟郊的命运决定于天意，以宽慰他的抑郁心情。此段数至唐，落在孟郊身上，并以命定于天开慰孟郊。扣题明旨。

而使自鸣其不幸邪？⁵² 三子者之命，则悬乎天矣。⁵³ 其在上也奚以喜，其在下也奚以悲！⁵⁴ 东野之役于江南也，⁵⁵ 有若不释然者，⁵⁶ 故吾道其命于天者以解之。⁵⁷

品·评 本文写于贞元十八年（802）孟郊赴溧阳任时。序以"大凡物不得其平则鸣"始，至"故吾道其命于天者以解之"终。以"其命于天"为文之旨，以鸣为轴线贯穿全篇，以"不得其平"为内涵，多方取喻，反复论述，文笔纵横，大开大合，一气贯注，寓意深远。孟郊也是善鸣者，可他屡试不第，四十六岁才考中进士，五十岁才授溧阳尉，一生穷困寒辛，不能施展怀抱。韩愈似是为老朋友的遭遇不公鸣不平，实则是借天意抒发他的政治主张。指出统治者如能用贤才，便可像尧、舜、禹一样以其善用人才而固国，说明用贤与国家强盛的关系。这篇序文的风格颇似《庄子》，雄奇创辟，横绝古今，夹叙夹议，说理透辟，加上通篇设喻，使人读之饶有兴致。如龙之变化，屈伸于天，更不能逐鳞逐爪观之。

燕喜亭记

注·释

太原王弘中在连州，⁰¹ 与学佛人景常、元慧游，⁰² 异日从二人者行于其居之后，丘荒之间，上高而望，得异处焉。斩茅而嘉树列，发石而清泉激，辇粪壤，燔榴翳；⁰³ 却立而视之：⁰⁴ 出者突然成丘，陷者呀然成谷，⁰⁵ 洼者为池而缺者为洞；⁰⁶ 若有鬼神异物阴来相之。⁰⁷ 自是弘中与二人者晨往而夕忘归焉，乃立屋以避风雨寒暑。⁰⁸

既成，愈请名之，其丘曰"俟德之丘"，⁰⁹ 蔽于古而显于今，有俟之道也；其石谷曰"谦受

● 01·太原王弘中：王仲舒（762—823），字弘中，行十，并州祁（今山西祁县）人，因属太原，亦称太原人。贞元十年（794）中贤良方正能直言极谏科，累迁吏部员外郎。十九年贬连州司户参军。宪宗元和初召为吏部员外郎，五年（810）迁职方郎中知制诰。坐事贬峡州刺史，转婺州、苏州刺史。十五年拜中书舍人，六月出为江西观察使、洪州刺史。长庆三年（823）卒，谥成。连州：《元和郡县图志》江南道有连州，治桂阳县，管县三：桂阳、阳山、连山。

● 02·景常、元慧：住连州桂阳城北惠宗寺僧，行止未详。

● 03·辇粪壤：以车辇运走杂草树叶沤成的粪土。辇，用作动词，拉车。燔榴（zī）翳：焚烧枯死的树木。榴，直立的枯木。翳，倒伏于地的枯木。

● 04·却立：稍退而立。

● 05·山石裂陷之缺处如人张口。

● 06·洼（wā）：洼陷的地方。

● 07·异物：谓死亡之人。

● 08·以上一段谓得异处而建亭。

● 09·俟：等待。俟德之丘，含义为等待有德行之人发现而名之也。

●10·振鹭之瀑:《诗经·鲁颂·有驳》:
"振振鹭,鹭于下。"古人用其羽为舞衣或
舞具。

●11·谷言德:谷为山石凹陷之处,不外
现,能容物,如人有虚怀若谷之德一样,
故谓谷言德。瀑言容:容为外貌,而瀑形
显于外,故谓瀑言容。

●12·《诗经·鲁颂·閟宫》:"鲁侯燕喜,
令妻寿母。"以上一段言燕喜亭名之由来。

●13·意谓:连州的老人听说这事,都来
观看。

●14·名天下:即天下有名。

之谷",瀑曰"振鹭之瀑",[10]
谷言德,瀑言容也;[11]其土谷
曰"黄金之谷",瀑曰"秩秩之
瀑",谷言容,瀑言德也;洞曰
"寒居之洞",志其入时也;池
曰"君子之池",虚以钟其美,
盈以出其恶也;泉之源曰"天
泽之泉",出高而施下也;合而
名之,以屋曰"燕喜之亭",取
诗所谓"鲁侯燕喜"者颂也。[12]
于是州民之老,闻而相与观
焉,[13]曰:吾州之山水名天
下,[14]然而无与"燕喜"者比。

经营于其侧者相接也，而莫直其地。凡天作而地藏之以遗其人乎？弘中自吏部郎贬秩而来，次其道途所经，自蓝田入商洛，[15] 涉淅湍，[16] 临汉水，[17] 升岘首以望方城；[18] 出荆门，下岷江，[19] 过洞庭，[20] 上湘水，行衡山之下；[21] 繇郴逾岭，[22] 猿狄所家，[23] 鱼龙所宫，极幽遐瑰诡之观，[24] 宜其于山水饫闻而厌见也。[25] 今其意乃若不足，《传》曰："智者乐水，仁者乐山。"[26]

- 15 · 蓝田：即今陕西西安蓝田县。商洛：县治在今陕西商洛丹凤县。
- 16 · 唐人南下出蓝田关经商洛，可分为二：一从商洛，经内乡、南阳、穰县、新野、襄阳，乘汉江船至沔、鄂；一发内乡，涉淅水、汉江，经襄阳，由陆路下荆门，到荆州，乘大江（由夷陵至公安一段长江亦称大江）船直抵岳州洞庭湖。从韩公所记的路线看，应是后者。
- 17 · 汉水：又称汉江，长江一大支流。源出陕西宁强县北蟠冢山。初出名漾水，东南经沔县为沔水，东经襄城合襄水，始称汉水。东南流经陕南、鄂西北，到武汉入长江。《尚书·禹贡》："蟠冢导漾，东流为汉。"
- 18 · 方城：山名。此谓借方城（在襄城岘山之北）北望中原。
- 19 · 岷江：此指长江。
- 20 · 洞庭：洞庭湖，处于长江中游荆江南岸。
- 21 · 衡山：南岳也，一名岣嵝山。
- 22 · 繇郴逾岭：王元启《读韩记疑》："岭谓五岭。连州在岭之南，必逾岭始至；郴在岭北，逾岭所必繇，故曰'繇郴逾岭'。"
- 23 · 猿狄（yòu）：泛指猿猴。屈原《九章·涉江》："深林杳以冥冥兮，乃猿狄之所居。"
- 24 · 幽遐：深远。瑰诡：珍奇怪异。张衡《东京赋》："瑰异谲诡，灿烂炳焕。"
- 25 · 饫（yù）闻：饱闻。厌：满足。此句总束"次其道途所经"以下一段，云：大概王公弘中于山水奇闻可以满足了吧！
- 26 · 语见《论语·雍也》："子曰：'知者乐水，仁者乐山。知者动，仁者静。知者乐，仁者寿。'"

弘中之德，与其所好，可谓协
矣。智以谋之，仁以居之，吾
知其去是而羽仪于天朝也不远
矣。[27] 遂刻石以记。

品·评 贞元十九年（803）冬，韩愈因上《论天旱人饥状》为民请命，十二月被贬阳山县令。是年九月，王仲舒贬连州司户，阳山为连州属县。二十年修亭成，愈与之同游作记，当在是年。仲舒虽遭贬谪，乐山水、爱自然之性依然。韩愈此文意亦在此，并不先行点出，而是先写王仲舒不经意而得，得而爱之不舍，乃立亭以助常游。韩愈不经意而写，把山水诸胜点画得争奇叠秀，有灵有性。次段命名，景物各异其趣，不仅使首段所写之景一一具相升华，且归本于王仲舒之德之智。第三段借本州老者之语为连州山水胜境点睛，而盖天下之美景。第四段写王仲舒贬谪途中不忘览山水之胜，故把途中佳山佳水一一点出，看似冗赘，实把王仲舒喜自然之本性写活写足。前呼后应，推出王仲舒仁智之品格。以此观之，王仲舒又何惧权臣之排挤、朝廷之贬谪？故茅坤谓《燕喜亭记》"淋漓指画之态，是得记文正体，而结局处特高；欧公文，大略有得于此"（《唐宋八大家文钞》）。

送区册序

阳山，天下之穷处也。[02] 陆有丘陵之险，虎豹之虞；[03] 江流悍急，[04] 横波之石，廉利侔剑戟。[05] 舟上下失势，[06] 破碎沦溺者往往有之。县郭无居民，[07] 官无丞尉，[08] 夹江荒茅篁竹之间，[09] 小吏十余家，皆鸟言夷面；[10] 始至，言说不相通，画地为字，[11] 然后可告以出租赋，奉期约。[12] 是以宾客游从之士无所为而至。[13]

愈待罪于斯且半岁矣！[14] 有区生者，誓言相好，自南海挈舟而来。升自宾阶，仪观甚伟！[15] 坐与之语，文义卓然。庄周云：

- *01* · 区册：韩门弟子，广州人。
- *02* · 阳山：地名，今属广东省。穷处：穷荒僻远的地方。
- *03* · 虞：忧患。
- *04* · 悍急：凶猛疾速。
- *05* · 廉利侔剑戟：石头的棱角锋利如剑戟一样。
- *06* · 失势：失去控制。
- *07* · 县郭：县城。一般的都邑，内有城，外有郭，通称城墙。
- *08* · 丞尉：丞，县令的佐贰官，即副职。尉，辅佐县令分管缉捕守捉的官吏。阳山县不置丞、尉，可见其穷僻。
- *09* · 篁竹：丛生的竹林。
- *10* · 鸟言夷面：形容当地人言如鸟语，面貌殊异，与中原不同。
- *11* · 画地为字：在地上画字。
- *12* · 奉期约：遵守期限与规约。
- *13* · 以上谓阳山地僻人穷，从游的人少，实为区册之来铺垫。
- *14* · 待罪：指被贬谪任外职。且半岁：已经半年。韩愈被贬在贞元十九年十二月，到阳山为二十年春，时已在阳山半年，则册来阳山是秋天。
- *15* · 升自宾阶：古时主宾相见，客自西阶升堂，曰宾阶。仪观甚伟：指区册仪表相貌甚是壮伟。

"逃空虚者，闻人足音跫然而喜矣。"[16] 况如斯人者，岂易得哉！入吾室，闻《诗》《书》仁义之说，欣然喜，若有志于其间也。与之翳嘉林，[17] 坐石矶，投竿而渔，陶然以乐，若能遗外声利而不厌乎贫贱也。[18] 岁之初吉，[19] 归拜其亲，酒壶既倾，序以识别。

● 16·庄周：即庄子。此语出《庄子·徐无鬼》："夫逃虚空者，藜藿柱乎鼪鼬之径，踉位其空，闻人足音跫然而喜矣。"意思是逃到荒凉空谷的人，杂草丛生掩盖了鼪鼬出没的小径，长久生活在空谷里，偶然听到人的脚步声就高兴。跫（qióng）：脚步声。此指韩愈身居僻地，喜区册之来。

● 17·翳嘉林：隐蔽在茂美的林木下，即在林阴下乘凉。

● 18·以上一段述区册来阳山从韩愈游，韩愈喜其爱《诗》《书》中的仁义之道。

● 19·初吉：古代以农历每月朔（初一）至上弦（初七、八）为初吉。文义指此，即正月初。

品·评 韩愈贞元十九年被贬，冬离长安，春至阳山。《寄三学士》诗云："偃偃不回顾，行行诣连州。朝为青云士，暮作白首囚。商山季冬月，冰冻绝行輈。春风洞庭浪，出没惊孤舟。"时隔半岁，遇区生。区生随韩愈就学有时，二人相别当在贞元二十一年正月。韩愈在阳山"有爱在民，民生子多以其姓字之"（《新唐书·韩愈传》）。文以一"穷"字绾结，把阳山地辟人少、生活艰苦的环境生动地勾画出来，为实写；通过想象，可预见其变，乃虚写。然在这偏僻的地方，却有仪表壮伟、谈吐不俗、喜读书礼教的人来访，韩愈为之一喜。韩愈不仅留区册在幕中读书，还恰切地赞许区生"若能遗外声利而不厌乎贫贱"，临行时写序文以记，足见韩愈奖励后学之美德。在艺术上以奇语造新境，出异趣，而简淡高古。虽送序，尤山水佳制也。

张中丞传后叙

01

元和二年四月十三日夜，愈与吴郡张籍阅家中旧书，[02] 得李翰所为《张巡传》。[03] 翰以文章自名，[04] 为此传颇详密，然尚恨有

注·释

● 01·叙：或作序。

● 02·张籍：字文昌，行十八，和州乌江（今安徽和县）人，吴郡（今江苏苏州）是其祖籍。历任太常寺太祝、国子助教、国子博士、水部员外郎、主客郎中、国子司业等。世称张水部，以诗名当代，有《张司业集》。

● 03·李翰：《旧唐书·文苑传》："（李）华宗人翰，亦以进士知名。天宝中，寓居阳翟。为文精密，用思苦涩，常从阳翟令皇甫曾求音乐，每思涸则奏乐，神逸则著文。禄山之乱，从友人张巡客宋州。巡率州人守城，贼攻围经年，食尽矢穷方陷。当时，薄巡者言其降贼，翰乃序巡守城事迹，撰张巡、姚訚等传两卷上之，肃宗方明巡之忠义，士友称之。上元中为卫县尉，入朝为侍御史。"张巡：邓州南阳（今河南南阳）人，一云蒲州（今山西永济西）人。玄宗开元二十四年（736）进士及第，天宝中，由太子通事舍人出为清河令，秩满调真源令。安禄山反，谯郡太守杨万石降安禄山，逼巡为长史，使巡西迎贼军。巡起兵讨贼，为士卒推为主帅。河南节度使嗣虢王李巨屯彭城，巡为先锋。东平陷贼，巨引兵东走临淮，贼将杨朝宗谋趋宁陵，绝巡饷道。巡至睢阳，与太守许远、城父令姚訚合力守城御敌。自肃宗至德二载（757）正月坚守睢阳孤城，至十月城破。许远、南霁云被俘，张巡与残存将士三十六人就义。三日后，张镐始率军来援；后十日东都收复。十二月，朝廷大赦，褒奖功臣，许、张赠官。然议者或罪巡等守城食人，而李澣等谓巡有功。李翰作传上表，此乃《张巡传》所成之大概。

● 04·自名：自许，自负文名。

阙者；⁰⁵ 不为许远立传，⁰⁶ 又不载雷万春事首尾。⁰⁷

远虽材若不及巡者，开门纳巡，位本在巡上，授之柄而处其下，无所疑忌，竟与巡俱守死，成功名；⁰⁸ 城陷而虏，与巡死先后异耳。⁰⁹ 两家子弟材智下，不能通知二父志，以为巡死而远

● 05 · 恨有阙者：抱憾李翰《张巡传》有缺失，此指下文不为许远立传、不叙雷万春等人事迹。恨，遗憾。阙，缺失。

● 06 · 许远：《旧唐书 · 忠义传》："许远者，杭州盐官人也……禄山之乱，不次拔将帅，或荐远素练戎事，玄宗召见，拜睢阳太守，累加侍御史、本州防御史。及贼将尹子奇攻围，远与张巡、姚訚婴城拒守经年。外救不至，兵粮俱尽而城陷。尹子奇执送洛阳，与哥舒翰、程千里俱囚之客省。及安庆绪败，渡河北走，使严庄皆害之。"

● 07 · 雷万春：《新唐书 · 忠义传》："雷万春者，不详所来，事巡为偏将。令狐潮围雍丘，万春立城上与潮语，伏弩发六矢著面，万春不动。潮疑驽射木人，谍得其实，乃大惊。遥谓巡曰：'向见雷将军，知君之令严矣。'……万春将兵，方略不及霁云，而强毅用命。每战，巡任之与霁云钧。"

● 08 · 此谓许远才能虽不及张巡，然位高品正而用人不疑，把守城的军事指挥任务交给巡，自己专治军粮战备。成功名：《新唐书 · 忠义传》赞曰："张巡、许远，可谓烈丈夫矣。以疲卒数万，婴孤堡，抗方张不制之虏，鲠其喉牙，使不得搏食东南，牵掣首尾，隳溃梁、宋间。大小数百战，虽力尽乃死，而唐全得江、淮财用，以济中兴，引利偿害，以百易万可矣。"

● 09 · "城陷而虏"二句：至德二载（757）十月，睢阳城陷，张巡、许远等都被俘。尹子奇杀张巡、南霁云、雷万春等，而把许远送到洛阳求功。至安庆绪失败时，许远被害于偃师。

就虏，疑畏死而辞服于贼。[10] 远诚畏死，何苦守尺寸之地，食其所爱之肉，[11] 以与贼抗而不降乎？当其围守时，外无蚍蜉蚁子之援，[12] 所欲忠者，国与主耳；[13] 而贼语以国亡主灭。[14] 远见救援不至，而贼来益众，必以其言为信。外无待而犹死守，[15] 人相食且尽，虽愚人亦能数日而知死处矣，[16] 远之不畏死亦明矣！乌有城坏而其徒俱死，[17] 独蒙愧耻求活！[18] 虽至愚

● 10·"两家子弟"四句：唐代宗（李豫）大历中，张巡子去疾曾上书朝廷说睢阳城陷时，张巡等三十人皆被"割心剖肌"，而许远独生无伤。请朝廷追夺许远官爵。于是唐代宗就使去疾、许岘（许远子）和百官共同讨论。许远为太守，是守城主将，敌人破城后总以生得主将为功，留送洛阳请赏。许死张后并不奇怪。实际张巡死时，去疾还幼小，所说皆是后来传闻。通知：通晓。辞服：请求投降。

● 11·《旧唐书·忠义传》："尹子奇攻围既久，城中粮尽，易子而食，析骸而爨，人心危恐，虏将有变。巡乃出其妾，对三军杀之，以缯军士……将士皆泣下，不忍食，巡强令食之。乃括城中妇人，既尽，以男夫老小继之，所食人口二三万，人心终不离变。"

● 12·此指睢阳被围，无一点外援。蚍蜉蚁子：比喻极小的东西。

● 13·即忠于国家与君主。

● 14·《新唐书·忠义传》："潮怒，复率众来。素善巡，至城下，情语巡曰：'本朝危蹙，兵不能出关，天下事去矣。足下以羸兵守危城，忠无所立，盍相从以苟富贵乎？'巡曰：'古者父死于君，义不报。子乃衔妻孥怨，假力于贼以相图，吾见君头干通衢，为百世笑，奈何？'潮赧然去。"

● 15·"外无待"句：无外援可期待。南霁云请贺兰救助，贺兰为河南节度使，而睢阳乃直接属辖，因与宰相房琯不睦，虑保自重而不救睢阳。

● 16·"虽愚人"句：即使笨拙的人也能够数着日子而知道自己的死地。

● 17·乌有：哪有。城坏：城破。

● 18·意谓：许远岂能独自蒙受羞惭耻辱求活命呢！

者不忍为；呜呼！而谓远之贤而为之邪？[19]

说者又谓远与巡分城而守，[20] 城之陷，自远所分始，以此诟远，[21] 此又与儿童之见无异。人之将死，其藏腑必有先受其病者；[22]引绳而绝之，其绝必有处；[23]观者见其然，从而尤之，[24] 其亦不达于理矣！[25] 小人之好议论，不乐成人之美，如是哉！[26] 如巡、远之所成就，如此卓卓，[27] 犹不得免，其他则又何说！[28] 当二公之初守也。宁能知人之卒不救，弃城而逆遁？[29] 苟此不能守，虽避之他

● 19·此段文字淋漓生动，语句顿挫，极盘郁跌宕之势。至"远之不畏死亦明矣"刹住，金声玉振，掷地铿锵，真有棱有角，亦坚亦利矣。末语再提再折，激浪劈石，令人可睹可信：明远必死于忠义也。

● 20·分城：指许远分守城西南方面，巡分守城东北方面。

● 21·城之陷，自远所分始：言睢阳城破陷贼，是从许远守地开始的。此乃去疾劾许远最重要的证据。实则如《新唐书·忠义传》："十月癸丑（九日）贼攻城，士病不能战。巡西向拜曰：'孤城备竭，弗能全。臣生不报陛下，死为鬼以疠贼。'城遂陷，与远俱执。"

● 22·藏腑：藏，同"脏"。人体内有五脏：心、肝、肺、脾、肾；六腑：胆、胃、大肠、小肠、膀胱、三焦。

● 23·意谓：拉绳子而把绳子拉断，一定有先断的地方。言城陷非许远之罪。

● 24·尤：指责。

● 25·不达于理：不明事理。

● 26·好议论：此指喜欢讥评。成人之美：成全别人善事。语出《论语·颜渊》。

● 27·卓卓：卓然特立貌。

● 28·高步瀛《唐宋文举要》引姚鼐曰："此文上两段皆为远辨当时之诬，下一段申翰等之论，兼为张、许辨谤，而以小人之好议论五句为上下文作纽。"

● 29·此语意谓：张巡、许远初守睢阳城时，怎么能预料到全城终得不到救援而事先弃城撤离？逆遁：事先逃跑。

处何益？[30] 及其无救而且穷也，将其创残饿羸之余，[31] 虽欲去，必不达。二公之贤，其讲之精矣！守一城，捍天下，[32] 以千百就尽之卒，战百万日滋之师，蔽遮江淮，沮遏其势，天下之不亡，其谁之功也！[33] 当是时，弃城而图存者，不可一二数；擅强兵坐而观者，相环也。[34] 不追议此，而责二公以死守，亦见其自比于逆乱，设淫辞而助之攻也。[35]

愈尝从事于汴、徐二府，[36] 屡道于两府间，[37] 亲祭于其所谓双庙者。[38] 其老人往往说巡、远时事，

● 30·苟：假如。

● 31·无救而且穷：没有得到救援而将至于绝境。且，将要。穷，困境。将其创残饿羸之余：统帅那些严重伤残而饥饿衰弱的残余士卒。

● 32·《新唐书·忠义传》："贼知外援绝，围益急。众议东奔，巡、远议以睢阳江、淮保障也，若弃之，贼乘胜鼓而南，江、淮必亡。且帅饥众行，必不达。"讲：谋划。捍：保卫。

● 33·就尽：消耗将尽。日滋：一天一天加强力量。蔽遮：掩蔽、保障。

● 34·据《资治通鉴》卷二一九：至德二载（757）五月，山南东道节度使鲁炅弃南阳，奔襄阳；八月，灵昌太守许叔冀奔彭城。是时，许叔冀在谯郡，尚衡在彭城，贺兰进明在临淮，皆拥兵不救。

● 35·此：指以上弃城图存、坐观者。自于逆乱：意谓把自己等同于叛逆者。淫辞：邪恶无实之词。

● 36·李翱《韩公行状》："汴州乱，诏以旧相、东都留守董晋为平章事，宣武军节度使，以平汴州。晋辟公以行，遂入汴州，得试秘书省校书郎，为观察推官。晋卒，公从晋丧以出，四日而汴州乱，凡从事之居者皆杀死。武宁军节度使张建封奏为节度推官，得试太常寺协律郎。"

● 37·屡道于两府间：多次往来于汴州、徐州两地之间。道，作动词。

● 38·双庙：唐肃宗追赠张巡为扬州大都督，许远为荆州大都督，皆立庙睢阳，每年按时祭祀，号双庙。

云：南霁云之乞救于贺兰也，[39] 贺兰嫉巡、远之声威功绩出己上，不肯出师救。[40] 爱霁云之勇且壮，不听其语，强留之，具食与乐，延霁云坐。[41] 霁云慷慨语曰[42]："云来时，睢阳之人不食月余日矣！[43] 云虽欲独食，义不忍；虽食，且不下咽！"因拔所佩刀，断一指，血淋漓，以示贺兰。一座大惊，皆感激为云泣下。云知贺兰终无为云出师意，即驰去；将出城，抽矢射佛寺浮图，[44] 矢著其上砖半箭，曰："吾归破贼，必灭贺兰，此矢所以志也。"愈贞元中过泗州，[45] 船上人犹指以相语。城陷，贼以刃胁

- 39 · 南霁云：《新唐书·忠义传》："南霁云者，魏州顿丘人。少微贱，为人操舟。禄山反，巨野尉张沼起兵讨贼，拔以为将。尚衡击汴州贼李廷望，以为先锋。遣至睢阳，与张巡订事。退谓人曰：'张公开心待人，真吾所事也。'遂留巡所。巡固劝归，不去。衡赍金帛遗，霁云谢不受，乃事巡，巡厚加礼。始被围，筑台募万死一生者，数日无敢应。俄有喑呜而来者，乃霁云也。巡对泣下。霁云善骑射，见贼百步内乃发，无不应弦毙。"城陷，与巡等同被害。初赠开府仪同三司，再赠扬州大都督。
- 40 ·《旧唐书·忠义传》："初，贺兰进明与房琯素不相叶……用灵昌太守许叔冀为进明都知兵马兼御史大夫，重其官以挫进明……叔冀恃部下精锐，又名位等于进明，自谓匹敌，不受进明节制。故南霁云之乞师，进明不敢分兵，惧叔冀见袭。两相观望，坐视危亡，致河南郡邑为墟，由执政之乖经制也。"
- 41 · 延：作引进、接待解。
- 42 · 慷慨：激昂悲壮。
- 43 · 睢阳：汉睢阳县，唐初改宋城县，天宝置睢阳郡。地在今河南商丘南。
- 44 · 浮图：此指佛塔，即临淮香积寺塔。
- 45 · 泗州：即临淮郡，治所临淮在古淮河旁，贺兰进明驻军之地。与睢阳隔河相望而地近。故城清初已没入洪泽湖水中。泗州是韩公由宣城经运河西进的必经之地。

降巡，巡不屈，即牵去，将斩之；又降霁云，云未应。巡呼云曰："南八，[46] 男儿死耳，不可为不义屈！"云笑曰："欲将以有为也。公有言，云敢不死！[47]"即不屈。

张籍曰：有于嵩者，少依于巡；[48] 及巡起事，嵩常在围中。籍大历中于和州乌江县见嵩，嵩时年六十余矣。以巡初尝得临涣县尉，好学，无所不读。籍时尚小，粗问巡、远事，不能细也。云：巡长七尺余，须髯若神。[49] 尝见嵩读《汉书》，谓嵩曰："何为久读此？"嵩曰："未熟也。"巡曰："吾于书

50· 因乱抽他帙以试：随便抽取其他一种书试验。帙（zhì），包书的外套，此指书籍。

51· 辄（zhé）：往往。《新唐书·忠义传》："子琦谓巡曰：'闻公督战，大呼辄眦裂血面，嚼齿皆碎，何至是？'答曰：'吾欲气吞逆贼，顾力屈耳。'子琦怒，以刀抉其口，齿存者三四。"

52· 坐：跪坐。古人席地而坐，双膝跪地，把臀部靠在脚后跟上。

53· 起旋：站起来小便。

读不过三遍，终身不忘也。"因诵嵩所读书，尽卷不错一字。嵩惊，以为巡偶熟此卷，因乱抽他帙以试，[50]无不尽然。嵩又取架上诸书，试以问巡，巡应口诵无疑。嵩从巡久，亦不见巡常读书也。为文章，操纸笔立书，未尝起草。初守睢阳时，士卒仅万人，城中居人亦且数万，巡因一见，问其姓名，其后无不识者。巡怒，须髯辄张。[51]及城陷，贼缚巡等数十人坐，且将戮。[52]巡起旋，[53]其众见巡起，或起或泣。巡曰："汝勿怖！死，命也！"众泣不能仰视。巡就戮时，颜

● 54·阳阳：坦然沉着的样子。《诗经·王风·君子阳阳》："君子阳阳，左执簧，右招我由房。"毛传："阳阳，无所用其心也。"

● 55·长者：《新唐书·忠义传》："远与巡同年生而长，故巡呼为兄。"与韩愈此文异。貌如其心：外貌和他的为人一样，宽厚老成。

● 56·亳：唐亳州治所在谯县，今安徽亳县。宋：宋城县，唐睢阳郡治。

● 57·诣州讼理：到亳州衙诉讼。讼，诉讼。理，法。末段以张籍言补出巡等轶事，首尾相接，环环相扣而节节有声。

色不乱，阳阳如平常。[54] 远宽厚长者，貌如其心；[55] 与巡同年生，月日后于巡，呼巡为兄。死时年四十九。嵩贞元初死于亳、宋间，[56] 或传嵩有田在亳、宋间，武人夺而有之，嵩将诣州讼理，[57] 为人所杀。嵩无子。张籍云。

品·评　韩愈于贞元十九年贬官阳山，永贞元年（805）遇赦官东陵，元和元年（806）六月调京任国子博士。但官场纠纷不久又使他急于离开长安。这篇文章是他元和二年夏末由长安去东都前写的。首段叙述写作由来，对李翰文有肯定、有批评。第二段对李文加以补充和发扬。主要是为许远辩护，强调许、张死守睢阳的战略意义。这是文章的前半部分。叙南霁云事为第三段，据自己所得传闻，突出其"勇且壮"的片段。第四段叙张巡逸事，是据张籍所谈，与首段呼应，目的是写张巡的文武全才和从容就义的英雄气概，兼及许远为人；同时对于嵩、张籍也有所交待。作者以饱满的热情、明确的态度，歌颂了张巡、许远及其部将南霁云、雷万春等，表现了韩愈主张统一的政治主张。此文是韩愈古文的代表作之一，也是他倡导古文运动的重要收获。这是一篇以历史题材而写的"杂文"，文章写得错综复杂，英雄形象鲜明，人物个性突出。全文结构自然又富于变化，语言明晰、熟练、流畅、有气势。

送董邵南序

01

燕赵古称多感慨悲歌之士。[02] 董生举进士，[03] 连不得志于有司，[04] 怀抱利器，[05] 郁郁适兹土，[06] 吾知其必有合也。[07] 董生勉乎哉！

夫以子之不遇时，苟慕义强仁者，[08] 皆爱惜焉，矧燕赵之士出乎其性者哉！[09]

然吾尝闻风俗与化移易，[10] 吾恶知其今不异于古所云邪？[11] 聊以吾子之行卜之也。董生勉乎哉！[12]

注·释

●01·董邵南：寿州安丰（今安徽寿县西南）人，韩愈在徐州时已与董有交往，并写了《嗟哉董生行》诗。

●02·"燕赵"句：燕、赵皆古诸侯国名。古称：古时号称。感慨悲歌之士：指乐毅、高渐离、荆轲等。

●03·举进士：由乡里贡举，赴京参加进士考试。

●04·连不得志于有司：连续多次参加进士考试都未被录取。有司：古时官员分职专司，故称官员为有司。此指主管考试的官员。

●05·利器：本指锋利的兵器。此处比喻杰出的学识才干。《三国志·魏书·曹植传》："植常自愤怨，抱利器而无所施。"

●06·郁郁适兹土：怀着郁闷的心情往燕、赵去。郁郁，忧伤苦闷、怀才不遇的样子。《史记·淮阴侯列传》："王曰：'吾亦欲东耳，安能郁郁久居此乎！'"

●07·合：遇合、投合。指受到河北藩镇的优待重用。

●08·慕义强仁：仰慕道义，勉励仁德。

●09·"矧燕赵"句：况且燕赵之士慕义强仁的忠义性格是出自本性的。矧（shěn）：况且。

●10·风俗与化移易：一个地方的风俗随着政治教化而改变。

●11·恶（wū）：疑问代词，当如何讲。韩公此语暗指如今河北地方在强藩割据下风气已与古代不同。

●12·聊：姑且。吾子：对男子的亲切称呼，指董邵南。卜：验证。句谓：姑且以你这次燕赵之行的结果加以验证吧！

吾因子有所感矣，为我吊望诸君之墓，¹³ 而观于其市，复有昔时屠狗者乎？¹⁴ 为我谢¹⁵曰："明天子在上，¹⁶可以出而仕矣！¹⁷"

●13・望诸君：乐毅，战国时燕人，燕昭王用为上将军，破齐国七十余城，余二城未破，昭王卒，惠王即位，中齐国反间计，不用乐毅，乐毅奔赵，赵王封为望诸君，死后葬于赵都邯郸西南。

●14・屠狗者：杀狗的屠夫，指高渐离。他在燕都市肆以屠狗同为有名义士，与荆轲同为有名义士，一见如故，常在市肆饮酒悲歌。

●15・谢：奉告、致意。

●16・明天子在上：英明的天子（指唐宪宗）居于皇帝高位。

●17・可以出而仕：可以出来到长安做官，效力朝廷，建功立业。此句语义双关。《古文观止》注云："送董生，却劝燕赵之士来仕。则董生之不当往，已在言外。"

品·评

据序中云董邵南要往河北投靠藩镇的形势看，序当作于元和年间，至少当在元和二年（807）后作。韩愈继承儒家"大一统"的思想，力倡统一，反对藩镇割据。董邵南又是"入厨具甘旨，上堂问起居。父母不戚戚，妻子不咨咨。嗟哉董生孝且慈"（《嗟哉董生行》）的孝义之人，然因仕途不得意而忧愁苦闷，欲投河北藩镇幕府。韩愈并不支持这种行为，所以说："吾恶知其今不异于古所云邪？聊以吾子之行卜之也。"含蓄委婉地告诫董邵南，并连用"董生勉乎哉"略示微词，以嘱董邵南警惕。由于这种思想，这篇序在写法上便与韩愈其他文章有了不同的神风。正如刘大櫆所说："退之以雄奇胜，独此篇及送王含序，深微屈曲，读之，觉高情远韵，可望不可及。"道出了其含蓄转折的特点，可算是"妙在转折，意在言外"了。值得注意的是结尾："明天子在上，可以出而仕矣！"既然天子圣明，才学之士可以出而仕，那邵南又何必投河北藩镇呢？其实这是反话正说，是对天子不明、当权弃才的揭露与讽刺！

送穷文 01

元和六年正月乙丑晦，02 主人使奴星结柳作车，03 缚草为船，04 载糇与粮，05 牛系轭下，06 引帆上樯。07 三揖穷鬼而告之曰："闻子行有日矣，08 鄙人不敢问所途，窃具船与车，备载糇粮，日吉时良，利行四方，09 子饭一盂，子啜一觞，10 携朋挈俦，去故就新，11 驾尘彍风，12 与电争先，子无底滞之尤，13 我有资送之恩，子等有意于行乎？"14 屏息潜听，15 如闻音声，若啸若啼，嘏欻嚘嘤，16 毛发尽竖，竦肩缩颈，疑有而无，久乃可

- 01·送穷：相传高辛氏（一说高阳氏）有一子，喜欢穿破衣服、吃差的食物，宫中号称穷子，死于正月晦日（月末之日）。后世人们在这一天把破衣剩饭拿来祭他，叫送穷，即把穷鬼送出去。
- 02·乙丑：以干支表日期。晦：农历每月的最后一天。
- 03·结柳作车：把柳条编结起来做成车子。
- 04·缚草为船：把草扎起来做成船。
- 05·载糇（qiǔ）与粮（zhāng）：即用柳车与草船载干粮供穷鬼食用。糇，干粮；粮，粮食。
- 06·牛系轭（è）下：车已套好。轭，牛马拉车时架在脖子上的器具。
- 07·引帆上樯：把风帆拉到桅杆上。即帆已挂好，准备开船。
- 08·有日：确定了出行的日子，此指历来俗定的正月晦日。
- 09·日吉时良，利行四方：选择好日子、好时辰，有利出行。
- 10·子饭一盂：请你吃一碗饭。子啜（chuò）一觞：请你饮一杯酒。啜，饮。
- 11·携朋挈俦（chóu）：携着朋友，带着伙伴。挈，带领。俦，同伴。去故就新：离开旧主人到新主人那里去。《楚辞》宋玉《九辩》："怆怳懭悢兮，去故而就新。"
- 12·驾尘彍（kuò）风：牛车扬尘，船帆张风。指车船行得快。彍，拉满弓。意即船帆张满风，像拉满的弓一样。
- 13·底滞之尤：留滞不去的过失。底滞，滞留。
- 14·资送之恩：以财物相送的恩德。以上言送穷。
- 15·屏息潜听：抑制住呼吸，悄悄偷听穷鬼的声息。
- 16·嘏（xū）欻（xū）：形容声音细小。嚘（yōu）嘤（yīng）：形容如虫叫的细小声音。

明。¹⁷若有言者曰："吾与子居，四十年余，子在孩提，吾不子愚，子学子耕，求官与名，惟子是从，不变于初。门神户灵，¹⁸我叱我呵，包羞诡随，¹⁹志不在他。子迁南荒，热烁湿蒸，我非其乡，百鬼欺陵。²⁰太学四年，朝齑暮盐，²¹惟我保汝，人皆汝嫌。²²自初及终，未始背汝，心无异谋，口绝行语，²³于何听闻，云我当去？是必夫子信谗，有间于予也。²⁴我鬼非人，安用车船？鼻齅臭香，糗粻可捐。²⁵单独一身，谁为

- 17·竦肩：耸肩膀。竦，同"耸"。缩颈：缩脖子。
- 18·门神户灵：指保护门户的神灵。
- 19·我叱我呵：我大声呵叱。此谓由我呵叱管束。包羞诡随：虽然认为是耻辱的事，也得假装顺从。
- 20·子迁南荒：贞元十九年十二月，韩愈因上《论天旱人饥状》而触怒权贵，由监察御史贬连州阳山令。热烁湿蒸：被炎热所伤，为湿气熏蒸。烁，销熔。陵：侵犯、欺侮。
- 21·太学四年：元和元年六月，韩愈应召回京任国子博士，二年夏分司东都，四年六月十日，制以韩愈行尚书都官员外郎分司东都，合共四年。朝齑（jī）暮盐：指生活艰苦，早晚只能以咸菜和盐下饭。齑，细切的咸菜。
- 22·汝嫌：嫌汝，嫌弃你。
- 23·心无异谋：心里没有别的打算。口绝行语：嘴里没有离开的话。
- 24·有间（jiàn）：有隔阂。
- 25·鼻齅（xiù）臭香：意谓鬼接受祭享时仅需要闻一闻馨香的气味。齅，以鼻闻味。糗粻（qiǔ zhāng）可捐：所准备的干粮没有用处。捐，弃也。

219

●26·可数已不（fǒu）：可以数一数吗？

●27·圣智：超凡的智慧。

●28·回避：躲开。设为鬼语，自叙平生遭遇。

●29·捩（liè）手覆羹：说穷鬼动不动就惹祸。捩，扭转。覆羹，把盛羹汤的碗弄翻。

●30·转喉触讳：受穷鬼指使，一讲话就犯忌讳。转喉，咽喉一转，就是说话。

●31·以下一节叙五穷。穷，含义有二：一为贫穷；二为仕途困顿。韩愈谓五穷，明取前者之义，暗指后者之义，似贬而实褒。

●32·智穷：明说智慧贫乏，实为智慧所困。下四穷同。

●33·矫矫亢亢：刚强正直。《礼记·中庸》："故君子和而不流，强哉矫！中立而不倚，强哉矫！国有道，不变塞焉，强哉矫！国无道，至死不变，强哉矫！"

●34·此句谓：轻视一般术数与玩弄概念的学问。数：术数、技艺。

●35·此句谓：揭示发掘幽邃微妙的道理。摘抉：揭示、发掘。杳微：深邃奥妙。

●36·此句谓：喜欢居高临下地吸纳百家之言论。挹（yì）：舀，引申为酌取。

●37·此句谓：把握所读经史百家书中的机要。神机：神妙的机关。

●38·不专一能：不专习一种技艺。此指时下流行的骈四俪六的文字技巧。不可施：不能为当时所用。此指公所好的古文。

●39·只以自嬉：仅仅适于供自己嬉戏取乐。

朋俦？子苟备知，可数已不？²⁶子能尽言，可谓圣智，²⁷情状既露，敢不回避？"²⁸

主人应之曰："子以吾为真不知邪？子之朋俦，非六非四，在十去五，满七除二，各有主张，私立名字，捩手覆羹，²⁹转喉触讳。³⁰凡所以使吾面目可憎、语言无味者，皆子之志也。³¹

其名曰智穷：³²矫矫亢亢，³³恶圆喜方，羞为奸欺，不忍害伤；

其次名曰学穷：傲数与名，³⁴摘抉杳微，³⁵高挹群言，³⁶执神之机；³⁷又其次曰文穷：不专一能，怪怪奇奇，不可时施，³⁸只以自嬉；³⁹又其次曰命穷：影与形殊，面丑心妍，[40] 利居众后，责在人先；又其次曰交穷：磨肌夏骨，[41] 吐出心肝，企足以待，[42] 寘我仇冤。[43] 凡此五鬼，为吾五患，饥我寒我，兴讹造讪，[44] 能使我迷，人莫能间，[45] 朝悔其行，暮已复然，蝇营狗苟，[46] 驱去复还。”

言未毕，五鬼相与张眼吐舌，跳踉偃仆，[47] 抵掌顿脚，[48] 失笑相顾。徐谓主人曰："子知我名，凡我所为，驱我令去，小黠大痴。[49] 人生一世，其久几何？吾立子名，百世不磨。小人君子，其心不同，惟乖于时，[50] 乃与天通。携持琬琰，易

● 40 · 影与形殊：影子与形体不同。此指外形与实质不同。面丑心妍：貌丑心美。

● 41 · 磨肌夏（jiá）骨：以磨掉肌肉、刮出骨头那样袒露真诚。夏，敲打。

● 42 · 此句谓：提起脚跟、翘首企盼朋友的到来。

● 43 · 寘（zhì）我仇冤：把我置于仇人的地步。寘，同"置"。

● 44 · 此句谓：造成错误，招引诽谤。讪：诽谤诋毁。

● 45 · 此句谓：没有人能离间我们。间（jiàn）：隔阂、疏远。引申为离间。

● 46 · 蝇营狗苟：像苍蝇一样飞来飞去，像狗那样苟且偷生。比喻不顾廉耻，到处钻营。此段设为答鬼之语，叙己五穷。

● 47 · 跳踉（liáng）偃仆：跳跃仆跌。

● 48 · 抵（zhǐ）掌：谓击掌，侧身拍击。

● 49 · 小黠（xiá）大痴：看来有一点小聪明，实际上是大傻瓜。黠，机敏、聪明。《抱朴子·道意》："凡人多以小黠而大愚。"

● 50 · 惟乖于时：与时俗不合。

● 51·这几句谓：携持美玉，却只换得一
张羊皮；吃饱了丰盛美味的食物，却羡慕
那糠皮稀粥。

● 52·此语谓：如果不信我讲的话，请去
问《诗》《书》。以上诸语，语语惊人。

● 53·上手：拱手作揖谢罪。

● 54·以上叙事表明利禄显贵不足羡慕，
穷鬼乃自己真正的知己，故拱手谢罪，请
为上座。

一羊皮；饫于肥甘，慕彼糠
糜。[51] 天下知子，谁过于予？
虽遭斥逐，不忍子疏，谓予不
信，请质《诗》《书》。[52]" 主
人于是垂头丧气，上手称谢，[53]
烧车与船，延之上座。[54]

品·评 此文写于元和六年（811）正月，韩愈时任河南令。主旨在《论语》"君子固穷"，而法扬雄《逐穷赋》。扬雄云："人皆文绣，余褐不完；人皆稻粱，我独藜飧。贫无宝玩，何以接欢？宗室之燕，为乐不槃。"然语近平淡。韩愈历数智穷、学穷、文穷、命穷、交穷等五穷，言衣食晏乐处寡，叙愤世嫉俗处多，风格雄肆，颇似《离骚》。《逐穷赋》结语："长与汝居，终无厌极，贫遂不去，与我游息。"是安贫。本文结语："上手称谢，烧车与船，延之上座。"是激愤。名为送穷，实则延穷；名曰斥穷，实则以谲自誉；名曰讥己，实则愤俗。总之，借送穷鬼，把自己的性格、形象和盘托出给世人看，把满肚子的牢骚话说与世人听。这种借彼喻此、意在言外的写法，正是韩愈杂文的特点。

答刘正夫书

01

注·释

愈白进士刘君足下：辱笺教以所不及，*02* 既荷厚赐，且愧其诚然，*03* 幸甚，幸甚！

凡举进士者，于先进之门，*04* 何所不往？先进之于后辈，苟见其至，宁可以不答其意邪？来者则接之，举城士大夫莫不皆然，而愈不幸独有接后辈名，名之所存，谤之所归也。*05*

有来问者，不敢不以诚答。或问："为文宜何师？" 必谨对曰*06*："宜师古圣贤人。" 曰："古圣贤人所为书具存，辞皆不同，宜何师？" 必谨对曰："师其意，不师其辞。" 又问曰："文宜易宜难？*07*" 必谨对曰："无

注·释

● *01* · 答书：复信。

● *02* · 进士刘君：此称尚未中进士的举子。辱笺：指刘正夫来书，通信时的客气话。

● *03* · 诚然：确实如此。

● *04* · 先进之门：先中进士，即先入进士之门。

● *05* · 以上一段言韩愈因接引后辈常遭人诽谤，亦见世风之弊：以收招后学、提携后进为师者为人笑骂；后进者以从师为耻。

● *06* · 必谨对曰：一定郑重其事地答复。

● *07* · 文宜易宜难：写文章应该浅显易懂，还是应该艰深难懂？

难易，惟其是尔。"如是而已。[08]
非固开其为此，而禁其为彼
也。[09]

夫百物朝夕所见者，人皆不注
视也；及睹其异者，则共观而
言之。夫文岂异于是乎？汉朝
人莫不能为文，独司马相如、
太史公，刘向、扬雄为之最。[10]
然则用功深者，其收名也远；
若皆与世沉浮，[11] 不自树立，[12]
虽不为当时所怪，亦必无后世
之传也。足下家中百物皆赖而
用也，然其所珍爱者，必非常
物。夫君子之于文，岂异于是
乎？今后进之为文，能深探而
力取之、以古圣贤人为法者，

● 08 · 无难易，惟其是尔：写文章无所谓
难易，只要写得适宜合理就行。是，正确、
恰切。

● 09 · 句谓不应扬此抑彼。这是针对时论
所发的精辟文论。

● 10 · 司马相如：西汉辞赋家，字长卿，
成都人。太史公：司马迁，西汉史学家，
字子长，夏阳人。刘向：西汉经学家、目
录学家、文学家，本名更生，字子布，沛
县人，著有《新序》、《说苑》。扬雄：西汉
思想家、辞赋家、语言学家，字子云，成
都人。

● 11 · 与世沉浮：随波逐流。

● 12 · 不自树立：不能以新创有所建树。

虽未必皆是；要若有司马相如、太史公、刘向、扬雄之徒出，必自于此，不自于循常之徒也。若圣人之道不用文则已，用则必尚其能者；能者非他，能自树立，不因循者是也。[13]有文字来，谁不为文？然其存于今者，必其能者也。顾常以此为说耳。[14]

愈于足下忝同道而先进者，[15]又常从游于贤尊给事，[16]既辱厚赐，又安得不进其所有以为答也？足下以为何如？愈白。

●13·因循：恪守旧的章法。此语谓：作古文必须在学习掌握圣人之道的基础上有所创新。

●14·顾常：想来应当这样。这一段是韩愈作文的主张。

●15·忝同道而先进者：列于进士的前辈。忝，兼词，表示辱没同类，自己有愧。同道，指同应进士考试。刘正夫应进士试时韩愈早已中了进士，所以说是同道的先进者。

●16·贤尊给事：指刘伯刍。给事，给事中的简称。门下省设给事中四员，正五品上，位次于门下侍郎。掌陪侍左右，分判省事。凡百司奏抄，侍中审定，则先读而署之，以驳正违失。

品·评 这篇答书写于元和七年（812）。通过与刘正夫论文，表达了公文以明道的思想，这是讲文章的内容。于文词，要去掉陈言，有创造性。文"无难易，惟其是尔"，指写文章关键在于论述适宜、合乎事理。观察事物，要"睹其异者"，即选取非常之物作材料，才能写出有独到见解、独立风格、自成一家的好文章。这些看来平常，实则精到。文章像谈话一样，语言朴实恬淡，然道理表述得非常透辟。这是韩愈散文的又一特点。

进学解

01

国子先生晨入太学，*02* 招诸生立馆下，*03* 诲之曰：*04* "业精于勤荒于嬉，*05* 行成于思毁于随。*06* 方今圣贤相逢，*07* 治具毕张，*08* 拔去凶邪，*09* 登崇畯良。*10* 占小善者率以录，*11* 名一艺者无不庸，*12* 爬罗剔抉，*13* 刮垢磨光。*14* 盖有幸而获选，孰云多而不扬？*15* 诸生业患不能精，无患有司之不明；*16* 行患不能成，无患有司之不公。*17*"

注·释

●*01*·进学解：学生提出问题，先生解答，借以向学生训话勉励，故题名《进学解》。
●*02*·国子先生：韩愈以国子博士身份称先生。唐代主管国家教育的官署是国子监，下属国子、太学、广文、四门、律、书、算七学，各置博士。国子学设博士五人，正五品上。唐时国子、太学分设，然古时相当，故韩愈把国子学称太学。
●*03*·馆：国子学舍，学生三百人。国公子孙、文武官三品以上子孙、二品以上曾孙方能入学。
●*04*·诲之：训教生徒。《论语·为政》："子曰：'由！诲女知之乎！知之为知之，不知为不知，是知也。'"
●*05*·业精于勤荒于嬉：学业精进的原因在于勤奋，荒疏的原因在于贪玩。
●*06*·行成于思毁于随：事业成功的原因在于认真思考，败坏的原因在于不动脑子。
●*07*·圣贤相逢：圣君、贤臣遇到一块了。
●*08*·治具毕张：法令完备，都能实行。治具，法令。
●*09*·拔去凶邪：除掉凶险邪恶的人。
●*10*·登崇畯良：提拔有才能的人。畯，同"俊"。
●*11*·占小善者率以录：有点特长的人都被录用。
●*12*·名一艺者无不庸：有一技之长的人没有不被起用的。
●*13*·爬罗剔抉：发掘搜罗，精挑细选。
●*14*·刮垢磨光：刮去污垢，磨出光泽。上句讲选拔人才，此句培育人才。
●*15*·"盖有幸"二句：意谓品学修养差一点的人都侥幸被选用了，谁说品学兼优的人不被选用呢？多：当优讲。扬：选拔。
●*16*·有司：官府或官吏。古代设官分职，事各有专司，故称有司。
●*17*·以上一段设为诲诸生之言以发端。

言未既，有笑于列者曰："先生欺余哉！弟子事先生于兹有年矣。¹⁸先生口不绝吟于六艺之文，¹⁹手不停披于百家之编；²⁰记事者必提其要，²¹纂言者必钩其玄；²²贪多务得，²³细大不捐。²⁴焚膏油以继晷，²⁵恒兀兀以穷年：²⁶先生之业可谓勤矣。觝排异端，²⁷攘斥佛老，²⁸补苴罅漏，²⁹张皇幽眇；³⁰寻坠绪之茫茫，独旁搜而远绍；³¹障百川而东之，回狂澜于既倒；先生之于儒，可谓有劳矣。³²沉浸醲郁，³³含英咀华，³⁴作为文章，其书满家。上规姚姒，³⁵浑浑

- 18 • 事先生：跟先生学习。
- 19 • 六艺：《诗》《书》《礼》《乐》《易》《春秋》，也称六经。
- 20 • 披：翻阅。百家：诸子百家。编：著作。
- 21 • 提其要：提其要点，明其主旨，即提纲挈领。
- 22 • 纂：集也。纂言者谓撰写的书或文章。钩：此作动词用，作提取讲。玄：深邃。此二句讲读书之法。
- 23 • 贪多务得：无满足地追求收获。
- 24 • 细大不捐：小的大的都不愿舍弃。
- 25 • 焚膏油以继晷：夜以继日。膏，油脂。
- 26 • 恒兀兀以穷年：一年到头辛苦勤劳。恒，经常。穷年，终年。
- 27 • 觝（dǐ）排异端：抵制排斥儒家以外的学说。觝，同"抵"。
- 28 • 攘斥佛老：反对佛家、道家。攘，排斥，实则攘、斥意同，此处二字合用作复合词，乃合骈文语式。
- 29 • 补苴（jū）罅（xià）漏：补充儒家学说的不足之处。
- 30 • 张皇幽眇：把深奥的道理开发出来。
- 31 • "寻坠绪"二句：承补苴、张皇之说，寻求早已失传的儒家之道，只有先生能把儒家的学说继承下来传之久远。坠：失掉。绪：儒家学说。
- 32 • 回狂澜于既倒：承上排、攘斥之说，把已经泄到堤外的狂涛挽转回来，使其平流入海。劳：功绩。
- 33 • 沉浸：此指深入钻研。醲郁：用芳草酿成的美酒。此指道理深奥的儒家经典。
- 34 • 含英咀华：细细体味儒家经典的深刻道理。
- 35 • 上规姚姒：向上取法古圣贤舜、禹的经典。规，取法。姚，帝舜之姓。姒，帝禹之姓。

无涯，《周诰》《殷盘》，³⁶佶屈聱牙；³⁷《春秋》谨严，³⁸《左氏》浮夸，³⁹《易》奇而法，⁴⁰《诗》正而葩；⁴¹下逮《庄》《骚》，⁴²太史所录，⁴³子云相如，⁴⁴同工异曲。⁴⁵先生之于文，可谓闳其中而肆其外矣。⁴⁶少始知学，勇于敢为；长通于方，左右具宜。⁴⁷先生之于为人，可谓成矣。然而公不见信于人，私不见助于友。跋前踬后，动辄得

● 36·《周诰》：指《尚书·周书》中周公、召公所作的《大诰》、《康诰》、《酒诰》、《召诰》、《洛诰》等篇。《殷盘》：即《尚书·商书》中的《盘庚》上中下三篇。

● 37·佶屈聱牙：指《周诰》、《殷盘》的文字艰涩难懂。

● 38·《春秋》谨严：《春秋》文章简炼严密。

● 39·《左氏》浮夸：相传为左丘明给《春秋》作的传，世称《左传》，俗称《左氏》。浮夸，文章华丽夸饰。

● 40·《易》：《易经》，古代占卜算卦之书。奇：指变化多而奇妙。法：谓变化虽多但有一定法则。

● 41·《诗》正而葩：《诗经》内容纯正，文辞优美。

● 42·逮：及、到。《庄》：《庄子》。《骚》：《离骚》。

● 43·太史所录：指太史公司马迁的《史记》。

● 44·子云：扬雄的字。扬雄，成都人，字子云，长于辞赋，多仿司马相如。汉成帝时献《甘泉》、《河东》、《羽猎》、《长杨》四赋。博通群籍，多识古文奇字。仿《易》作《太玄》，仿《论语》作《法言》。又编字书《训纂篇》、《方言》。相如：司马相如，成都人，字长卿。著有《子虚》、《上林》、《大人》等赋，以讽喻为名，铺张皇帝打猎和观赏歌舞的享乐生活以及游仙故事，文字华丽雕琢。

● 45·同工异曲：以上诸作虽写法相同，但特点不同，风采各异。

● 46·闳其中而肆其外：文章内容深邃，文辞奔放博大。

● 47·"少始"四句：少年时开始知道学习，勇于实践；长大后通达了做人的道理，对各种礼法都能适应。

谷。⁴⁸暂为御史，遂窜南夷。⁴⁹三为博士，冗不见治。⁵⁰命与仇谋，取败几时。⁵¹冬暖而儿号寒，年丰而妻啼饥。头童齿豁，⁵²竟死何裨？⁵³不知虑此，而反教人为？"

先生曰："吁！子来前！夫大木为杗，⁵⁴细木为桷，⁵⁵榑栌侏儒，⁵⁶椳闑扂楔，⁵⁷各得其宜，施以成室者，匠氏之工也；玉札丹砂，⁵⁸赤箭青芝，⁵⁹牛溲马勃，⁶⁰败鼓之皮，⁶¹俱收并蓄，待用无遗者，医师之良也；⁶²登明选公，⁶³杂进巧拙，⁶⁴纤余为妍，⁶⁵卓荦为杰，⁶⁶校短量长，⁶⁷惟器是适者，宰相之方也。⁶⁸昔者

- 48·跋前疐（zhì）后，动辄得咎：进退困难，一动就获罪。
- 49·暂为御史，遂窜南夷：指贞元十九年（803）为监察御史，不久又被贬为连州阳山县令。
- 50·三为博士，冗不见治：做了三次博士，因职位闲散，也没表现出治绩与才干。
- 51·命与仇谋，取败几时：命运注定与仇敌相伴，不时遭受挫折。
- 52·头童齿豁：头发脱落变得像孩童一样，牙齿也松动残缺了。
- 53·竟死何裨：一直到死能有什么好处？
- 54·大木为杗（mǎng）：高大的木材做栋。杗，栋，屋之正梁。
- 55·细木为桷（jué）：小的木材做橼。桷，方木橼子。
- 56·榑（bó）栌：柱顶上承梁的垫木，也叫斗拱。侏儒：短小的木柱子，叫侏儒柱。
- 57·椳（wēi）：门枢。闑（niè）：门橛。扂（diàn）：门栓。楔（xié）：门两旁所竖的长木柱。
- 58·玉札：中药名，地榆；一云为玉泉，又名琼浆。丹砂：朱砂，可入药。
- 59·赤箭：中药名，天麻。青芝：中药名，灵芝、龙芝。
- 60·牛溲：牛尿，可入药，治水肿腹胀。马勃：菌类，能治恶疮。
- 61·败鼓之皮：破鼓皮，可入药，治蛊毒。
- 62·俱收并蓄：兼收并蓄。后来称不拘一格、包罗多方面的人或物为兼收并蓄。
- 63·登明选公：提拔人材严明无误，选用人材公平合理。
- 64·杂进巧拙：好的差的都能量材使用。
- 65·纤余为妍：为人屈曲周全、和顺美好的样子。
- 66·卓荦（luò）：出类拔萃。
- 67·校（jiào）短量长：比较长短优劣。
- 68·惟器是适：量材使用。

孟轲好辩，孔道以明，⁶⁹辙环天下，卒老于行；⁷⁰荀卿守正，大论是弘，逃谗于楚，废死兰陵。⁷¹是二儒者，吐辞为经，⁷²举足为法，⁷³绝类离伦，⁷⁴优入圣域，⁷⁵其遇于世何如也？"⁷⁶今先生学虽勤而不繇其统，⁷⁷言虽多而不要其中，⁷⁸文虽奇而不济于用，⁷⁹行虽修而不显于众。⁸⁰犹且月费俸钱，岁靡廪粟；⁸¹子不知耕，妇不知织，乘马从徒，⁸²安坐而食；踵常途之役役，窥陈编以盗窃。⁸³然而圣主不加诛，宰臣不见斥：兹非其幸欤？⁸⁴动而得谤，名亦随

● 69·孟轲好辩，孔道以明：孟子好与人争辩，孔子的学说才得以彰明。

● 70·辙环天下，卒老于行：指孟子走遍天下，在周游中过了一辈子。

● 71·"荀卿"四句：荀况恪守孔子的学说，发表了宏大的言论。游学于齐，为齐稷下学官祭酒，齐国有人说他坏话，而到楚国。楚国的春申君让他做兰陵令。春申君死后，荀被罢官，在兰陵讲学著书，终死在兰陵。

● 72·吐辞为经：发表出来的言论都成了经典。

● 73·举足为法：举止行为都成为后世的楷模。

● 74·绝类离伦：超出一般儒者。

● 75·优入圣域：此指孟、荀二人进入圣人的领域，绰绰有余。

● 76·其遇于世何如也：他们在当世的遭遇怎么样呢？这是为孟、荀抱不平的话；也为自己解嘲。

● 77·不繇（yóu）其统：不能继承道统。

● 78·不要其中：虽然发表了很多言论，但没有讲到事理的要害处。

● 79·文虽奇而不济于用：文章虽然奇特卓绝，然而无有济世之用。

● 80·行虽修而不显于众：品行虽然美好，然而在众人之中却显示不出来。

● 81·"犹且"二句：尚且月月耗费国家禄，年年耗费国家粮米。

● 82·从徒：即放纵弟子。从，作纵解。

● 83·窥陈编以盗窃：东拼西凑在古籍里盗窃文字，没有自己的创见。窥，偷看。陈编，古籍。以，而。

● 84·诛：惩罚。斥：斥逐。

之，⁸⁵ 投闲置散，乃分之宜。⁸⁶
若夫商财贿之有亡，⁸⁷ 计班资之
崇庳，⁸⁸ 忘己量之所称，⁸⁹ 指前
人之瑕疵；⁹⁰ 是所谓诘匠氏之
不以杙为楹，⁹¹ 而訾医师以昌阳
引年，欲进其豨苓也。⁹²"

品·评 此文写于元和八年（813）春，韩愈由国子博士授比部郎中、史馆修撰之前。这篇文章以反语为讽刺，以自嘲为自夸，抒发郁郁不平之气，这也是韩愈为自己鸣不平的一种形式。文章开头一段叙他对学与行的见解，颇能发人深省。从"方今圣贤相逢"一句以下用反语，暗示学业精进、道德修养和仕途进取之间的矛盾，引出学生的讥笑、发问。借别人的口自道其多年为学勤苦、攘斥佛老异端、张扬儒学、读书作文取法古代典籍的体会，以及他为人好学、敢作敢为和通达事理的品格。文章还以他仕途艰难曲折和家庭贫苦的情况，揭露政治腐败、社会黑暗。"先生曰"是他对学生质疑的解答，自嘲自解，曲折婉转地指斥宰臣，既起到讽刺当政的作用，又不致当政者反感。这就是煞费苦心、借人为文的高超处。行文骈散兼用，句式整齐而富于变化，奇句、偶句、排句、对仗并用，又多处用韵，然似汉赋，但绝没有死板呆滞的弊病。善于熔古铸今，议论简约精粹，使文章气势宏博。以幽默的反语、形象的比衬，带来强烈的感染力。造语精粹，创造了不少至今犹被运用的成语。总之，这是一篇说理透辟、气势磅礴的好文章，正如唐孙樵《与王霖秀才书》里讲的："拔地倚天，句句欲活，读之如赤手捕长蛇，不施鞿勒骑生马，急不得暇，莫可捉搦。"

论佛骨表

01

臣某言：伏以佛者，夷狄之一法耳。02 自后汉时流入中国，03 上古未尝有也。昔者黄帝在位百年，年百一十岁；04 少昊在位八十年，年百岁；05 颛顼在位七十九年，年九十八岁；06 帝喾在位七十年，年百五岁；07 帝尧在位九十八年，年百一十八岁；08 帝舜及禹，年皆百岁。09 此时天下太平，百姓安乐寿考，10 然而中国未有佛

注·释

● 01·李翱《韩公行状》："公迁刑部侍郎。岁余，佛骨自凤翔至，传京师诸寺，时百姓有烧指与顶以祈福者。公奏疏言：自伏羲至周文、武时，皆未有佛，而年多至百岁，有过之者。自佛法入中国，帝王事之，寿不能长。梁武帝事之最谨，而国大乱。请烧弃佛骨。疏入，贬潮州刺史。"

● 02·伏以：臣下向上表示自己意见的谦词，即俯首陈述。法：法术，此谓学说。

● 03·佛教自东汉传入中国。明帝刘庄派蔡愔到天竺求法，得四十二章佛经与佛像，与僧人摄摩腾、竺法兰同回。蔡以白马驮经，因于洛阳建寺藏经，故名白马寺。

● 04·史称黄帝为少典之子，姓公孙，居轩辕之丘，故号轩辕氏。又居姬水，改姓姬。建国于有熊，又称有熊氏。生而神灵，弱而能言，幼而徇齐，长而敦敏，成而聪明。神农氏衰，诸侯相互侵伐，暴虐百姓。轩辕习干戈，行征伐，败炎帝于阪泉，胜蚩尤于涿鹿，统一天下，代神农为天子。因其有土德之瑞，土色黄，故号黄帝。传说蚕、桑、医药、舟车、宫室等制，皆始于黄帝时。

● 05·少昊：一作少皞，名挚，字青阳，黄帝子，姬姓，古代部族首领。以金德王，称金天氏。邑穷桑，都曲阜，号穷桑帝。

● 06·颛顼：上古五帝之一，号高阳氏。生十年而佐少皞，十二岁而冠，二十而登帝位。

● 07·帝喾（kù）：古帝王，古史称为黄帝曾孙，尧父，号高辛氏。

● 08·《史记·五帝本纪》："尧立七十年得舜，二十年而老，令舜摄行天子之政，荐之于天。尧辟位凡二十八年而崩。"

● 09·《史记·五帝本纪》："舜……年六十一代尧践帝位。践帝位三十九年，南巡狩，崩于苍梧之野。"《御览》引《帝王世纪》云："禹年二十始用，三十二而洪水平，年百岁崩于会稽。"

● 10·寿考：长寿。

也。其后殷汤亦年百岁；[11] 汤孙太戊在位七十五年，武丁在位五十九年，史书不言其年寿所极，推其年数，盖亦俱不减百岁；[12] 周文王年九十七岁，[13] 武王年九十三岁，[14] 穆王在位百年，[15] 此时佛法亦未入中国，非因事佛而致然也。[16] 汉明帝时，始有佛法，明帝在位才十八年耳。其后乱亡相继，运祚不长。[17] 宋、齐、梁、陈、元魏已下，[18] 事佛渐谨，年代尤促。[19]

● 11 · 殷汤：姓子，相传为帝喾后裔契的十四代孙，原居西亳（在今河南偃师），伐夏桀胜，自立，号武王，国号殷，称殷汤。

● 12 · 太戊：殷汤的玄孙，太庚子，在位时朝政衰败，任用伊陟、巫咸等辅佐，得以中兴，庙号中宗。所极：所至。

● 13 · 周文王：姓姬名昌，帝喾后裔弃的子孙，居丰（在今陕西西安鄠邑区），春秋时周王朝的开国之主。《礼记·文王世子》："文王九十七乃终。"

● 14 · 武王：姓姬名发，文王第二子，联合诸侯伐灭商纣王。《礼记·文王世子》："武王九十三而终。"

● 15 · 穆王：名满，文王五世孙，昭王子。西击犬戎，东征徐戎，相传他到过昆仑山，见过西王母。《尚书·吕刑》之说："（穆）王享国百年。"

● 16 · 事佛：信奉佛教。致然：达到这样。以上一段征引上古自黄帝至姬周，中国无佛法，不事佛，君主长寿，百姓安定。意谓：何以事佛求长生呢？

● 17 · 其后乱亡相继，运祚不长：后汉明帝死至汉献帝让位曹丕合一百四十五年，章帝刘炟在位十三年，殇帝刘隆、冲帝刘炳短命，质帝刘缵被杀，都不到一年。少帝刘辩被董卓所废，在位亦不到一年。献帝刘协为曹氏所挟。此间宦官、外戚、强臣擅权，互相残杀，社会动乱，民不聊生。运：国家命运。祚（zuò）：福禄。

● 18 · 此指晋后南北朝时期。南朝：刘宋有国五十九年，八帝四人被杀。萧齐有国二十三年，七帝三人被杀。萧梁有国五十五年，四帝一人饿死三人被杀。陈朝陈氏有国三十二年，五帝一人被废。北朝元魏，即北魏，拓跋氏（改姓元）有国一百四十八年，十七帝八人被杀。

● 19 · 谨：敬重。渐谨，谓信奉佛教愈来愈用心。尤促：尤为短暂。

233

惟梁武帝在位四十八年，[20] 前后三度舍身施佛，[21] 宗庙之祭，不用牲牢，[22] 昼日一食，止于菜果，[23] 其后竟为侯景所逼，饿死台城，[24] 国亦寻灭：事佛求福，乃更得祸。由此观之，佛不足事，亦可知矣。[25]

高祖始受隋禅，则议除之。[26] 当时群臣材识不远，[27] 不能深知先王之道、古今之宜，推阐圣明，以救斯弊，其事遂止，臣常恨焉！

● 20 · 梁武帝：梁朝开国之君，姓萧名衍，字叔达。

● 21 · 三度舍身施佛：指大通三年、大同十二年、太清元年三次到同泰寺出家为佛徒，都由他的儿子与大臣出金赎回。舍身为佛奴是佛教修行施舍的一个项目，方法是加以苦行以至施舍性命（肉体）。

● 22 · 牲：牲畜。牢：盛供品的器具，亦解作祭品用的牛、羊、猪。

● 23 · 佛教戒律，过午不食，故萧衍每天午前只吃一顿饭，不用荤腥，只吃菜蔬、水果。

● 24 · 侯景：原是魏将，后降梁，因梁与魏讲和，侯怕对己不利，起兵叛梁，围武帝萧衍于台城，使衍困饿而死。

● 25 · 以正反之史例，说明事佛与否和人寿国祚无关，猛醒宪宗。

● 26 · 唐高祖李渊仕隋，为太原守，隋末举兵反隋，逼使隋恭帝禅让帝位，故称"受隋禅"。年号武德，为唐朝的开国之君。武德九年（626）四月，太史令傅奕上疏反佛，于是"废浮屠、老子法"。

● 27 · 谓群臣无远见，未能理解高祖深意。

234

●28·睿圣文武皇帝：指唐宪宗李纯。元和三年（808）正月癸巳（十一日），群臣给宪宗上此尊号，称颂宪宗贤圣明智，能文能武。伦比：同类、比并。

●29·纵：即使。恣之：放纵、助长。此段两节，先举唐开国之主高祖抑佛，再举宪宗本身亦不倡佛，为下段直指迎佛骨事之大谬作铺垫。

●30·"今闻"句：指元和十四年宪宗命中使杜英奇押宫人三十人，持香花赴临皋驿迎佛骨之事。

●31·御楼：登楼。御，古时把皇帝的一切行为都称为御。

●32·舁（yú）入大内：抬进皇宫。

●33·递迎供养：谓交替迎接而供养。佛教徒把香花、明灯、食物等献给佛、法、僧"三宝"，叫供养。

●34·福祥：福佑吉祥。

伏惟睿圣文武皇帝陛下，神圣英武，数千百年已来，未有伦比。[28] 即位之初，即不许度人为僧尼道士，又不许创立寺观。臣常以为高祖之志，必行于陛下之手。今纵未能即行，岂可恣之转令盛也？[29]

今闻陛下令群僧迎佛骨于凤翔，[30] 御楼以观，[31] 舁入大内，[32] 又令诸寺递迎供养。[33] 臣虽至愚，必知陛下不惑于佛，作此崇奉，以祈福祥也。[34] 直以年

● 35 · 此句谓：顺从人们所说"三十年一开塔，开则岁丰人泰"的心愿。徇：顺从。

● 36 · 士庶：读书人与一般百姓。

● 37 · 愚冥：愚昧不明事理。冥，昏暗。易惑难晓：容易受迷惑，难以明白事理。

● 38 · 焚顶：以香火烧头顶。烧指：佛教苦行之事，自烧其指，以表信佛之诚。

● 39 · 解衣散钱：此乃代佛施舍，即拿自己的衣物、金钱替佛施舍给人。

● 40 · 转相仿效：相互仿效。后时：落在别人的后边。

丰人乐，徇人之心，³⁵为京都士庶，³⁶设诡异之观，戏玩之具耳。安有圣明若此，而肯信此等事哉！然百姓愚冥，易惑难晓，³⁷苟见陛下若此，将谓真心事佛。皆云："天子大圣，犹一心敬信；百姓何人，岂合更惜身命？"焚顶烧指，³⁸百十为群；解衣散钱，³⁹自朝至暮；转相仿效，惟恐后时；⁴⁰老少奔波，弃其业次。若不即加禁遏，更历诸寺，必有断臂脔身

236

以为供养者。⁴¹ 伤风败俗，传笑
四方，非细事也。⁴²

夫佛本夷狄之人，与中国言语
不通，衣服殊制，⁴³ 口不言先
王之法言，身不服先王之法服，
不知君臣之义，父子之情。⁴⁴
假如其身至今尚在，奉其国命，
来朝京师，⁴⁵ 陛下容而接之，不
过宣政一见，礼宾一设，赐衣
一袭，⁴⁶ 卫而出之于境，不令惑
众也。⁴⁷ 况其身死已久，枯朽之
骨，凶秽之余，⁴⁸ 岂宜令入宫
禁？⁴⁹

● 41 · 脔（luán）身：指割身上的肉。断
臂脔身，也是事佛供养的一种方式。

● 42 · 细事：小事。非细事，指上述佞佛
伤风败俗的事不是小事。此段指出宪宗佞
佛的不良影响。

● 43 · 夷狄：泛指外国。衣服殊制：衣服
式样与中国不同。

● 44 · 此谓浮屠见了皇帝不知行君臣礼，
不知尽忠于君；离家事佛，也不奉养父母。

● 45 · 京师：指长安。

● 46 · 袭：整套衣物。

● 47 · 卫而出之于境，不令惑众也：即保
护他们出境：一为安全；二为阻其传播。

● 48 · 凶秽：俗称死人尸骨为凶秽。之
余：指仅存的一节指骨。

● 49 · 宫禁：皇宫。古制皇宫禁卫森严，
臣下不得任意出入，故称宫禁。此段讲对
待佛的办法：亦以礼待之。

● 50 · 语出《论语·雍也》：“子曰：‘务民之义，敬鬼神而远之，可谓知矣。’”孔子认为鬼神是不可知的东西，不可以亲近。寓有不信鬼神的意思。

● 51 · 行吊于其国：在自己国家吊祭。巫祝：通鬼神的巫师。以桃茢（liè）祓除不祥：茢，笤帚。古人以为鬼神畏桃木，因以桃枝编成笤帚扫除不祥。祓，除去。

● 52 · 巫祝不先：谓巫祝不先行祓除凶秽。臣实耻：臣我实在以此为耻辱，指御史不举其失。御史：唐设御史台，置侍御史、殿中侍御史、监察御史，管谏议朝廷及纠察百官过失。

● 53 · 有司：主管的官署。

● 54 · 出于寻常万万：谓远远超出一般人。

● 55 · 此二语正表现韩愈挥洒至淋漓处的心绪。读此二语，作者的激切之态，呼之欲出矣！

孔子曰：“敬鬼神而远之。”[50] 古之诸侯，行吊于其国，尚令巫祝先以桃茢祓除不祥，然后进吊。[51] 今无故取朽秽之物，亲临观之，巫祝不先，桃茢不用，群臣不言其非，御史不举其失，臣实耻之。[52] 乞以此骨付之有司，投诸水火，[53] 永绝根本，断天下之疑，绝后代之惑。使天下之人知大圣人之所作为，出于寻常万万也。[54] 岂不盛哉！岂不快哉！[55] 佛如有灵，能作

● 56 · 祸祟：二字义同，都当灾祸解，或谓专指鬼神造成的祸患。

● 57 · 殃咎：灾殃、祸患。《左传·庄公二十年》："哀乐失时，殃咎必至。"

● 58 · 鉴临：指上天明察。鉴，镜子。意谓：如明镜在上，照察明析。

● 59 · 谓自己以无限感激诚恳的心情上表陈述。恳悃（kǔn）：真心实意。

● 60 · 此为上表的套语，也表达了韩愈此刻惶恐不安的心情。此情有二：一恐佛事对国计民生造成灾害；二恐上此表招致祸事。以上总束：指责谏官不言其非，自己既言其非，又提出合理的处置意见。

祸祟，⁵⁶ 凡有殃咎，⁵⁷ 宜加臣身，上天鉴临，臣不怨悔。⁵⁸ 无任感激恳悃之至，⁵⁹ 谨奉表以闻。臣某诚惶诚恐。⁶⁰

品·评

唐时凤翔法门寺护国真身塔内藏释迦文佛指骨一节，三十年一开塔，相传开则岁稔人泰。元和十四年（819）正月是开塔之期，宪宗派中使杜英奇及宫人三十捧香持花迎佛骨于宫内，供奉三日。此时王公士庶奔走施舍，竟有废业破产、烧顶灼臂而求供养者。时韩愈任刑部侍郎，按理不当言事，然他看到佛事之害，为除弊事，上表急谏。宪宗大怒，下令处死。幸有裴度、崔群及国戚诸贵等营救，韩愈被贬潮州刺史。此表历举史实，反复说明"佛不足事"，要求把"朽秽之物"的佛骨"投诸水火，永绝根本，断天下之疑，绝后代之惑"；进而指出"事佛求福，乃更得祸"，尖锐地指责"群臣不言其非，御史不举其失"的朝政弊端。因此触怒了宪宗，其云："愈，人臣，狂妄敢尔，固不可赦！"韩愈的目的是维护"先王之道"，对矫正世风多有补益，具有深刻的现实意义。这篇文章既得理又得势，把自己的感情熔铸于行文之中，使文章情感激越，文势奔放，说理透辟，明白酣畅。讲圣贤事理，抒直臣正气，为天下之至文。文从国计民生的政治上着眼，而非纠缠于佛理的学术之争。有学者以此指摘韩愈不懂佛理，文意浅薄，那是未究韩愈写此表的本意，也未与当时的社会现实勾联。

柳子厚墓志铭

注·释

● 01·起笔不出姓，于其后众谓柳氏有子见之；墓志中又是一格，且知韩愈推重子厚，引为知己。
● 02·以上叙其先世。
● 03·俊杰：才能出众。廉悍：峻峭猛烈。

子厚讳宗元。[01] 七世祖庆为拓跋魏侍中，封济阴公。曾伯祖奭，为唐宰相，与褚遂良、韩瑗俱得罪武后，死高宗朝。皇考讳镇，以事母弃太常博士，求为县令江南，其后以不能媚权贵，失御史；权贵人死，乃复拜侍御史。号为刚直，所与游，皆当世名人。[02]

子厚少精敏，无不通达。逮其父时，虽少年，已自成人，能取进士第，崭然见头角；众谓柳氏有子矣。其后以博学宏词授集贤殿正字，蓝田尉。俊杰廉悍，议论证据今古，[03] 出入经

240

● 04 · 踔（chuō）厉风发：议论高迈，如风之续至，层出不穷。

● 05 · 交口：众口一词。以上叙科第、文学、名誉。

● 06 ·《旧唐书·宪宗本纪》："（永贞元年，805）八月丁酉朔，（宪宗）受内禅……九月……礼部员外郎柳宗元贬邵州刺史……邵州刺史柳宗元为永州司马……坐交王叔文。初贬刺史，物议罪之，故再加贬窜。"

● 07 ·《新唐书·柳宗元传》："既窜斥，地又荒疠，因自放山泽间，其堙厄感郁，一寓诸文，仿《离骚》数十篇，读者咸悲恻。"泛滥停蓄：水漫溢横流蓄积，形容学问博深。涯：际也；涘：岸也。

● 08 · 例召：乃韩公为子厚回护之曲笔。谓子厚无罪，例贬、借出者，乃被连累也。

● 09 ·《旧唐书·宪宗本纪》："（元和十年三月）乙酉（十四日）……以永州司马柳宗元为柳州刺史。"

● 10 · 何焯《义门读书记》："简括……志则所重者在文章必传于后，区区下州之理，特余事也。故只用三语虚括。"

史百子，踔厉风发，[04] 率常屈其座人；名声大振，一时皆慕与之交，诸公要人争欲令出我门下，交口荐誉之。[05]

贞元十九年，由蓝田尉拜监察御史。顺宗即位，拜礼部员外郎。遇用事者得罪，例出为刺史；未至，又例贬州司马。[06] 居闲益自刻苦，务记览，为词章泛滥停蓄，为深博无涯涘，[07] 而自肆于山水间。元和中，尝例召至京师，又偕出为刺史，[08] 而子厚得柳州。[09] 既至，叹曰："是岂不足为政邪！"因其土俗，为设教禁，州人顺赖。[10] 其俗以男女质钱，[11] 约不时赎，子本相侔，则没为奴婢。[12] 子厚与设方计，悉令赎归；其尤贫力不能者，令书其佣，[13] 足相当，则使归其质。[14] 观察使下其法于他州，[15] 比一岁，免而归者且千人。[16] 衡湘以南为进士者，皆以子厚为师，其经承子厚口讲指画为文词者，悉有法度可观。[17] 其召至京师而复为刺史也，[18] 中山刘梦得禹锡亦在遣中，当诣播州。[19] 子厚泣曰："播州非人所居，而梦得老亲在堂，吾不忍梦得之穷，无辞以白其大人；且万无母子俱往理。"请于朝，

- 11·质：以物抵押。
- 12·侔：相等。谓利息和本金相等。
- 13·佣：此指佣金。
- 14·质：谓典当质钱的男女。
- 15·观察使：即桂管经略观察使裴行立。桂管观察使管州十二，柳州其一也。
- 16·子厚刺柳政绩多多，此文重在子厚文学，故于其政绩择大者一二如赎人子女书之，以见其大要，它见《庙碑》。此《史记》笔法也。
- 17·以上叙贬后学问与政绩。
- 18·时在元和十年（815）。
- 19·《旧唐书·刘禹锡传》："刘禹锡，字梦得，彭城人……贞元末，王叔文于东宫用事……禹锡尤为叔文知奖……顺宗即位，久疾，不任政事，禁中文诰，皆出于叔文，引禹锡及柳宗元入禁中，与之图议，言无不从。转屯田员外郎，判度支盐铁案，兼崇陵使判官……叔文败，坐贬连州刺史，在道贬朗州司马……元和十年，自武陵召还，宰相复欲置之郎署。时禹锡作《游玄都观咏看花君子诗》，语涉讥刺，执政不悦，复出为播州刺史。"亦在遣中：也在放逐之中。遣，逐也。

将拜疏，愿以柳易播，虽重得罪，死不恨。[20] 遇有以梦得事白上者，梦得于是改刺连州。[21] 呜呼！士穷乃见节义。今夫平居里巷相慕悦，酒食游戏相征逐，诩诩强笑语以相取下，[22] 握手出肺肝相示，指天日涕泣，誓生死不相背负，真若可信；一旦临小利害，仅如毛发比，反眼若不相识；落陷阱，不一引手救，反挤之又下石焉者，[23] 皆是也。此宜禽兽夷狄所不忍为，而其人自视以为得计，闻子厚之风，亦可以少愧矣！[24]

子厚前时少年，勇于为人，不

● 20 · 柳：指宗元受任刺史之地柳州。播：指播州。拜疏：上疏，对皇帝的尊称。重得罪：再次受惩罚。死不恨：至死无遗憾。

● 21 · 此指裴度上疏请改遣刘禹锡事。《旧唐书·刘禹锡传》："御史中丞裴度奏曰：'刘禹锡有母，年八十余。今播州西南极远，猿狖所居，人迹罕至。禹锡诚合得罪，然其老母必去不得，则与此子为死别。臣恐伤陛下孝理之风，伏请屈法稍移近处。'宪宗曰：'夫为人子，每事尤须谨慎，常恐贻亲之忧。今禹锡所坐，更合重于他人，卿岂可以此论之？'度无以对。良久，帝改容而言曰：'朕所言，是责人子之事，然终不欲伤其所亲之心。'乃改授连州刺史。"

● 22 · 平居：平日、平素。相征逐：互相招呼追随。诩诩：媚好貌。取下：以恭顺的态度迎合他人。

● 23 · 此句谓：那些人不但不伸手救助，反而落井下石，挤对他。

● 24 · 子厚之风：柳宗元的风范。少愧：稍有愧疚。以上叙宗元之交友，有褒有讽。

自贵重顾藉，谓功业可立就，故坐废退；²⁵ 既退，又无相知有气力得位者推挽，²⁶ 故卒死于穷裔，²⁷ 材不为世用，道不行于时也。使子厚在台省时，自持其身，²⁸ 已能如司马、刺史时，亦自不斥；²⁹ 斥时有人力能举之，且必复用不穷。然子厚斥不久，穷不极，虽有出于人，其文学辞章，³⁰ 必不能自力以致必传于后如今，无疑也。虽使子厚得所愿，为将相于一时；以彼易此，孰得孰失，必有能辨之者。³¹

● 25·勇于为人：勇于助人。不自贵重顾藉：不贵重顾惜自己。可立就：能速成。与韩愈自谓"躁进"意同。废退：贬谪废置。

● 26·推挽：推荐提拔。挽，牵引。

● 27·穷裔：边远穷困之地。

● 28·台省：御史台和尚书省，泛指朝廷。柳宗元任监察御史里行属御史台，尚书礼部员外郎属尚书省。自持其身：约束自己，即谨慎行事。

● 29·如司马、刺史时：指能如任永州司马和柳州刺史时那样。不斥：不被斥逐。

● 30·辞章：诗文的总称。

● 31·以上感慨宗元斥久穷极，其文学辞章必传于后世。这也体现了韩愈"穷苦之言易好"的观念。

子厚以元和十四年十一月八日卒，年四十七，以十五年七月十日归葬万年先人墓侧。[32]子厚有子男二人；长曰周六，始四岁；季曰周七，子厚卒乃生。女子二人，皆幼。其得归葬也，费皆出观察使河东裴君行立。[33]行立有节概，立然诺，与子厚结交，子厚亦为之尽，竟赖其力。葬子厚于万年之墓者，舅弟卢遵。遵，涿人，性谨顺，学问不厌。[34]自子厚之斥，遵从而家焉，逮其死不去；既往葬子厚，又将经纪其家，[35]庶几有

● 36·庶几有始终者：算得上有始有终的人。《庄子·大宗师》："善始善终。"

● 37·室：墓室。《诗经·唐风·葛生》："百岁之后，归于其室。"

● 38·嗣人：后嗣、子孙。

始终者。³⁶ 铭曰：

是惟子厚之室，既固既安，³⁷ 以

利其嗣人。³⁸

品·评 元和十四年（819）十一月八日，子厚卒于柳州，年四十七。韩愈闻噩耗而写《祭柳子厚文》哀悼。十五年七月十日，子厚之榇归葬京兆万年先茔，韩愈又作《柳子厚墓志铭》，时在七月前。刘禹锡《唐故尚书礼部员外郎柳君集纪》云："凡子厚名氏与仕与年暨行己之大方，有退之之志若祭文在。"即指以上两文。此文借叙子厚被谪远僻穷荒十四年而终死贬所的遭遇，以及他为人尚义的行为，斥责社会的不平和世俗官场的丑恶，为子厚鸣不平。韩、柳的政治观虽不完全一致，然文学观近是，且私交甚厚，所以公对子厚的文学成就倍极称许，断言子厚之文必传诸后世。在谈到子厚于官于文孰得孰失时，指出"然子厚斥不久，穷不极，虽有出于人，其文学辞章，必不能自力以致必传于后如今，无疑也"。子厚在柳州的政绩与文学上的成就，不谙贬下层，不了解百姓的疾苦，是做不出来的，这就是文学与生活的关系。文章在写法上采取史传文笔，生动真实地揭示了子厚的性格，表现了韩文的独特风格。志文虽述子厚一生，但并非事无巨细一一叙说，而是精心剪裁，突出重点，选那些最能表现人物特点的典型事迹来写，既精练准确，又生动感人。文章采用熔叙事、议论、抒情于一炉的写法，文情并茂，自然动人，别具一格。

南阳樊绍述墓志铭 01

注·释

樊绍述既卒，且葬，愈将铭之，从其家求书，02 得书号《魁纪公》者三十卷，曰《樊子》者又三十卷，《春秋集传》十五卷，表笺、状策、书序、传记、纪志、说论、今文赞铭凡二百九十一篇，道路所遇及器物门里杂铭二百二十，赋十，诗七百一十九。曰：多矣哉！古未尝有也。然而必出于己，不袭蹈前人一言一句，又何其难也！03 必出入仁义，04 其富若生蓄，05 万物必具，06 海含地负，07 放恣纵横，无所统纪；08

●01·樊宗师：字绍述，南阳人。约生于永泰元年（765），卒于长庆三年（823）。贞元八年（792）后来游京师，当获有官职。元和三年（808），授从五品上的著作左郎，累任朝议郎、太子舍人。后不久入山南西道郑余庆幕。元和末，任从五品上的金部郎中。元和十五年正月，宪宗崩，宗师以金部郎中的身份，出使南方告哀。归京因弹劾某帅不治，罢金部，出为绵州刺史。又为绛州刺史，有治绩，征拜左司郎中。约在长庆二年，再出为绛州刺史，征拜谏议大夫，未到任而卒。为中唐古文大家。

●02·因人设体，韩愈墓志又一写法也。

●03·是时陈言之为祸极深，所以去陈言极难。

●04·此赞宗师。韩愈推行仁义，对人的要求标准也是仁义。故在《答李翊书》里说他"行之乎仁义之途，游之乎《诗》、《书》之源，无迷其途，无绝其源，终吾身而已矣"。

●05·韩愈的精神境界由此可见：他所说的富，是仁义之积蓄。

●06·谓一切皆有。具：全部。

●07·海含地负：比喻肚量宽大。

●08·无所统纪：不受拘束。《史记·太史公自序》："猎儒墨之遗文，明礼义之统纪。"统，以丝之头绪，喻纲纪、准则。纪，以丝缕头绪喻法度、准则。

然而不烦于绳削而自合也。呜呼！绍述于斯术，其可谓至于斯极者矣！[09]

生而其家贵富，长而不有其藏一钱，[10]妻子告不足，顾且笑曰："我道盖是也。"皆应曰："然。"无不意满。[11]尝以金部郎中告哀南方，[12]还言某帅不治，罢之，以此出为绵州刺史。[13]一年，征拜左司郎中，[14]又出刺绛州。[15]绵、绛之人至今皆曰："于我有德。"以为谏议大夫，[16]命且下，遂病以卒。[17]年若干。

绍述讳宗师。父讳泽，尝帅襄

● 09·斯术：为文技艺。极：达到高峰。韩公论文，均亲切有味。此论宗师著述极合为文之道。

● 10·长而：即长大以后。

● 11·我道盖是也：我的为人行事大体是这样。

● 12·《唐郎官石柱题名》金部郎中下有樊宗师之名。《旧唐书·职官志》："户部尚书……其属有四……三曰金部……郎中、员外郎之职，掌判天下库藏钱帛出纳之事，颁其节制，而司其簿领。"

● 13·唐剑南道绵州治巴西县，今四川绵阳。

● 14·《旧唐书·职官志》："尚书省……左右司郎中各一员。（并从五品上。隋置，武德初省。贞观初，复置。龙朔二年，改为左右丞务，咸亨复也。）左司郎中，副左丞所管诸司事，省署钞目，勘稽失，知省内宿直之事。"

● 15·《元和郡县图志》河东道一："绛州……春秋时属晋……正平县，本汉临汾县地，属河东郡。隋开皇三年罢郡，改属绛州。十八年改临汾分县为正平县，因正平故郡城为名也。"

● 16·《旧唐书·职官志》："门下省……谏议大夫四员。谏议大夫掌侍从赞相，规谏讽谕。凡谏有五：一曰讽谏，二曰顺谏，三曰规谏，四曰致谏，五曰直谏。"

● 17·以上叙绍述生平。

● 18·《旧唐书·樊泽传》:"樊泽字安时,河中人……建中元年,举贤良对策,礼部侍郎于邵厚遇之。寻代贾耽为襄州刺史,兼御史大夫,山南东道节度观察等使……三年,代张伯仪为荆南节度观察等使,江陵尹,兼御史大夫。三岁,加检校礼部尚书。会襄州节度曹王皋卒于镇,军中剽劫扰乱,以泽威惠素著于襄、汉,复代曹王皋为襄州刺史、山南东道节度使。十二年,加检校右仆射,卒年五十,赠司空。"

● 19·《旧唐书·樊泽传》:"父咏,开元中举草泽,授试大理评事,累赠兵部尚书。"

● 20·以上叙绍述家世。

● 21·韩愈《与袁相公书》谓绍述"穷究经史","至于阴阳、军法、声律,悉皆研极原本"。又《荐樊宗师状》亦称他"勤于艺学,多所通解"。

● 22·以上谓绍述知音律,多才艺。

● 23·谓后之文人不能独创,总是抄袭前人的。

阳、江陵,官至右仆射,赠某官。[18]祖某官,讳泳。[19]自祖及绍述三世,皆以军谋堪将帅策上第以进。[20]

绍述无所不学,于辞于声,[21]天得也,在众若无能者。尝与观乐,问曰:"何如?"曰:"后当然。"已而果然。[22]铭曰:

惟古于词必己出,降而不能乃剽贼,后皆指前公相袭,[23]从汉迄今用一律。寥寥久哉莫觉属,

● 24 · 此谓神往圣藏，作文之道久已断绝阻塞。

● 25 · 此谓阻塞到极点才会通达，这才出现了绍述的文字。

● 26 · 文从字顺：即陆机《文赋》云："选义按部，考辞就班。"此句为韩公对作文的要求。

神徂圣伏道绝塞。[24] 既极乃通发

绍述，[25] 文从字顺各识职。[26] 有

欲求之此其躅。

品·评　此文写于长庆三年（823）五月十七日后，四年十二月前。是韩愈晚年表述文学主张的最后一篇文章，也是他文学论文中的名篇。然而，由于他对绍述文的过誉，引起了后人的不同议论。李肇《国史补》说："元和已后，为文笔则学奇诡于韩愈，学苦涩于樊宗师。"欧阳修说："孰云已出不剽袭？句断欲学《盘庚》书。"（《绛守居园池》）其实，这些议论都未揭出此文真谛。樊宗师是韩愈的好友，崇尚儒术，提倡古文，是韩愈最有力的支持者。韩愈晚年失去这位好友，悲痛不已，极力表彰绍述事迹，人之情也。他主张写文章必"出入仁义"，即"文以明道"，这是文的根本；还要内容丰赡，能反映各式各样的事物。要有"海含地负"的博大气势，含蕴天地的力量。关于文章的艺术形式，他主张"辞必己出"，不剽袭前人一言一语，要"文从字顺各识职"，即务去陈言。韩文就有此特点：同样是一种体式，不仅不蹈袭前人，自己的文章也不雷同。虽有其主体风格，各篇亦都有个性。此文突破志铭先写家世事迹的程式，先写其文学业绩，既符合人物个性，又便于发表自己意见。看似写绍述，实则写自己，发表自己的文学主张。

图书在版编目（ＣＩＰ）数据

韩愈集 / 卞孝萱，张清华注评. -- 南京：凤凰出
版社，2024.10
  ISBN 978-7-5506-3638-5

Ⅰ. ①韩… Ⅱ. ①卞… ②张… Ⅲ. ①韩愈（768-
824）－文学欣赏 Ⅳ. ①I206.2

中国国家版本馆CIP数据核字(2024)第101384号

书　　　名	韩愈集	
注　　　评	卞孝萱　张清华	
责 任 编 辑	张永堃	
书 籍 设 计	曲闵民	
责 任 监 制	程明娇	
出 版 发 行	凤凰出版社(原江苏古籍出版社)	
	发行部电话 025-83223462	
出版社地址	江苏省南京市中央路165号，邮编：210009	
照　　　排		
印　　　刷	苏州市越洋印刷有限公司	
	江苏省苏州市吴中区南官渡路20号，邮编：215104	
开　　　本	787毫米×1092毫米　1/32	
印　　　张	8.75	
字　　　数	167千字	
版　　　次	2024年10月第1版	
印　　　次	2024年10月第1次印刷	
标 准 书 号	ISBN 978-7-5506-3638-5	
定　　　价	58.00元	

（本书凡印装错误可向承印厂调换，电话：0512-68180638）